JN027555

はなれがたいけもの恋を知る

八十庭(やそにわ)たづ

Cover Illustration 佐々木久美子(ささきくみこ)

この物語はフィクションであり、
実際の人物・団体・事件等とは、いっさい関係ありません。

はなれがたいけもの　恋を知る　7
しあわせなおしり　269
ディリヤのまほう　287
たてがみのはなし　297
ゆるすひと　311

CHARACTER

ユドハ

ディリヤを愛する金狼族最強のオス。国王代理。姿を消したディリヤを六年間ずっと探し求めていた。怖い顔をしているが、お世話好きで良いイクパパ

ディリヤ

元・敵国の兵士。強く、厳しく、優しい男。金狼族の王を暗殺するために差し向けられて、当時兄王の影武者をしていたユドハに抱かれ、彼の子供を身ごもる。卓越した身体能力を持つ赤目赤毛のアスリフ族の出身

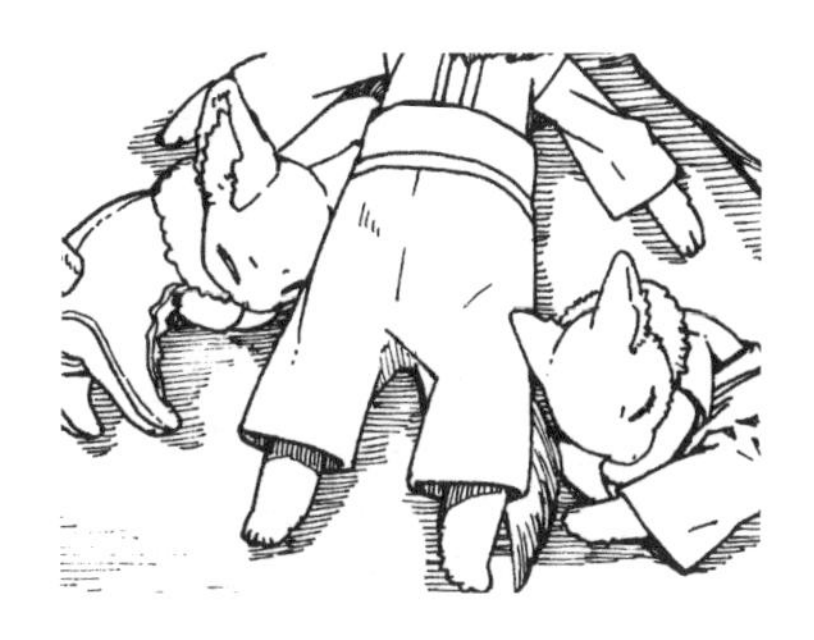

ララ&ジジ

アシュの弟で双子。まだ赤ちゃん

アシュ

ユドハとディリヤの間に生まれた、勇敢な狼の仔。苺色の艶がある、ふわふわの金の毛並み。りっぱなもふもふを目指して、日々成長中!

エドナ

ユドハの姉で、金狼族の姫。美しく、芯のある女性

フェイヌ

エレギアに忠誠を捧げ、常に影のように付き従う部下。半狼半人

エレギア

人間の国であるゴーネ帝国の大佐。戦中にディリヤが所属していた部隊「狼狩り」の指揮官だった

はなれがたいけもの　恋を知る

序章

　自分を抱いた男の死を、噂で知った。

　終戦と前後して広まった噂話を耳にして、それで知った。

　その真偽を確かめられるほど、ディリヤはその男の傍近くにおらず、結局、ディリヤがスルドの死を確定事項として知ったのは、戦後一年ほど経って公式発表されてからだった。

　ウルカ国に住む大勢の金狼族と同じように、市井の者たちが知るのと似たような時期に、都市部に住む者たちよりも遅れて、田舎暮らしのディリヤは人づてにそれを聞いた。

　アシュが生まれたあとだった。

　そのまま悲しむことを封印して、感情に蓋をした。

　そうして、五年が過ぎた。

　アシュが五歳の時、ウルカ国の城へ招かれた。

　そこで、改めてユドハからスルドの死を伝えられた。

　スルドの墓を参った。

　墓を前にしても、このまま一生ずっとスルドの傍にいて、そのまま死んでしまいたいとは思わなくて、「あぁ、やっぱり自分は愛が分からない生き物なのだ、薄情な生き物なのだ」と、そう思った。

　端的に言うなら、落ち込んだ。

　人間味がないのかもしれない。そう思った。

　言い訳をするなら、あの夜からその日まで、自分の感情に向き合うことから逃げていた。目の前で必死に生きている小さな生き物を育てることだけに心血を注いでいた。

　結果として、あの夜の狼はスルドではなくユドハだったのだが、もし、あの時の狼がユドハで、ユドハが死んだと聞かされていたら……その時、自分はどう思ったのだろう、どう感じたのだろう？　いまのディリヤはそれを考えるようになった。

　ユドハが死んでも、悲しむことから逃げて、現実に目をつむって、感情を遠ざけて、生きることだけに必死になっていたのだろうか。

　もしもの仮定は考えるだけ無駄で、生産性のないことだと分かっている。

　それでも、考えてしまうのだ。

　悩んでしまうのだ。

自分は薄情な生き物なのかと……。

　想像したくもない未来だが、もし、愛する人の死に直面した時に、自分はまた感情に蓋をして、目の前で生きている責任という名の存在に逃げてしまうのではないかと、そう考えてしまうのだ。

　いずれ来る日を覚悟して生きていく人生で、自分のこの薄情さが相手を傷つけはしないかと、不安になってしまうのだ。

　自分という人間は、いざという時に、大切な人の心に寄り添えないかもしれない。

　愛する人が弱っている時、その人は、ディリヤからの「大丈夫、傍にいるから」という言葉を待っているかもしれない。

　でも、この性格上、ディリヤは「対処法を考えよう」と言ってしまうだろう。弱っている人は、そんな言葉をもらっても余計に疲れるだけに違いない。

　愛する人が弱っているなら、ディリヤはその人の代わりに働き、助け、戦う。不利な状況への対策を講じて、行き詰まった現状を打破する。最短で物事を解決するために理性を優先し、心を置き去りにする。

　愛する人は、そんなこと求めていないかもしれないのに……。

　ただ、寄り添うだけでいい時もあるのに……。

　ディリヤは、助けを求める人の心に寄り添わない。

　寄り添うよりも、己の責任を考えるからだ。

　ともに死を悲しむだけでいい時に、ディリヤは子供たちの明日の食事の心配をするし、隣で嘆き悲しみ続ける人に「なにか食べてください」と言ってしまうのだ。

　愛する人が悲しみの渦中にいたならば、その人が悲しみに向き合い、心を癒すことだけに集中できるように、それ以外の余計な物事をすべてディリヤが排除するのだ。

　けれども、そうして頑張った結果、他人から与えられる評価は「あの人はちっとも悲しい顔をしない薄情者」というものだ。

　大切な人が傷ついた時に狼狽えずに淡々と応急処置をするのがディリヤだ。誰かの心が傷ついた時に、なにもできないのがディリヤだ。

　ユドハのことを愛しているし、大好きなのも自覚している。けれども、はたして、ちゃんと愛せているのか、自分の愛し方は間違っていないか、そこには自信がない。

ただ、恩着せがましくならないように、押しつけがましくならないように、独り善がりにならないように、自分の感情を優先しないように、重くならないように、嫌われないように、ユドハを尊重したい。

ユドハと暮らし始めてから、いままで自分になかった感情がたくさん溢(あふ)れてくるようになった。

もし、ユドハが死んだら……。

この感情も、そのひとつだ。

もしユドハがいなくなったら……それを想像しただけで、ぞっとする。全身から血の気が引いて、胃のあたりが痛くなって、足が竦(すく)んで、考えたくもない悪いことだと脅えてしまう。

ユドハを失うことへの恐怖や、ユドハへの愛しさ、さまざまな想いが止め処なく溢れてくる。

これをなんと言葉にすればいいのか分からない。

分かっているのは、ただただ、ユドハを愛したいということ。

自分に薄情な一面があると自覚しているからこそ、ユドハを傷つけずに、大切に、大事に、愛したい。

いっぱい愛したい。

けれども、ちゃんと愛せているのか、想っていることをユドハに伝えられているのか、ユドハの気持ちに寄り添えているのか、いろんなことが不安になる。

自分がなぜこんなにも揺らいでいるのか、かつての自分と、いまの自分で、感情のどこがどう変わっているのかディリヤには分からない。

ただ、かつてといまで違うのは、愛を知ったということ。

ディリヤはユドハと触れ合って、愛を知った。

愛されるということを、愛するということを、教えてもらった。

でも、ただそれだけでは、もう満足ができないのだ。

ユドハにもっとまっすぐ向き合いたいのだ。

ユドハをもっと愛したい、ユドハのために生きたい、ユドハを笑顔にしたい、ユドハの傍にいて、今日も明日も元気にご飯を食べるユドハを見ているだけで幸せだから、ユドハが笑っていられる日々を守りたい。

いま、特に、なにか深刻な危機が差し迫っているわけでもないのに、とにかく、守って大切にして大事にして愛して抱きしめたいのだ。

毎日毎日そんな気持ちで生きている。

そんなふうに思える日々は、とても幸せだ。

ディリヤは幸せに生きている。

ただそれだけなのに……。

ユドハを目の前にすると、言葉にならない感情がこみあげてくる。それに向き合おうとすればするほど、苦しいほどの情動が溢れて、胸の奥に閊（つか）えて、言葉では伝えられなくて、不安になる。

離れずに傍にいるのに、常に触れていないと不安になる。

この感情は常に不安定で、思いが募れば募るほど、心が揺らぐ。

ユドハは惜しみなく愛を注いでくれるのに、満たされても、満たされても、さみしさが募る。

もっと、もっと……と、欲深くなってしまう。

ディリヤは、ユドハに触れられることで愛されることの喜びを知り、恐ろしさを知った。

ユドハへのこの想いの正体は、一体なんなのだろう？

ディリヤは、底のないこの感情に恐れさえ抱く。

名も知らぬこの感情が己の内に息づくことは、幸せなのに、苦しい。

苦しいのに、ディリヤは、この感情にひれ伏し、従ってしまうのだ。

名も知らぬ感情で生きるけものになってしまうのだ。

✦

ユドハは恋をした。

ディリヤを初めて目にしたその夜、恋をした。

抱きしめたいと思った。

愛したいと思った。

欲しいと思った。

長く戦場にいて、ずっと遠のいていた感覚を思い出した。

それは、同病相憐れむ感覚だったのかもしれない。

長年、ユドハは兄の身代わりとして、皆が求める役割を演じてきたが、時には疲れることもあった。尊敬する兄の代わりとはいえ、たとえようのない徒労感に苛（さいな）まれる日もあった。

今日の生者が、明日の死者となる。常に死を命じ続ける日々には、勝利という名の戦果報告などなんの魅力もなかった。

時に、戦争継続を望む身内や派閥からの妨害に遭いながらも、この戦争を一日も早く終わらせることだけに専念してきた。

そんな時に、出会った。

ひと目見た瞬間、赤い眼に射貫かれた。

この生き物は死ぬために生きている。

ディリヤの表情からそれを悟った。

信念があって死ぬ覚悟を決めているのではなく、この生き物は、ただ生きて、死ぬ、という事実を、そのまま受け入れているのだと察した。

けものの生命倫理に則って生きているのだと分かった。

この生き物を知りたいと思った。

その心に触れたいと思った。

傷つけることなく優しく抱きしめれば、自分を見てくれるだろうか……、そんなことも思った。けもの相手にそんなことを望んでも逃げられるだけなのに、狼特有の独占欲か、支配欲か、それらすべての欲だろうか……、はなれがたい愛着をもって、このけものを欲した。

この、唯一無二のけものを必ず手に入れろとユドハの本能が命じた。

たったいま出会ったばかりで、人となりも分からない。仄暗い灯りの下では、表情はおろか四肢の輪郭すらあやふやで、存在すら確かなものか分からなくなってくる。

薄絹で顔を隠した、このけものが、どんな表情で笑い、怒り、悲しみ、泣き、さみしがり、恋しがるのかも分からない。喋り声はおろか、泣く声も、笑う声も、優しく語りかける声も、なにも分からない。

それでも、赤い眼差しに射貫かれたその瞬間に、狼の本能が警鐘を鳴らした。

このけものは、殺すか、活かすか、どちらかだ。

殺さなければ殺される。

だが、できることならば活かして、このけものが動いて、走って、寝て、気持ち良くなって、メシを食って、腹を抱えて笑っている姿を見たい。

このけものに、優しくしたい。

優しく触れたい。

もしかしたら、自分が誰かから優しくされたいから、そう思ったのかもしれない。誰かから優しくされたいなら、自分がまずその優しさを差し出すべきだからだ。

だが、それはユドハの私情だ。
優しさに優しさで返してもらおうなどというのは、ユドハの身勝手な期待だ。
相手がそれに応えなくても、それは当然のことだ。
ましてやユドハはいま国王としてこの場にいる。
この献上品は、ユドハを狙う刺客かもしれない。
恐らくはそうだろう。
それを承知のうえで、ユドハは、己の命を狙うけものと同じ幕屋に入ったのだ。
ユドハは兄の身代わりとしてここにいる。
ウルカ国にとって、死ねぬ身だ。
まだ、なすべきことが多くある。
己が身の安全を優先するならば、このけものを即座に殺すべきだ。
だが、防衛本能よりも、我欲が勝った。
公的な存在としての自分よりも、私的な存在としての感情が勝った瞬間だった。
殺されるかもしれないが、それでも欲しい。
傍に近寄れば噛みつかれるかもしれないが、それでも触れたい。
触れようとすれば離れていってしまうかもしれないが、どうしても手に入れたい。
生きて死ぬことを受け入れる奇異な存在。
その存在を知りたい。
この生き物のなにもかもを知り尽くしたい。
ひと目見た瞬間に、ユドハが忘れていた様々な感情が呼び起こされた。
抱きしめたい。
傍に寄り添い、手を差し伸べ、愛して、助けて、この腕に囲い、抱きしめてやりたい。
我がものとしたい。
この、無上の感覚。
その正体を知りたかった。
この感情の行く末を知りたかった。
この悲しい生き物を抱きしめたかった。
この、抱きしめたいは、愛したい、だ。
ユドハは、この気高いけものに恋をした。
そうして、この夜、ユドハは恋をして、ディリヤは愛を知った。

第一章

初秋。

昼にはまだ夏の名残もあり、陽射しも暖かい。けれども、朝晩には冷えこむ日も増えた。

ウルカ国、王弟の離宮は、今日も笑い声が絶えない。

アシュは奥庭に作ってもらった砂場で、お砂遊びをしている。先日、城の内部を走る古い水路を見せてもらったから、砂場でそれを再現し、水を流して遊んでいるのだ。

ララとジジは、木陰の芝生で二匹丸まって眠っている。双子が敷き布団にしているのはユドハの上着で、体の間に挟んでぎゅっと抱きしめているのはディリヤの上着だ。

三人の子供たちの傍には、イノリメとトマリメという二人の侍女が控えている。

彼女らは、ディリヤとアシュがこの城に来た当初から世話係として傍に付いていてくれている。いまは主に子供たちの見守りと世話を手伝ってもらっていた。

「アシュ」

ディリヤが声をかける。

アシュは、水路を覗きこむのに一所懸命で、ディリヤに気付いていない。

「アシュ」

今度は、ユドハとディリヤが同時に声をかけた。

「ディリヤ！　ユドハ！」

アシュは三角耳をひくんとさせて顔を上げ、二人の姿を見つけるなり駆け寄ってきた。

お尻が重たい幼児体型なせいか、一歩前へ踏み出し、走るたびに尻尾と体がぽてぽて左右に揺れる。

アシュは二人のもとへ駆け寄ってきたものの、その背後に知らない人がいることに気付き、ぴたっと動きを止めて、「こんにちは、アシュです」とお辞儀をした。

この城で、アシュが新しい人と出会う機会は少ない。顔ぶれはいつも大体同じで、頻繁に顔を合わせるのは、家族と二人の侍女、曜日ごとに変わる家庭教師の先生くらいのものだ。

アシュは久しぶりの新しい人に、ちょっとばかりの警戒心とそれ以上の好奇心を抱いて、ディリヤとユドハの間にむぎゅっと入り、二人と手を繋ぎ、耳と尻尾をそわそわさせて新しい人を見上げた。

「初めてお目にかかります、アシュ様。ライコウと申します」

一人は四十路過ぎの、落ち着いた雰囲気の軍人だ。子供の扱いには不慣れだが、持ち前の社交性でアシュに接し、礼儀正しく一礼する。

「……フーハクです」

もう一人は、二十歳そこそこだ。

こちらは、生まれて初めて接する小さな子供が王弟殿下の子息ということで、生来の不愛想な性格も相まって、緊張した面持ちだった。

ライコウとフーハクは、ともに狼の獣人で、ユドハの部下だ。今日からアシュの護衛官となる。

ライコウは昔からのユドハの戦友であり、何事においても経験豊富だ。フーハクは経験値こそ浅いが、若手では一番腕が立ち、体力もある。

近頃、アシュは城の生活にも慣れてきて、行動範囲が広まった。城に来た時は五歳だったが、誕生日を迎えて六歳になった。背も伸びたし、体重も増えた。体力もついて、遠くまで走っていくようになった。ちょっと目を離すと、とんでもないことをしでかしている時もある。

普段は限られた範囲内で生活し、ディリヤと二人の侍女が見守っているが、これから先、子供たちの行動範囲はもっと広がるし、新しい土地や遠い場所へ出かけていくこともある。もし、子供たちに凶刃が迫ったり、危険にさらされた時、助けが間に合わないかもしれない。そういう時のためにも護衛官を置くことにした。

ライコウとフーハクは、近衛兵や不寝番とはまた異なる役割をこなす。彼らは同じ敷地内で暮らし、日中は三人の子供たちの傍に立ち控え、家族のように身近な存在となる。

「ライコウちゃんとフーハクちゃん……？」

ちゃん付けで呼ぶのは、ライコウとフーハクの見た目にそぐわないと思ったらしい。

アシュはディリヤのほうを向いて「ちゃんって言ったらだめ？」と尋ねる。

「ライコウさんとフーハクさんですね」

「ライコウさんと、フーハクさん……」

「ライとフーで構いません。お父上も、我々をそうお呼びになります」

ライコウが膝を下ろし、アシュと同じ目線になる。

「ライちゃんと、フーちゃん……」

「そう呼んでいただけるなら光栄です」

アシュが、ちゃんを付けて呼ぶのは、親しみを抱いた時だ。

仲良くなりたいと思った時、お友達になりたいと思った時、そう呼ぶ。

「あのね、ライちゃん、フーちゃん、こっち来て」

アシュはライコウとフーハクの手を取り、芝生でお昼寝中の双子のもとへ引っ張っていく。

「アシュの弟くんを紹介します。こっちはララちゃんで、こっちがジジちゃんで、双子ちゃんです。十四カ月です。よくアシュのお耳をかじります。とっても元気で、アシュのお絵かきのうえでごろごろ暴れます。……次、こっち来て」

双子を紹介し終えると、また手を引いて、一歩だけ移動する。

「こっちがイノリちゃんで、こっちはトマリちゃんです。アシュがお部屋を掃除する時に、手の届かないところとか、危ないところを手伝ってくれます。ほかにも、毎日いっぱいお世話してくれます。それから、ララちゃんとジジちゃんのことを、こうやって見守ってくれます」

アシュに紹介された二人の侍女は、ライコウとフーハクへ向けて優雅に腰を折る。

職務の都合で、二人の侍女とライコウとフーハクは顔見知りだ。互いに「これからもよろしく」と声をかけあっている。

「それでね、次はね、こっち。……あのね、こっちがユドハで、こっちがディリヤです。アシュのおとうさんとおかあさんです。二十九歳と、二十四歳です。ユドハは国王代理で、ディリヤはアスリフ族っていう人間です。アシュの毛に苺色(いちごいろ)が入ってるのは、ディリヤの赤毛とおそろいだからなんだよ。……それとね、えっとね、おめめはユドハとおそろいです」

アシュが喋る間、ライコウとフーハクは、面倒臭がらずにアシュの話に耳を傾ける。

今日は初顔合わせだ。

アシュが、アシュ自身や家族のことを知ってもらおうと一所懸命お話するのに生真面目に付き合ってくれているのだ。

「最後に、アシュです。アシュは、算数とかけっこと文字を書くのが好きです。狩りのれんしゅうも好きです。エドナちゃんとお菓子を作るのも、お歌を歌うのも好きです。一番好きな食べ物はディリヤの作ってくれたお弁当です。お馬さんに乗るのはこわいけど、ユドハと一緒に乗ると大丈夫です。……それと、りっぱなもふもふになるのが将来の夢です」

きゃっと恥ずかしそうに、もじもじ、もぞもぞ、身をよじる。

「ほー……どんな感じの立派なもふもふです？」

「……ゆどは」

アシュは恋する乙女のように憧れの人を思い描いて、ライコウにそっと耳打ちする。

ユドハの前で将来の夢を語ったことがなかったので、アシュはちょっと恥ずかしいようだ。

「………アンタ、ほんと最近なんにでも感動するな」

ディリヤはユドハを見上げて笑う。

ディリヤの隣で、感動したユドハが目頭を押さえていた。

近頃のユドハは、ララが寝返りを打ったとか、ジジがぬいぐるみをユドハにどうぞしたとか、アシュが「ユドハだいすき」と耳打ちしたとか、三人の子供がユドハの上着を下敷きにしてお昼寝している姿だとか、もう兎にも角にもなんにつけても感動する。

穏やかな日々の何気ないことに喜びを見出している。

ユドハは、公務一辺倒だった日常に、家族という安らぎの場を得て張り合いが出たのか、よりいっそう熱心に仕事に取り組んでいる。

誰よりもユドハの傍近くにいるディリヤがそれを感じとっていた。

ディリヤは、生まれて初めて得た静かな時間と穏やかな日々に感謝していた。これまでは必死になって働いて生きてきたけれど、いまはつがいの助けを借りて、子供たちとめいっぱい触れ合う余裕ができた。

大きな変化はないけれど、毎日の積み重ねが愛しい。それに、大きな変化はないほうがいい。

家族がひとつの群れで、離れることなく、ご飯をおいしいと思える日々が続けば、それがなによりも一番だとディリヤは思う。

そんな日々を守るために、愛しいつがいを幸せにするために、自分にはなにができるのか……。もっといろいろとできることがあるのでは……。そうして悩めることすら幸せだと思えるほど、ディリヤはいまのこの生活が幸せだった。

「フーちゃん！　こっちー！　見ててねー！」

「アシュさん、前見て！　前見て走ってください！」

　一ヵ月も経つ頃には、アシュと二人の護衛官はすっかり打ち解けた。

　特に、アシュはフーハクによく懐いていた。

　フーハクのことを年上の親戚のお兄ちゃんのように思っているらしく、「あのね、ふーちゃん……、あしゅのこと、あしゅさま、って呼ばないで……、お友達になって……」と立派な尻尾とお耳をしょんぼりさせてしくしく泣いてしまったこともある。

　両親とライコウとフーハクによる協議の末、人目のない場所にいる限り、フーハクはアシュを「アシュさん」と呼ぶことになった。

「アシュさん、走る時は前向いてください」

「うん！」

「……なにしてるんです？」

「でんぐり返り！」

　芝生でころころ。三回転。

「…………アシュさん、急に走るのやめて坂道で転がると危ないです」

「はい！」

「……アシュさん、最近、返事だけは立派ですよね」

「尻尾も立派だよ！　お尻も重たくてしっかりしてて立派だよ！」

「そうですか……」

「フーちゃん、そこ座って」

「はい」

「よいしょ……」

「今度はなにするんですか」

「アシュ寝るね～」

「え、寝るんですか……？」

「うん、ねむたいからね～」

　言うなり、フーハクの膝に乗って丸まって眠ってしまう。

「すみません、フーハクさん、アシュ寝そうですか？」

「……っと、はい、ディリヤ様」

　フーハクはすこし驚いて、どうしましょう、という視線をディリヤに投げかける。

　アシュはまだ起きているが、尻尾はフーハクの腕にくるりと絡んでいて、今日はフーハクのお膝でお昼寝するぞ、という強い意志が尻尾から伺（うかが）えた。

「そのますこしお願いしてもいいですか？」

「……それは、はい……」

「ありがとうございます。……よかったですね、アシュ」

ディリヤはアシュの耳と耳の間を撫でて、目と鼻の先のララとジジのところへ向かう。

「お、長男坊殿は昼寝の時間か？」

ライコウがフーハクの傍に立った。

「……ライコウさん」

「どうした？」

「いま、ディリヤ様が来たんですけど……」

「それがどうした？」

「あの人、気配も足音もないんですよ。……気付いたら背後に立ってて……」

「あぁ、あの人な、……訓練されてるよなぁ、見事なもんだ」

ライコウはディリヤの見事な立ち居振る舞いに感心する。

軍人でも騎士でもなく、無意識に己を殺すことのできるけもの、それがディリヤだ。あれは生まれながらに身についている習性であり、本能だ。


「ライちゃん、フーちゃん、アシュねむれない」

うとうとしているのに、おしゃべりするから眠れない。

たしっ、たし。尻尾でフーハクの太腿を叩く。

「すみません、静かにしてます」

「なでなでしてくれる？」

「はい」

小さな生き物に乞われるがまま、フーハクは毛並みに沿って頭を撫でる。

ライコウは、「すっかり下僕と化してんな……アシュ様は任せたぞ」と笑ってフーハクの頭を撫で、ディリヤたちのもとへ戻った。

「くぁー……ぅ」

アシュは大きな欠伸をして、のびーっと伸びて、また丸まる。

一事が万事、アシュはこんな調子だった。

フーハクは、「なんだこいつ……、子供ってこんなもんなのか？　本当にあの抜き身の刃みたいな母親と、いっつも険しい顔してる国王代理の父親の間に生まれた子供か？　あのつがいのどこからどんな要素を抽出したら、こんなのんびりふんわりおっとりすぐに寝る生き物が生まれて育つんだ？　危機感がまったくないし、昼寝して起きたかな～って思ったら、芝生に両足投げ出して座って両手でパン持って食ってるし……と、思ったら食べながら寝てるし……」などといった具合に、昨日も、昨日も今日も毎日同じような感想を抱く。

　昨日も、フーハクが「寝るか食うかどっちかにしてくださいよ、アシュさん……」と訴えると、「じゃあ寝る～」と言ってフーハクの膝で丸まって眠ってしまった。

「アシュさん、だめです。いまさっき、おやつのパン食ったでしょ。お茶飲んでから寝てください」

「アシュ、ねむねむ」

「ねむねむの前に、……はい、お茶」

「……ん」

「こぼさないように、しっかり持ってください」

　アシュの手に手を添えて、お茶を飲ませる。

　フーハクはアシュの世話を焼きながら、「これは護衛というより世話係では？」と思うけれど、懐いてくれないよりは懐いてくれるほうが嬉しいし、職務上、物事が円滑に進むので助かる。

　普段からこうして信頼関係を築いておけば、いざという時に動きやすい。咄嗟の判断や瞬時の行動が求められた時に、アシュが「この人だとこわい」と脅えるようではいけない。「この人と一緒にいたら大丈夫」と信じてもらえることが大切だ。

　それに、こんなふうにのんびり過ごしたり、アシュの遊び相手になるのは、一日のうち数時間にも満たない。普段はディリヤが子供たちの世話を焼き、侍女二名がそれを補佐して、フーハクとライコウは周辺を警戒し、常に立哨している。

「アシュは新しい人と触れ合うのが嬉しいんだと思います。慣れてきたら落ち着くと思いますが、お務めの邪魔をしないよう、こちらで言い含めますので……、申し訳ありません」

　ディリヤは、フーハクやライコウにも腰が低い。

　アシュが「あそんで」とフーハクやライコウの傍に寄って行こうとすると、すぐに「お仕事中です」と制止してくれる。

「こっちも職務の一環としてお相手をさせていただいとりますんで……どうかお気になさらず。なぁ、フー？」

「です」

ライコウの言葉にフーハクも頷いた。

アシュは、生まれ育った湖水地方の村と、この城の中しか知らない。時折、城下街まで下りるが、そう回数も多くない。

アシュは外の世界について知る機会が少ない。そんなアシュが外部から来たライコウやフーハクを物珍しく思い、「おそとのお話して。どんなお仕事してるの？　教えてくれる？」と二人の尻尾を追いかけて話をねだるのも無理のない話だった。

「あれ、アシュさん、今日はもう起きるんですか？」

くぅくぅ寝息を立てたのも束の間、アシュが起きた。

「うん、起きた。ディリヤに、フーちゃんとライちゃんのお話してあげるの」

フーハクの膝から下りて、アシュはディリヤのもとへ駆けていく。

フーハクとライコウが普段どんな仕事をしているか、アシュに質問されて今日はそれを説明したから、今度はそれをアシュがディリヤに教えてあげるらしい。

「あのね、ディリヤ、フーちゃんとライちゃんね、いつもはね、王弟領？　の見回りをしたり、武器のお手入れしたり、お馬さんのお世話したり、やることたくさんあるんだって！　アシュ、見てみたいなぁ……」

「そうですね、見学させてもらえるか、あとでディリヤが確認しておきますね。でも、皆さんがお仕事をしているところにお邪魔させてもらうんですから、静かに、おとなしくしなくてはいけません。アシュはできますか？」

「うん！」

「では、ユドハに相談してみますね」

「おねがいします！」

ディリヤの懐にぎゅっとしがみつく。

アシュは、いま、城の外について興味津々だ。

フーハクとライコウから聞く異国の話や、勉強で学ぶ外の世界のこと、ユドハに見せてもらった大きな船、アシュの知らないたくさんの人たち。馬で何日も進めば、陸地の繋がった先にもまだまだ知らない場所や景色がたくさんあって、船に乗って進んだ海の向こう側にもまだまだ知らない世界がある。

いま、アシュはそういったものに胸をときめかせ、憧れていた。

「でも、お城の外も、よその国も、アシュひとりだとちょっとこわいね、ディリヤとユドハもいっしょに付いてきてね」

　ここへ来た頃に比べればとっても成長したけれど、やっぱりまだすこし甘えん坊だ。

「そうですね、最初は一緒に行きましょうか」

　ディリヤはアシュを抱きしめる。

　いずれはアシュも独り立ちするだろう。

　でも、いまはまだディリヤとユドハの子供でいてほしい。

　親としての愛を尽くして、子に差し出せる幸せをめいっぱい注いで、親としての責任を果たさせてほしい。

　ディリヤはそんな気持ちでいっぱいだった。

　十月。

　秋もいよいよ深まりつつある。

　ライコウとフーハクが子供たちの護衛官になってから約一ヵ月が経った。

　ディリヤとユドハは、恒例の家族会議と日常報告をしていた。

　場所は、ディリヤやユドハ、子供たちが暮らす離宮だ。

　今日、本来ならユドハは休日なのだが、いまの時期はなにかと多忙で、離宮の仕事部屋にこもって雑事を片付けている。

　ディリヤとは、その仕事の休憩中にちょっと話す感じだった。

「アシュは、ライコウさんとフーハクさんによく打ち解けている。ライコウさんは全体をよく見てくれているし、フーハクさんはアシュとララとジジの特性を把握して、いざという時に迅速に対処できるよう日頃から訓練してくれてる」

　子供たちの様子について、ディリヤからユドハへ伝えた。

「問題がなさそうでよかった。あの二人ならきっと上手くやってくれると思っていた」

　ライコウとフーハクを推薦したのはユドハだ。

　二人は見事ユドハの信頼に応えてくれた。そして、これからも応えてくれるだろう。

「じゃあ、予定通り……」

「あぁ、十二月の停戦記念式典にお前とアシュたちを連れていこうと思う」

人間の国ゴーネ帝国との戦争終結から、八年が経った。

毎年、停戦記念日には、停戦の調印式を執り行ったセッカという古都で記念式典が行われる。ウルカ国とゴーネ国、双方の代表者が出席して、和平の再確認を行うのだ。

今年も、例年通り二カ月後の十二月に執り行われる予定だった。

それもあって、日々、ユドハは忙しくしていた。

ディリヤたちが城へ来てから一年以上が経つが、遠出はほとんどしていない。ララとジジが生まれてから半年はディリヤが伏せっていたので、とてもそんな状態ではなかった。

近頃はようやく身辺も落ち着いて、穏やかな日々を過ごし、子供たちの生活習慣も整ってきた。

セッカはウルカ国の領内にあり、毎年、記念式典を執り行うだけあって防衛面でも信頼度が高いし、子連れでも逗留しやすい地域や気候だ。

初めての遠出には良い場所、良い機会だと判断し、セッカまで家族みんなで出かける予定を立てた。

ただし、式典に出席するのはユドハだけで、ディリヤたちは出席しない。まだ礼儀の身についていない子供を公の場には出せないし、立場上ディリヤはウルカ国側に立てない。

あくまでも、ただ連れて行ってもらうだけだ。式典会場となる古城の奥からも出ないし、公式行事にも、祝賀会にも出席しない。

それでも、久しぶりのおでかけだ。

アシュは喜ぶだろう。

知恵熱を出すといけないから、出発の当日まで黙っている予定だが、ディリヤとユドハは、子供たちがなにかしら楽しめるように、そして、安全に行って帰ってこられるように入念な打ち合わせをしていた。

この停戦記念式典にアシュたちを同道するために、ライコウとフーハクを子供たちに付けて、慣らしていたのだ。

ライコウとフーハクも、この件は承知の上だ。

公の場に出ないとはいえ、式典の前後は、大勢の人間や狼が古城に出入りする。当日いきなり「この人たちが護衛です」と引き合わせるよりも、前もって顔合わせして慣れていたほうが、いざという時に迅速に対処できる。

「じゃあ、予定通り、来週からはもうすこし遠くまでライコウさんとフーハクさんとアシュの三人で出かけてもらおうと思う」

「それなんだが、アシュがうちの営舎を見学したいと言っていただろ？　それを、ライとフーとアシュの三人だけでさせてみるのはどうだ？　担当には話を通しておいた。来週末には迎える準備が整うそうだ」

「ありがとう。アシュが喜ぶ」

「どういたしまして」

「じゃあ、報告は以上だ。……邪魔したな。仕事してくれ」

ディリヤは立ち上がり、執務椅子に腰掛けるユドハの肩に手を置き「お茶でも淹(い)れようか？」と申し出る。

「茶はいい」

「そうか、じゃあな」

「もう行くのか」

肩から離れるディリヤの手を、ユドハが手に取る。

「そりゃ……用件は済んだからもう行く」

「子供たちは……」

「アシュは家庭教師の先生と勉強してる時間で、双子は寝てる時間だな。イノリメさんとトマリメさんから

の呼び出しもないし、泣かずにいい子で寝てくれてるんだろ」

「なら……」

「アンタ、忙しいんだから、子供らのことは俺に任せとけよ」

「そうではなく……」

「……？」

「もうすこし、ここにいないか？」

「あ、……あー……あぁ、うん、そういうことか……なんか、ごめん……察し悪くて……」

ディリヤはいまのいままで座っていた椅子に座り直した。

ついつい、ユドハが仕事中だから邪魔しないように……と焦(あせ)って退出することばかり考えていたけれど、今日は休日だ。

ユドハの裁量で自由に休憩ができるし、余程の火急の用件でなければ誰かが訪れてくることもない。

珍しく、二人でゆっくりと過ごせる時間なのだ。

かといって、改めて二人で向かい合って座り、なにをするというわけでもない。二人とも仕事と子供中心の生活で、なにか共通の趣味があるわけでもないし、

会話の中心は子供のことばかりだ。

　いざとなると、いまのように、手に手を取り合って、ただただじっとしている場合もある。

　近頃、こういうことが多かった。

　城へ来たばかりの頃は情勢がめまぐるしく変化していたし、ララとジジが生まれてから半年ほどはディリヤが寝ついていたのでユドハが子供らの世話をして、ディリヤはほとんど横になっていた。

　国政を牛耳ろうとしていた太皇太后クシナダと、その一派の問題もひとまず沈静化し、情勢も落ち着き、ディリヤが回復して、ここ六ヵ月ほどは穏やかな日々を過ごせている。

　いまようやく改めて、心穏やかにお互いに向き合う時間を得たのだが、どうにも照れくさくて、話をするより前に見つめあうだけで終わってしまう。

　ディリヤは言葉数が多いほうではないので、握ったユドハの掌を無言で揉んでみたりする。

　正面からじっとユドハに見つめられていると頬が熱を持つのが分かるから、己の頬の熱を感じると、ディリヤはユドハの背に回って、肩を揉む。

　ディリヤが肩を揉むと、ユドハは深く息をつく。肩や背中から力が抜けて、尻尾も脱力する。耳と耳の間から眉間の皺にかけて優しく撫でて揉むと、ユドハは椅子の背凭れに体重をかけて、ディリヤの胸もとに後ろ頭を預けてくれる。

　ディリヤは、後ろからユドハをそうっと抱きしめて、耳と耳の間に顔を埋め、毛繕いをする。そうすると、ユドハの体からもっと力が抜けて、くぁあ……と大きな欠伸を漏らす。

　ディリヤと一緒にいる時は、ユドハはなにも気を遣う必要がない。ディリヤはそう思っている。

　ディリヤと過ごす時間は、王弟が来賓をもてなす時間ではないし、接待のように、無理に話題を探して話す必要もない。

　ディリヤがいる場所で、ユドハが寛いでくれたらディリヤは嬉しい。

「……すまん、これはまた、その……ちがう……」

　ユドハが心底申し訳なさそうに詫びた。

　ディリヤが、ユドハの耳から首の後ろを揉みほぐして毛並みを整える間に、ユドハの一物が大きくなっていた。

「……アンタ、ほんとに疲れてんだなぁ」

男は欲情しても勃起するが、疲れていてもこうなる。ディリヤも男だ。それくらいの生理現象は弁えていた。

「純粋に、お前との時間を過ごしたいだけだったんだが……」

「まぁ、思うとおりにならんこともあるよな」

言うなり、ディリヤはしゃがみこみ、ユドハの足もとを這って執務机の下に潜りこんだ。

「ディリヤ？」

ユドハは机の下を覗きこむ。

「まぁ楽にしてろ」

ディリヤはユドハの膝の間に座ると、ズボンの前をくつろげた。

ユドハがディリヤの意図を察して「そんなことはしなくていい」とディリヤを押し止める。

ディリヤはそれを聞かずに、ユドハの下穿きの紐をゆるめて陰茎を取り出すと、両手で包みこんだ。

「じっとしてないと嚙むぞ」

「…………ディリヤ、勘弁しろ」

「なんでだ？　抜いてやる」

「お前にこんな奉仕をさせるのは……」

「させられるんじゃなくて、俺がしたいからするんだ。文句言うな」

ユドハの股の間から睨みつけて、そこへ唇を寄せる。

口でするのは初めてだ。

ユドハは、いつも自分だけがディリヤをとろけさせて、ディリヤにはこういうことをさせない。

大事に、大事に、宝物のようにディリヤを取り扱う。ディリヤは丈夫だから、多少乱暴にしても壊れないし、ユドハにならなんだってしてやりたいのに、まるで砂糖菓子のようにそっと抱かれる。

「ん……」

到底、口に入る大きさではない。

先端に唇を寄せ、舌と唇で愛撫する。

竿の付け根まで唇を滑らせ、下生えに鼻先を埋め、ちゅ、と音を立てて甘く啄む。

オスの匂いが濃い。

ユドハのこの匂いは好きだ。

ディリヤを抱く時に、こういう匂いがする。

いつも、このオスで気持ち良くしてもらっているのだから、たまには礼がしたい。

好きな男の新たな一面を見たい。

好きな男を喜ばせるためなら、なんだってしたい。

ディリヤにできることは限られているから、それでユドハが喜んで、気持ち良くなるなら、その姿を見たい。

「……っ、んぐ……、……っ、ぅ」

「……ゆどは」

「無理はしなくていい」

「どうした？」

「これ、顎が、すごい疲れる……」

「……っ、そうだな」

ディリヤの素直な感想にユドハが笑う。

「……笑ってるのもいまのうちだ」

ディリヤは再び口淫を始める。

太く重い竿を両手で捧げ持ち、裏筋を舐め上げ、張り出た雁首を舌先で辿り、鈴口に滲む先走りを啜る。品のない音を立ててしまい、すこし恥ずかしい。

それでも、ユドハのそれは大きくなっていくし、ディリヤの拙い技巧でも喜んでくれているのが分かる。

その変化にディリヤ自身も煽られる。

唇に触れる熱に興奮を覚える。舌に広がる独特の味や、鼻の奥に抜ける匂い、やわらかな粘膜に触れる感触。それらを感じるたび、唇がこの行為の気持ち良さを拾い上げてしまう。

「……見ん、ぁ」

咥えたまま、「見るな」と唇を尖らせる。

ユドハが、ディリヤをじっと見つめている。

オスを咥えて気持ち良くなっている顔を見られている。その目に見られていると、体の奥が疼く。ユドハだけを気持ち良くすっきりさせてやるつもりだったのに、ディリヤまで欲しくなってしまう。

「見るなと言われても、見てしまう」

愛しいつがいが、ユドハのためにしてくれるのだ。

自らすすんで、ユドハを欲しがってくれるのだ。

こんなかわいらしい姿を見ずにいられようか。

「ん……っ、ふ」

頬を撫でられ、上手だと誉められる。

ディリヤは内腿を寄せて、自分の一物を股の間で慰める。

口を犯されて下に欲しくなったなんて、到底、言葉には出せない。その代わり、口での奉仕を激しくしてしまい、ユドハに「そろそろ欲しいか？」と問われて恥ずかしくなる。

「……ほしい」

ディリヤは陰茎から唇を離し、それに頬ずりする。

でも、いつもディリヤが先に気持ち良くなってしまい、ユドハを気持ち良くすることが疎(おろそ)かになってしまうから、今日は先にユドハを気持ち良くさせたい。

このオスが、ディリヤの奉仕でどんなふうに快楽を得るのか、いつもは前後不覚でしっかりと見られないから、その表情を見たい。

「……ディリヤ」

ユドハが息を詰める。

短い毛に覆われた腹筋から下腹のあたりが固くなり、ユドハが眉間に皺を寄せる。

気持ち良さそうなのに、難しい顔。それは、ユドハが自分自身の欲を優先して、ディリヤの喉の奥深くに突き入れぬよう辛抱しているからだ。

きっと、いつもそうなのだろう。

ディリヤを抱いている時は、自身の欲の発散と、ディリヤへの愛でせめぎ合っているのだろう。

その表情が言葉にならぬほど男らしい。

ディリヤは、「あぁ、この男はいつもこんな顔をして俺を愛しているのか」と、まじまじと見つめる。

「はなせ……っ、ディリヤ……」

ユドハがすこし強めにディリヤの後ろ頭を抱く。

「……っん、っぁぅ」

できるだけ大きく口を開いて、口腔(こうこう)内に入るだけ陰茎を咥えこみ、頬の内側のやわらかい粘膜や、舌の平すべてを使って受け止める。

「っ、は」

ユドハが息を詰める。

わずかに漏れ出たその低い呻(うめ)きが、途轍(とてつ)もなく甘やかで、ディリヤの耳から腰骨までを痺れさせる。

けれども、そのかすかな声に陶酔(とうすい)する間もなく、溺(おぼ)れそうなほどのそれがディリヤの喉に叩きつけられた。

「……っ、!」

ユドハが咄嗟にディリヤの頭を後ろへ引いてくれる。

おかげで溺れずに済んだが、顔や首筋にユドハの精液がかかる。

量が多い。何度かに分けて、間欠的(かんけつてき)に勢いよく吹き上げ、ディリヤの肌を白く彩(いろど)っていく。

後ろ頭をユドハが支えてくれているせいで、逃げ場のないディリヤは、すっかり射精が終わるまで、真正面からそれを浴びることになってしまった。

「……すまん」

獣欲のほんの一部を放った直後の息遣いは、どこか気怠げだ。

短い呼吸を繰り返し、次第に呼吸が整い始め、深くゆっくりと息を吐き、張り詰めていた筋肉をゆるめる姿は実に気持ちが良さそうでもある。

「………………」

「ディリヤ、大丈夫か？　目には入ってないか？」

「……びっくりした」

「それは、その……本当にすまん……」

ユドハはまだ固さ残る陰茎を下穿きのなかに戻して、ディリヤの頬を拭う。

「顔にかかってびっくりしたのもあるけど、量が多くて……、びっくりした……」

さっきまで、あんなにいやらしいことをしていたのに、ディリヤは子供みたいなあどけない表情で感動している。

いつも、こんなにたくさん腹の中に出されていたのだ。感動する。

「……ディリヤ」

お前という奴は……と、ユドハが額を押さえる。

「どうした？」

「煽らんでくれ」

「……いまのは、アンタを煽るような発言だったか？」

「言っておくが、お前の腹に出す時は、もっと量が多い」

「もっと」

「もっとだ」

「……たいへんだ」

ディリヤは自分の腹を撫でて笑う。

この腹は、いつもそんなにたくさん、この男に愛されているのか。

この腹で、そんなに気持ち良くなるのか。

「光栄な話だな」

「……そんないやらしい姿で、そんなあどけなく笑うな。悪いことをしている気持ちになる」

「アンタ、俺を聖女かなにかだと思ってるのか？」

「無垢な宝物を汚してしまったような気分だ」

「でも、アンタ、実は嬉しいだろ？」

「どうしてそう思う？」

「しっぽ」

椅子の背凭れの向こうで、ユドハの尻尾が元気にぱたぱたしている。

　ディリヤを自分の精液で匂いづけできて、自分の所有物だと印付けができて、ご機嫌なのだ。

「この尻尾は……本当に……、お前のこととなると、ちっとも言うことをきかん……」

「うん、知ってる。でも、俺にも尻尾があったら、きっと同じようになってると思う」

「………」

「だから、ちょうだい」

　ディリヤは、下穿きの向こうに隠されてしまった一物に唇を寄せ、布地の上から、やわらかく食む。

　じっとユドハを見上げ、ねだる。

　きっと、物欲しげな表情をしているだろうけれど、あまり表情に出ないほうだから、ユドハには伝わっていないかもしれない。

　それならそれで、もっと分かりやすい方法でユドハをねだればいい。

「……分かった」

　ディリヤがもう一度それを口に含もうとした時、ユドハが観念した。

　ディリヤが得意げにすると、頬をやわらかくつねられて、「後ろの準備はしていないだろう？」と尋ねてくる。

　交尾をするための準備をディリヤが自分自身でした経験は数少ない。いつもユドハがしてくれる。

「おいで、してやろう」

　ユドハは机の下に身を屈め、ディリヤの脇の下に手を入れて抱き上げた。

　椅子に腰かけたユドハの太腿に跨り、腰を沈める。
　ほんのすこし浮かしては、また、沈める。
　両腕はユドハの首の後ろに回し、鬣に埋もれる。縋りつくでもなく、鷲掴みにするでもなく、大きな狼の抱き枕を胸いっぱいに抱きしめるようにして、ユドハの体ぜんぶに自分の体重を預ける。
　俯き加減の視線の先は、ユドハの服の胸もとだ。今日は休日なこともあって、ユドハは平時よりもゆったりとした服を着ている。その刺繍の繊細さや、織りの美しさを見るとはなしに見つめ、ディリヤは先ほどよりも深く腰を沈めた。

「ん……っ、ん、……っ」

気が遠くなるほど緩慢な動作だ。

息を詰めては、長く吐く。

腹に納めたオスの一物を食い締めるでもなく、ただ受け入れて、やわらかく包みこむ。

ユドハはディリヤに合わせてくれる。ディリヤの腰を支える手は爪が丸められ、優しく添えられている。

互いに、この穏やかな情交を味わう。

時間はまだたくさんある。焦ることなく、なにひとつとして見逃すことなく、感じることをなおざりにすることなく、ひとつひとつを大切に重ねて、より大きなひとつの快楽へと結びつける。

「……っは」

ディリヤが顔を横へ振る。

秋口とはいえ、こうしてたっぷりの毛皮に溺れながら動けば、汗ばむ。

髪の生え際の、耳に近いところから汗が滲み、顎の輪郭に沿って雫が伝い、首筋へ消える。襟に隠れた肌に、汗を吸った服の布地がひたりと張りつく。

それが煩わしくて、ディリヤは身をよじった。

「じっとしてろ」

ユドハが笑って、口吻の先を使って額に張りつく前髪を脇へ避けてくれる。

「こっちも」

ディリヤが首を持ち上げ、わずかに仰け反るように頭を後ろへ傾ける。

喉元を明け渡すと、そこにもユドハの鼻先が潜りこんできて、汗を舐めてくれる。

「お前は暑さが本当に苦手だな」

はぐ、あぐ。大きな口がディリヤの首を噛む。

「ん、……ぅ」

ユドハがすこしでも上顎と下顎に力を籠めたなら、ディリヤの首はへし折られ、肉には鋭い牙が食い込み、血管は破れてしまうだろう。

そんな場所を、たった一人の男に明け渡している。

生殺与奪の権をユドハに委ねている。

どきどきする。

狩られて、食われる獲物の気分だ。

興奮する。

ディリヤは血の気の多いほうだが、こんなに興奮するのは、ユドハと肌を重ねた時だけだ。

それも、激情に駆られるように心が沸き立つのではなく、静かにぐらぐらと腹の底で心地好さが渦巻いて、ディリヤを酔わせる。心臓が高鳴り、胸の内側を物理的に締め上げられたかのように息ができなくなる。

それが、たまらなくディリヤを夢中にさせる。

「っん、……ユドハ……っ、んっ、ぁ」

ユドハの鼻先を甘噛みして、唇を貪る。

ぎこちない腰遣いでオスを喜ばせ、己自身の気持ち良くなるところでもしっかりと楽しむ。

「……っふ」

くちづけの合間にユドハが、低く笑う。

「なに……？」

「うちのつがい殿は協力的でありがたいと思った」

気持ち良くなる時は、ディリヤも、ユドハも、一緒に。どちらか片方だけが喜びを得るのではなく、お互いが欲しいものを得られるように。

ディリヤはいつもとても交尾に協力的で、ユドハは嬉しい。

「でもな、本当は……」

ユドハの鼻を啄み、耳を弄りながら、ディリヤは声を低く、「やらしいこと覚えたてのガキみたいに盛ってるのがバレないように必死だ」と告白する。

すると、ユドハがもっと笑った。

声を上げて、大笑いした。

「……っ、ユド、ハ……、肩揺らして……笑うな、腹に、ひびく……」

「すまん、苦しかったか？」

ユドハはまだすこし口もとが笑みのままだ。

「苦しくないけど……腹ん中が揺れて、……っ、出そうに、なる」

ディリヤは自分の陰茎からとろりと漏れ出るそれを指で掬う。

「前を触ってやろうか？」

「……いい」

「どうして？」

「腹んなかで、アンタのでイきたい」

喉仏を齧る。

自分にできるめいっぱいの甘えたな仕草で、つがいのオスを誘う。

このオスに甘えることすら、きもちいい。長く、ゆるゆると、ぬるま湯に浸かるような心地好さがあって、そちらに意識を傾けると、どろりと心までとろけて、体が開く。

ディリヤはもっと気持ち良さを得ようと、知らず知らずのうちに大きく股を開き、深く咥え込み、オスの熱を味わい、肉を食み、甘い欲に耽る。

ユドハはそうして与えられるディリヤの体を掻き抱き、深く己を埋める。激しくは揺さぶらずに、ディリヤの負担にならない位置で、けれどもディリヤの受け入れられる最大限の深さで、その熱を堪能する。

「……っ、ぁ」

ディリヤが短く喘ぎ、背を震わせる。

ユドハの毛皮に白いものを吐き出し、内腿を固くする。

「……ぁ、……っ……ん……っ」

控えめに、けれども我慢がきかず、ディリヤは甘やかな声を漏らす。

射精の前後に腹の底を揺さぶられると、頭が真っ白になるほどの快感が押し寄せてきて、勝手に声が溢れる。

喘ぐばかりの息遣いを聞かせまいとするのに、絶頂に呑まれて、ユドハから与えられる喜びに心を傾けてしまう。

そうすると、声を出したり出さなかったりする頭の機能は停止してしまって、次から次へと声が出る。

声を出したほうが、きもちいい。口が開くと後ろもゆるむのか、ユドハの陰茎がまたひとつディリヤの腹の中で幅を利かせてくる。

その大きさにまた気持ち良さが膨れ上がり、かくん、と腰が抜けてしまう。

「……ぉ、……ぁ、っ……」

「目を回すのはもうすこし付き合ってからにしろ」

「ん……」

ユドハに支えられて、ディリヤは訳も分からず頷く。もうすこし付き合えと我がつがいが言うのだから……と、ディリヤはユドハの頬を撫で、奥を締める。

快感に呑まれてもう動けない。

ディリヤの体は本能に従って、快感だけを追い求め、己の内にある陰茎をぎゅうと包みこみ、ふわりと弛緩させ、また、ゆるゆると締め上げる。

窮屈なのに、とろけたそこをユドハの陰茎が割り開き、深く深くへと潜りこみ、静かに、優しく、けれども雄々しく、ディリヤを貪る。

ディリヤの腹には、ユドハを気持ち良くするための道が出来上がっている。ユドハは、自分のためだけに柔軟に開き、自分の種だけを受け止める穴の、その具合の良さに唸り、眉間に皺を寄せる。

「ん、ぅ……っ、ぁ、ぅ……っん」

腹が重い。ユドハのそれは射精が近付けば近付くほど、ディリヤの中でびくびくと震え、張り詰め、際限なく質量が増していく。

重みを増しながら、ユドハはディリヤの腰を摑み、抜き差しを繰り返す。

重たいものがずるりと出入りする。最初は眠気を誘うほどの緩慢さで。次第に大きく、長く続く動作で、ディリヤの体を深く味わい始める。

「ぁ、……ぅ、ぁ、あ……っ」

繫がった部分からは、濡れた音がひっきりなしに漏れる。

その粘ついた音が大きく響くようになり、ディリヤの尻に打ち付けられる衝撃が激しくなると、会陰のあたりが薄く伸びるほどユドハの陰茎が大きく膨らむ。

「く……っ、……、っ、は……」

ほんのすこしユドハが我を忘れて、息を荒らげ、ディリヤの体で己の欲を追求する。

「……っひ、ぅ」

自分の中が作り変えられていく。

それが、恐ろしいほどの快楽を生む。

ディリヤはユドハの鬣を鷲摑みにするが、それだけではこの終わりない快感に耐えきれず、その豊かな毛並みの奥に隠れた肌に爪を立てる。

「ディリヤ……っ」

ユドハはディリヤの腹に種を付ける。

「ふ、ぁ……」

この感覚だけは、いつも不思議だ。

表現する言葉が思いつかない。

けれども、好きだ。

なんともいえぬ、幸せな気持ちになる。

狼のユドハは、その幸せを、普通の人間よりも長い時間、ディリヤに与えてくれる。

これから、長い長い射精が始まる。

根元の瘤が膨らんで、それをディリヤの内側に納めて種を付けている間は、ぴったりくっついて、繫がったまま離れられない。

離れずに長い時間ずっと睦み合える。

ディリヤはそれも大好きだ。

腹にたっぷり種を付けられながら、ユドハの毛皮に埋もれて、意味もなく胸の毛を毟って甘えて、毛繕いをしてもらって、ユドハの肌を思う存分撫でて、飽きるほどくちづけを繰り返すことができる。

　物理的に繋がってしまっているから、どう足掻いても、はなれられない。それならいっそ好き放題じゃれあう時間にする。そんな建前がないとユドハにべったりくっついていられない自分の天邪鬼さをディリヤは自嘲する。

　けれども、ユドハもこの時間が大好きなのは知っている。

　いまも、ディリヤの肩口に顎を乗せ、腕の中にディリヤを囲い、腹の中にたっぷり射精して、目を細めてうるうると喉を鳴らしている。

「……ユドハ？」

　なのに、ユドハは腰を引いて陰茎を抜こうとした。

　ディリヤは両足をがっちりとユドハの胴体に絡めて、逃がさないようにする。

「だめだ」

「ぜんぶ入れていい」

　ディリヤが悪いことを囁く。

　ユドハの陰茎の根本の、大きく膨らんだ瘤を撫でて、これも腹の中に埋めろと囁く。

「そんなことをしたら、今日一日、離してやれそうもない」

「長いこと、入れてない」

　一度これを入れたら、ユドハの長い射精が終わるまで物理的に離れられなくなる。

　互いになにかと忙しい身だという自覚はあって、そうしてすべて繋がるのはもう一年以上我慢している。

　瘤の根本まですべて体内に納めてしまうと、ユドハと番っている実感が持てて、ディリヤはたまらなく幸せな気持ちになるのだ。

「アンタとつながるの、すき……」

「だめだ」

「……だめか？」

「あぁ、だめだ」

「どうしても？　……お前は禁欲的に見えて、こういうことに弱いな……」

「うん。……あぁ、もう……ごめん」

「謝らなくていい。欲しがってもらえるのは嬉しいことだ」

「でも、俺、最近、……なんでだろう、……ぜんぜん我慢ができなくて……」

ディリヤはきもちいいことに負けてしまう。

冷静になれば「アシュのことが、ララのことが、ジジのことが……」と考えて諦められるのだが、近頃、時々、こうして、ユドハとの悦楽に溺れてしまいそうになるのだ。

それは、いざとなったらユドハがいるという甘えからくるものかもしれない。

「どうしてもと言うなら、子供たちから急な呼び出しがかからなくなるほど成長した頃だな」

「うん」

「それまでは二人で辛抱だ」

「……うん」

「そうむくれるな。俺だってお前と二人きりになれるなら、一週間や十日は寝床に閉じこもって、お前を離さずにいたいと思っているんだ」

ユドハも、ディリヤと同じなのだ。

気持ちいいことを覚えたての盛りのついたガキと同じなのだ。

恋仲になって間もない愛しい人との睦み合いだ。

一日中ずっとこうして気持ち良くなっていたい。

ディリヤとの行為は、ユドハを単なるオスにする。

ユドハも、ディリヤも、思い通じ合って、ともに暮らすようになり、生活が落ち着いて、子育てや公務に追われながらも、いまようやく二人の時間をすこしずつ味わっている。

毎日が新鮮な気持ちで、ディリヤは、朝に起きればユドハと今日も話ができることを楽しみに思い、ユドハは夜に眠る時に明日もディリヤと会えることを楽しみに眠りに就く。

隣に好きな人がいるのに、明日の好きな人のことを考えて、胸がぎゅっと高鳴って、居ても立ってもいられず「好きだ！」と叫び出しそうになる。

二人ともがそんな調子でそわそわして、浮き足だっているから、視線が絡んだだけで恋をしてしまう。

恋どころか、もう愛を交わしているのに、また恋をしてしまうのだ。

「もっとしたい……」

ディリヤはユドハに二度目を誘う。

「もうすぐアシュの勉強の時間が終わるだろう？」

「………」

「近頃のお前は、随分と不安そうな顔をするな」

「分からない」

「不安を解消するように、体を重ねようとする」

「…………」

ディリヤは、ユドハの首に抱きつく。

「言葉では感情を説明できないか？」

「…………」

ユドハの言葉に、ディリヤは頷く。

ユドハが好きで、大好きで、愛してる。好きで好きでたまらない。それをもっと伝えたい。

どれだけ愛を尽くして、言葉や態度で示そうと頑張っても、この溢れんばかりの大好きを伝えきれていないような気がするから、もっともっと伝えたくてたまらない。

だから、つい、体に頼る。

肉と肉が触れ合ったなら、それだけで伝えられることもあるのでは……と、そんな期待を抱いてしまう。

伝えきれないディリヤのこの想いを伝えられるならば……と縋るような想いで、ユドハと繋がろうとしてしまう。

良くないことだと思う。

ちゃんと言葉で伝えられるように努力すべきだと思う。

いつまでも態度や仕草や行動だけでこの想いを伝えるのではなく、きちんと言葉で表現できるようにならなくてはいけないと思う。

なのに、そうしようとすればするほど、不安ばかりが感情の前面に表出する。

立場上、ディリヤはなにも望まないほうがいい。

言葉にもしないほうがいい。

控えめに、謙虚に、静かに、ただユドハと子供たちのためだけに存在していればいい。

だから、多くを語ってはいけない。

口を開けば、この欲深な赤毛のけものは、「ユドハとああしたい、こうしたい、もっと一緒にいたい、はなれずに傍にいたい、愛したい、愛したい、愛したい」と、ねだってしまうに違いないから。

ひとつでも我儘を言えば、残りぜんぶの我儘を我慢できなくなってしまうから。

すき、だいすき、あいしてる。

それさえ伝えられれば幸せだと思わなくてはならない。

好きな人が生きているのだ。

生きている好きな人に、愛していると言えるのだ。

それだけで充分だと思わなくてはならない。

過去、戦争で大勢の人が死ぬ瞬間を見てきた。

生きているうちにしか、愛していると言葉や体で伝えられないことを学んだ。だから、せめてそれだけはどうにかしてユドハに伝えたくてたまらない。

自分のこの感情がおそろしい。

どこまでも強欲になってしまう。

その強欲を悟られないように、肉欲で誤魔化そうとしてしまう。

「好きだって伝えたいだけなのに……足りない気がするんだ。いま、俺がアンタを好きだって気持ちの、千分の一、万分の一も、アンタに伝わってない気がする」

「だから、体を繋げるのか？」

「うん」

「だが、お前がそう思うように、俺だってもっと伝えたい。俺がどれほどお前を愛しているか、どれほど執着しているか、俺のそのすべてがお前に伝えられていると思うか？」

「……わかんない」

「だろう？」

「ユドハもそうなんだ？」

「もちろん、そうだ」

「そっか……」

ちょっと安心する。

ディリヤが微笑むと、ユドハも微笑んでくれる。

お互いに大好きなのは承知のうえで、「俺がお前をどれだけ大好きか分かんないだろ！　言っとくけど、ものすごく果てしなく途轍もなく大好きなんだからな!?」「俺だってものすごく果てしなく途轍もなく底なしにお前のことが大好きだからな？」と至極まじめに告白しあい、「好きってよく分かんないなぁ、際限がない」と笑いあう。

好きすぎて好きの概念が崩壊してしまう。

好きってなんだろう？　もう訳が分からない。とにかくユドハが目の前にいてもいなくてもユドハという存在のことを想うと、ディリヤの胸はぎゅっとなってしまう。

そうして、ディリヤが困り顔で「ユドハがだいすきでどうしていいか分からない」と途方に暮れている姿を見ると、とっても可愛くて、可愛くて、可愛くて、ユドハは、目の前のこの可愛い生き物を愛して愛して抱きしめて頬ずりして「我がつがいはかわいい！」と叫びたくなるのだ。

お互いがお互いに愛しくてたまらないのだ。

「好きの深さを表現するのは難しいが、数を重ねることはできるぞ」

「……すき」

すき、すき、すき。

ひとつひとつは小さな恋の欠片。

それをたくさん重ねて、重ねて、折り重ねて、緻密で、繊細で、それでいて宝石のように確かな愛にする。

好きと思った時に、「すき」と目の前の男に伝えられるしあわせを嚙みしめる。

もっとしあわせになるために、ユドハをしあわせにするために頑張れるしあわせが、しあわせ。

そうしたら、さっきまで不安が前面に顔を覗かせていたのに、いまは幸せがめいっぱい表面を埋め尽くす。

「すき」

「あぁ、すきだ」

「だいすき」

「だいすきだ」

「愛してる」

「愛してる」

すきをひとつ重ねるたび、とろりと眠気を感じるほどの安心感と、言葉にならないじれったい感情が交互に押し寄せてくる。

不思議だ。

目の前の愛しいつがいと見つめあうだけで、ディリヤの心はいつもときめいて、まっすぐ見つめていられないほどの恥じらいが芽生える。

いつでも好きだと告白できるのに、まだ告白する前の未熟な片思いのように、目の前のオスに恋をしてしまうのだ。

何度も、何度も、何度でも。

二ヵ月後、晩秋。
ウルカ国、西風地方、古都セッカ。
セッカは、ウルカ国とゴーネ帝国の国境に接する都だ。ゴーネ帝国領に最も近い都市で、ウルカ国最西端に位置する。

平野部に突き出るように聳え立つ岸壁の上にセッカ城という古城があり、城下街は西風地方最大の都市だ。硬い岩盤に守られた要塞都市で、いくつもの採石加工場を擁し、古くから栄えていた。

八年前にゴーネ国との停戦が決定された折、セッカ城で調印式典が執り行われた。

ゴーネ国というのは人間の国で、かつてディリヤが傭兵として雇われていた国であり、ウルカ国の王スルドを殺すためにディリヤを使った国でもある。

今日、ユドハは、ウルカ国の代表として、停戦記念式典に出席していた。

濃青と深緑の色糸で織られた礼服は、まるで朝陽の下で羽搏く孔雀のように鮮やかで、縁飾りや刺繍は落ち着いた深みのある金糸で彩られている。細工の緻密な金ボタンや装飾品は太陽の下で燦然と輝き、ユドハの黄金の毛皮をよりいっそう美しく、鮮烈に引き立てていた。

石灰質の岩を切り出して造り上げた城で、ユドハの姿は誰よりも立派だった。

西風が吹けば、秋の終わりの木の葉や花びらが舞い、冷気を含む風の音は耳にも美しく冬の始まりを告げ、今朝、ディリヤが梳かしたユドハの毛並みも、黄金でできた川のようにそよぐ。

式典が執り行われるセッカ城の広間には、両国の国旗が並んではためく。楽隊は、賑々しく、それでいて厳かに両国の伝統歌や国歌を奏でる。それらを見守り、唄い上げる両国の列席者は今年もこの日が訪れたことを心から祝い、死者を悼む。

セッカの都に住む者たちは、ひと目でも式典の様子を見ようと、一般開放された城外の大広場に集まり、漏れ聞こえる音色に耳を澄まし、礼砲を見物する。

また、近隣のゴーネの街や村から物見遊山で訪れた人たちも、その様子を思い思いの表情で眺めていた。

式典そのものはしめやかに執り行われるが、それが済めばまるで祭りのようになる。

大広場では食べ物や酒が振る舞われ、楽隊は明るい音楽を奏で、曲芸師が面白おかしく人々の笑いを誘う。

狼と人間の種族の垣根を取り払っての交流だ。時には酔客同士の小競り合いこそあるが、セッカを守る金狼族の軍が、公平に間を取り持つ。

その様子は華やかのひと言で、国王代理としてのユドハの治世が盤石であることを象徴するものでもあった。

だが、いまはまだ式典の只中だ。

ディリヤたちは、大広間を見下ろす二階席の片隅で式典を見ていた。

ディリヤの傍には、アシュとララとジジ、二人の侍女と二人の護衛官がいる。

「ディリヤ、……ユドハどこ？　人がいっぱいいて分かんないよ」

アシュがぴょんと飛んで、尻尾とお尻をぽよんと弾ませる。

二階席の緞帳に隠れるこの位置からでは、ユドハを見つけられないらしい。

「あそこですよ」

ディリヤはアシュと同じ目線にしゃがみこみ、石の欄干の隙間を指さして、そこを覗くようアシュに教える。

「……分かんない」

「分かりませんか？　手前から順によく見てみましょう。人間と狼さんが、広間の真ん中に敷かれた絨毯を挟んで両側に分かれているのは分かりますか？」

「分かります。……ディリヤ」

「はい、どうしました？」

「人間さんに、ちっちゃい子いる」

「そうですね。アシュと同い年くらいですかね」

ゴーネ国側の末席に、人間の子供がいた。

貴族席に近いので、高貴な身分なのだろう。よそいきの服を着て、畏まっている。

「アシュと同い年なの？」

「たぶん、それくらいだと思います」

「……アシュのほうが小さい？」

「そうですね、アシュのほうが背たけが小さいですね」

「……人間の子、初めて見た……」

獣人だけが暮らす田舎の村で育ったアシュは、初めて人間の子供を目にする。

遠くから見ているので縮尺が測りにくいが、アシュ自身から見ても、同い年くらいなのに自分のほうが小さいと感じたのだろう。

「人間も狼もそれぞれ個体差がありますから」

「こたいさ……」

「この式典が終わったら説明します。まずはユドハを探しませんか？」

「あ、そうだ、ユドハ！　ユドハどこ？　迷子？」

「迷子じゃないですよ。ちゃんといます。真ん中の絨毯の、狼さんがたくさんいる側です。狼の皆さんのお鼻が前を向いているほうを見て、ずーっと奥の……壁の垂れ幕が見えますか？」

「うん」

「あの垂れ幕を、右から十七枚目まで数えてください」

「うん。……いち、に、さん……しぃ、ご、ろく、な、な、はち……」

「十七枚目まで数えたら、……ほら、十七枚目の狼の刺繍がある垂れ幕が分かりますか？　その前に立つ、一番きらきらしてる、おっきいのがユドハです」

「じゅうご、じゅうろく、じゅうななまいめの……、おおかみちゃんの、いちばんきらきら……おっきいの……、……あ！　ほんとだ！」

欄干にへばりつき、欄干と欄干の隙間にむぎゅっと口吻の先を詰め込んで、アシュが前のめりになる。

「落ちないように気を付けてください」

ディリヤはアシュの両肩を押さえて、それ以上前へ出ないように、それでいて他の列席者に姿を見せないように、アシュを一歩下がらせる。

苺色に毛先が染まった金狼族の子供が不特定多数の列席者の目に留まれば、ユドハの子かと勘繰られる。見られて困るわけではないが、大勢の大人の目が一斉に自分に向けられればアシュは警戒するだろうし、こうした公の場で不用意に目立つものでもない。

「すごいねディリヤ。ディリヤはいつも一番にユドハを見つけられるね。どうして？」

「どうしてでしょう。でも、ほら、何気なく顔を上げた瞬間、視界に入る一番きらきらしてる人がいつもユドハなんです」

ディリヤは「勘のようなものです」と答える。

傍にいた二人の護衛官は「そりゃ恋してる人の発言だ」と、無意識に惚気るディリヤを内心で微笑ましく思う。

恋とは、好きな人をひと目でも逃さずに見たい、恋する人と一時でもすれ違いたい、誰しもがそう思い願って、無意識に神経を張り巡らせているものだ。

「アシュ、また前に出ています。もう一歩下がりましょう」

欄干の隙間に、アシュのかわいい鼻先がめりこんでいる。

「…………」

「アシュ？」

「…………」

　アシュは食い入るようにユドハを見ていた。

　ディリヤの声も聞こえないほど集中して、いつもは言うことを聞かない尻尾もじっとして微動だにせず、三角耳はすこしもユドハの声を聞き漏らすまいと前を向き、大きな瞳は瞬きもせずユドハの動きを追いかけている。

　アシュの視線の先で、ユドハは演説を始める。

　ユドハの声は低く、それでいてよく通る。びりびりと腹の底に響き、心臓を打ち、言葉と音色で感情を揺さぶり、心を貫く。

　大きな手や体を使った身振り手振りは実に効果的で、言葉の重みに誠実さと安定感を加味し、為政者としての尊厳を高め、ユドハという男に深みを与える。

　演説を終えれば、この一年もまた平和が保たれるようウルカとゴーネ双方の代表が署名し、握手を交わす。

　アシュには演説の内容こそ理解できないだろう。けれども、この式典に出席する多くの者がユドハの言葉と姿に魅了されたように、アシュもまた心を奪われたことは確かだった。

「……かっこいい」

　それは、アシュの独り言のような、感嘆のような、思わず漏れ出たひと言だった。

「とてもかっこいいですね」

　ディリヤも頷く。

　だが、ディリヤの返した言葉は、食い入るようにユドハを見つめるアシュには聞こえていないようで、一所懸命に己の父の雄姿を見つめる様子はとても愛らしかった。

　アシュがそれほどまでに夢中になれる光景に出会えたことをディリヤは喜んだ。

　ユドハもキラキラしているが、ユドハを見るアシュの瞳もキラキラしている。

　これまでも、何度かユドハの仕事風景を見学させてもらったことはあるが、いつもは執務室の様子をこっそり邪魔しないように見るだけで、こんなにも大それたものを目にするのは初めてだった。

　この式典の重要性や大切さを深くは理解できずとも、遠目からではあっても、こうして、お父さんの大きな仕事を目の当たりにして、華やかさや厳かさに心を打たれ、特別な雰囲気に呑まれ、そしてなによりもユド

ハの威風堂々とした姿に圧倒されて、感銘を受けている。

ディリヤは声をかけるのをやめて、アシュのふわふわの頭越しに同じ景色を見た。

ディリヤの瞳もまた、アシュと同じように、けれども異なる意味で輝いている。

ユドハを見つめる瞳が、熱にうるむ。

ユドハは、高貴だ。

孤高であり、高潔だ。

特別な場に立つユドハには、家族の一員としての楽しげな笑顔はなく、父親としての優しい笑みもなく、ディリヤにだけ見せる穏やかな表情もない。

公人としての雰囲気をまとい、近寄りがたさすら感じる。現実味のない、遠く離れた雲の上、手の届かない憧れの人のようだ。

だが、そうした近寄りがたさのなかにも、内から滲み出る彼の美徳がその佇まいに現れていた。

いつまでも、いつまでも、見つめていられる。

息をすることすら忘れて、見入ってしまう。

瞬きすることすら惜しい気がして、目が乾いて痛くなってしまう。

あぁ、なんて美しい。

溜め息をこぼしたいのに、そちらへすこし意識を傾けることとさえ難しい。

眠る双子を抱く二人の侍女は「あぁ、これこそ恋する男子の眼差し……麗しいわ」と、ディリヤの眼差しが物語るユドハへの想いや胸の高鳴りに触れ、心の内で手に手を取り合う。

ディリヤは、「あれこそが俺の愛するオスで、つがいで、伴侶で、俺のものなのだ」と、子供じみた自慢を人知れず胸中で叫ぶ。

だが、同時に、ユドハは立場のある人物なのだという現実を改めて目の当たりにして、身の引き締まる思いでいた。

これからのディリヤの立ち回り方、過去の軍歴、人間であること、すべてひっくるめてユドハの負担や足枷にならぬようにしなくてはならない。

ユドハと肩を並べる存在にはなれなくても、常にユドハの味方であり、ユドハにとって助けになり、支えになり、ユドハのつがいとして恥ずかしくない立ち居振る舞いで、誇らしく思ってもらえる生き方をしなくてはならない。

できるだけ長く、ユドハの隣で、狼社会で生きていけるように細心の注意を払わねばならない。

ディリヤの生まれ育ちで、それを成し遂げることは、困難な試練となるだろう。

だが、好きな人のためになら、どんな困難にも立ち向かえる。

男心は単純だ。

好きな人の前ではかっこよく生きたい。

なのに、頑張れば頑張ろうとするたび、現実に直面して打ちひしがれる。どうにも埋めようのない生まれ育ちの違いや身分差を実感して、焦燥に駆られる。

ディリヤがユドハを愛していても、いずれユドハがディリヤを愛さない日がくるかもしれない。愛し続け、添い遂げることが難しい状況が訪れるかもしれない。

けれども、それだけは考えないことにしている。

かたちのないものを疑うのは簡単だ。

愛を疑ってしまえば、おしまいだ。

愛されることがなくなっても、愛することを禁じられるわけではないのだから。

「かっこいいですね……」

アシュに語りかけるわけでもなく、ディリヤはユドハを見つめ、そんな言葉を漏らす。

ディリヤは、毎日が愛に溢れて幸せで、毎日が恋煩いで、苦しい。

セッカはウルカ国の領地だ。

けれども、セッカ城内の約四割をゴーネ国側の関係者の逗留用に貸し出し、一割を第三国の来賓者のために提供し、残りをウルカ国側の逗留地として利用していた。

式典の主要な催しは滞りなく終わり、ディリヤと子供たち、護衛官と侍女は控え室に下がっていた。

この控え室は城内の最奥にある居住区に位置し、かつては、この古城のあるじが家族と暮らしていた区画となる。

ユドハはこのあと会食などで夜遅くまで帰ってこない。

ディリヤたちにはこなすべき公務もなく、いつもと違う場所で、いつもどおりに生活するだけだ。

それでも、場所が変わるだけでアシュは物珍しいらしく、二人の護衛官に面倒を見てもらいながら、居住区を探検していた。

　ララとジジは式典の最中に眠っていたからか、いまは目が醒めて絨毯敷きの床を端から端まで腹這いでずりずりしてはディリヤの足にしがみつき、今朝脱いだユドハの上着をディリヤに「どうぞ」してもらって、楽しげに服とじゃれている。

「ディリヤ！　ただいま！」

「おかえりなさい、アシュ。探検は楽しかったですか？」

「うん！　柱と床の石がすべすべ冷たくて、ほっぺきもちよかったよ！」

「だからほっぺたに砂利が付いてるんですね」

　アシュの毛皮と毛皮の隙間に埋まった砂利を一粒摘み上げる。

　イノリメが「湯浴みのお仕度を……」と申し出てくれるが、そこまでではないので顔と手足を洗うぬるま湯だけ用意を頼む。

　湯を用意してもらう間、アシュはララとジジの傍で「ララちゃんとジジちゃんが、いいこいいこでねんねんしてる間にね、ユドハがかっこよかったんだよ」と、演説するユドハの声がびりびりおなかまで響いてすごかったとか、まっすぐ立った背中がかっこよかったとか、尻尾とお耳と鬣が誰よりも一等ぴかぴかのふかふかで立派だったとか、ひとつひとつ語り聞かせている。

　ララとジジはアシュの尻尾を摑んで傍若無人に振る舞うばかりだが、アシュは「アシュ、いたたで涙が出ちゃうから、やさしく引っ張って」と、弟たちを優しく諭し、その暴虐ぶりに怒る素振りがない。

　双子はとても活発で、アシュは日に一度は弟たちにこういう扱いを受けているが、「かわいいねぇ、かわいいねぇ」とにこにこしている。ユドハやディリヤが双子を引き離し、「痛い時は痛いと言っていいし、我慢しなくていいよ」と伝えると「でもね、かわいいから許しちゃうの」とアシュも困った顔で悩んでいた。

「アシュ、探検してる時に、人間の子と会えるかな〜、おともだちになりたいな〜って思ったんだけどね、会えなかったの」

　用意してもらった湯で顔と手足を洗ってさっぱりすると、アシュはディリヤにそう伝えた。

「それは残念でしたね。……そうだ、アシュには人間と金狼族の個体差について説明する約束でしたね」

「うん！　教えて！」

ディリヤの膝に乗って、トマリメが淹れてくれたお茶を飲む。

「まず、人間の平均寿命が八十歳程度で、金狼族の平均寿命が百三十歳前後です」

「じゅみょう……」

「アシュは六年生きてますし、ディリヤは二十四年、ユドハは二十九年生きています」

「分かるよ。百三十ひく六は百二十四だから、アシュはあと百二十四年生きるんだね」

「もしかしたら、もうちょっと長いかもしれませんし、もうちょっと短いかもしれません。いろいろですね。アシュには人間のディリヤの血も入ってますから」

「いろいろなんだね」

「はい。でも、相対的に見て、人間よりは長生きです」

「のびのび長いんだね」

「そののびのび長いのが肝心です。金狼族は人間よりも寿命が長いので、子供の時代も長く続きます。だから、人間の子供のほうが、アシュと同じ年齢でも年上に見えることがあります。そこが、獣人と、一般的な獣と、人間の違うところですね」

「そうなんだぁ……いろいろだねぇ」

アシュは、自分とディリヤ、フーハクとライコウ、イノリメとトマリメ、ララとジジ、みんなを見比べる。

みんなそれぞれ、見た目も、体格も、寿命も違う。

「みんないっしょじゃないんだね。ふしぎね」

「不思議ですね」

「アシュはあと百二十四年でしょ？　ユドハは百三十ひく二十九だから百一だね。ディリヤは、百三十ひく……」

「ディリヤは八十ひく二十四ですね」

「……人間だから？」

「そうです」

「八十ひく二十四は……五十六だね」

「五十六ですね」

「ディリヤ、あと五十六年しか生きないの？」

「厳密に言うと、人間が絶対に八十まで生きるとは限らないんですが、まぁ、八十まで生きたとしたら、あと五十六年です。……長いですね」

「長くない！」

アシュはディリヤの膝から飛び降りる。

「……アシュ？」

「あと五十六年しか一緒にいられない……！」

「五十六年も一緒にいられますよ？　アシュが生きてきた六年の九倍以上あります」

「…………」

むー……。眉間に皺を寄せてユドハみたいな難しい顔を作り、アシュは考える。

どうやら、アシュは今日初めて意識したらしい。

将来、いずれはディリヤと離ればなれになってしまう日がくることを。

「……なんでそんなに違うの」

「生きる長さが違うだけです」

「ディリヤ、アシュを置いてっちゃうの……」

「こればっかりは置いていきますね。だって一緒に死んでしまったら、アシュはちっとも長生きじゃなくなってしまいますから」

「……ディリヤ、先に死んじゃうの」

「そうです。順番通りに死ねるのが一番ですから」

「……順番どおり？」

「ディリヤより先にアシュがいなくなっちゃうのは、順番通りじゃないですから」

「そうなの？」

「そうです。理想的なのは、先に生まれた人が先に死んで、後に生まれた人が後に死ぬのが一番です。それも、天寿をまっとうするのが最良です」

「てんじゅ……」

「アシュより先に生まれたディリヤが、アシュより先に老衰で幸せにみんなに囲まれて死ぬので、それからずーっと先に、アシュはもっともっと幸せになって、いっぱいいっぱい人生を楽しんで、とってもとっても長生きして、あーたのしかった！　って笑ってお布団に入ってから、ディリヤのところへ来てください」

「ディリヤひとりでさみしくない？」

「さみしくないですよ。順番通りなら、ディリヤとユドハは一緒くらいに死にますから」

「……うん」

まだどこか納得していない様子で、アシュは斜めに頷く。

アシュには、ディリヤとユドハは同じくらいに死ぬと言ったけれど、寿命で考えると、ユドハのほうが長生きするのは確実だ。

けれども、ディリヤだって早々に退場するつもりはない。ユドハに看取（みと）らせるのは可哀想だから、できるだけ長生きするつもりだ。

そうして、年を重ねて、ディリヤの死後も、好きな人が幸せに生きていってくれるなら、ディリヤは死んでもしあわせだ。

「人も獣も死ぬ時は死にますから、いつ来るか分からない死を考えるより、生きていて幸せなことを考えましょう」

「……しあわせなこと」

「ディリヤは家族みんながご飯がおいしいと思えて、笑っていてくれて、ディリヤの名前を呼んでくれたら、それだけで幸せです」

ユドハと暮らすようになってから、いつもずっと大切な家族のことを考えて生きている。

いつもずっと好きな人のことを考えて生きていられる。

それはとてもしあわせだ。

生きているからこそできることだ。

「……ディリヤにこにこ……アシュ、よくわかんない」

悲しいお話のはずなのに、ディリヤとお話していると、幸せなお話に聞こえてくる。

「だってこれはディリヤやユドハ、アシュたちが幸せに生きるお話ですからね」

ディリヤはアシュを抱きしめて「こわいことはなんにもないんですよ」と優しく語り聞かせた。

式典の翌日。この日は、前日の厳かさとは打って変わり、セッカ城の大広間と前庭では懇親会や交流会などの祝宴が開かれ、街はお祭り騒ぎだった。

ディリヤは、これらの祝宴に出席することもなく、人間と獣人でごった返す街へ繰り出すこともせず、城の奥庭で子供たちを遊ばせていた。

奥庭を含め、ユドハの離宮よりも警備は厳重だ。

子供たちの警備にかんしてはユドハが細心の注意を払っている。

アシュとララとジジはフーハクとライコウに守られて、三人仲良く遊んでいた。すこし離れた場所だが、ディリヤの視界の範囲内だ。

トマリメとイノリメは庭先に敷布を広げ、子供たちのおやつの支度をしてくれていた。

ディリヤは、そのトマリメとイノリメを庇うように立っていた。

「ここは不可侵領域だ。ゴーネ国の方はお引き取り願いたい」

ディリヤは目の前の軍人を丁寧に諭した。

ゴーネ国側の人間だ。軍服から察するに、階級は下から数えたほうが早いが、下士官級だ。祝宴で酒が過ぎたのか、随分と酔っているようで、どこをどうやってか警備の目を掻い潜り、ウルカ国側の敷地に侵入したらしい。

酔漢の侵入を最初に察知したのはディリヤだ。

酔った勢いの暴挙なのか、二国の逗留地を隔てる石壁に梯子をかけ、塀を渡り、木を伝ってこちら側へ侵入したらしい。

その酔漢の前にディリヤが立つ。

ライコウとフーハクはすぐにディリヤのもとへ駆けつけようとしたが、ディリヤは首を横にすることでそれを断り、子供たちの傍にいてくれと頼んだ。

この酔漢が囮で、別の場所から子供たちを狙う者が現れるかもしれない。

「……なぁん、ら……おまぇ……人間のくせに、狼のとこにいるのぉ？　ぉおーかみの奴隷か？　……あぁ……ん？」

呂律の回っていない酔漢は、人間なのにウルカ国側にいるのは何故だとディリヤに絡み始める。

「ここにいるすべての金狼族は、人間を奴隷にするような下賤ではない。口を慎め」

「ごちゃごちゃうるせぇ……、この、奴隷風情が！」

「お引き取りを」

相手に無礼な態度をとられても、ディリヤは丁寧に応じる。

ディリヤの経験上、泥酔した軍人というのは話が通じないし、扱いづらいし、そもそも存在自体が厄介でしかない。

だが、下士官相手に揉めるのはもっと面倒だ。後々、国際問題になりかねない。

警備も既にこの事態に気付いていて、遠巻きに酔漢を包囲しようと、その輪を縮めている。

「人間様が狼に従って……なぁん、ら？　……おまえ、あのガキどもの狩りの練習用かぁ？　狼の奴隷かぁ？　珍しい毛色だなぁ……飼われてんのかぁ？」

ディリヤへの侮蔑は許しがたいものだ。

ディリヤの立場を知らぬ酔漢は、ディリヤを狼の子供たちの面倒を見る存在、即ち、狼に傅く奴隷、狼に飼われている人間だと判断し、侮辱したのだ。

　ウルカ国とゴーネ国の関係性で見るならば、ゴーネ国は敗戦国だ。

　負けた国の軍人からしてみれば、人間が戦勝国の狼の下で甘んじているような状況に見てとれて、それが許せないのだろう。歯痒くもあるし、苛立ちもするのだろう。人間ではなく狼の側に立つディリヤに腹が立つのだろう。

　だが、それは彼の事情であって、ディリヤには関係ない。

　怒る気にすらならない。

　それに、侮辱された当人であるディリヤよりも、すぐ背後にいるイノリメとトマリメがぐるぐると喉を鳴らし、いまにも牙を剝いて飛びつこうとしているので、「落ち着いてください」と後ろ手で彼女たちを抑えるほうが忙しかった。

　イノリメとトマリメは、世話をする子供たちのために爪を短く丸く整え、己の美しさを引き立てるための身嗜みを楽しみ、礼儀として毛並みを整え、大変美しくあるが、こう見えてとても武闘派なのだ。

　ライコウはララとジジを腕に抱いて上着や服の袖で耳と目を隠し、フーハクは大きな手でアシュの耳と目を塞いでくれる。

　これで子供たちに酔漢の悪い言葉を聞かせることもないし、これから起こすディリヤの行動を目にすることもない。

「…………」

　しょうがない。

　ディリヤはひとつ息を吐き、一歩前へ踏み出した。

　酔漢は表情ひとつ変えないディリヤに苛立った様子で、摑みかかってくる。

　ディリヤはそれを半歩斜めに下がっていなし、酔漢を足払いし、膝が崩れるのと同時に片腕を摑みとって背後に回し、逆関節に嵌める。体勢を崩した酔漢の背に膝を使って体重をかけ、両膝を地面に跪かせ、瞬く間に制圧する。

　酔漢が暴れるより先に、首を圧迫して気絶させる。

　ライコウとフーハクが助太刀する間もなく、耳を塞がれている子供たちに暴力的な音をなにひとつとして聞かせぬ静かさで動く。

「向こうの陣地に届けてきます。アシュたちをお願いします」

　体格の良い軍人を軽々と肩に担（かつ）ぎ、ディリヤはゴーネ国側の逗留地へ向かった。

　金狼族、しかも軍人が人間側の領域に立ち入ることはあまり好ましくない。ライコウやフーハク、武装した警備兵など、狼が気絶した人間を運び入れたら騒ぎになる。

　それならば人間のディリヤが送り届けたほうが早い。

　ライコウとフーハクは難色を示したが、「人間側に置いてくるだけで、向こうとは接触しません。近くまで警備の方も一緒に来てもらいます」とディリヤから申し出て、警備は目立たぬようディリヤの傍に付き従った。

　ライコウとフーハクは、アシュと一緒にディリヤの背を見送った。

　前日に寿命の話をしたせいか、アシュは「ディリヤすぐ帰ってくる？」と不安げにライコウたちに問うた。

　ライコウに代わり、イノリメとトマリメが「ディリヤ様は具合の悪い方をお世話して差し上げているのです。お優しいですね。アシュ様は、ララ様ジジ様とおやつをご一緒して、ディリヤ様のお帰りを待ちましょう」と取りなした。

　不承不承ではあるが、二人に手を引かれてアシュはおやつを食べ始めた。

　庭に敷いた絨毯に座る子供たちと二人の侍女を守る位置で、ライコウとフーハクが立哨する。

「ライさん、さっきのディリヤさんのやつ見ました？」

　フーハクが何気なくライコウに話しかける。

「おう、見たぞ。殿下のつがい殿はお強いな」

　ライコウは、ディリヤが酔漢を制圧した一連の所作を褒め称える。

　怪我をさせることなく、たった一撃で見事に酔漢を沈黙させた。

「……あの人がいたら、俺らいらないですよね」

「まぁ、あの方も元軍人だからな。腕も立つさ。……それに、俺らは大人を守るんじゃなくてあっちを守るためにここにいるんだ」

　ライコウは子供たちに視線を向ける。

「軍人っていうか、……兵隊でしょ？」

ライコウとフーハクは、ディリヤの過去について簡単な説明を受けていた。

八年前の戦争でディリヤがどういう部隊に所属していて、なにをしていたか、おおまかなところを知っていた。

ディリヤのほうから「自分がライコウさんとフーハクさんの経歴を具に承知しているのに、二人が俺のことを知らないのは卑怯だから……」と申し出て、自分の経歴を二人に伝えてくれた。

従軍経験のある一般人で、すこし身体能力が秀でているだけの人間で、少数民族出身だということは、上層部を含め周知の事実だったが、ウルカ国のほとんどの者が、ディリヤが戦争中にどういうことをしていたのかまでは把握していない。

その点、ライコウとフーハクは、ディリヤが子供の時分から軍属で働き、その後、ゴーネ国の軍人に雇われて傭兵となり、どういった部隊に所属し、どういった戦いに参加したのか、どのようにしてユドハと知り合ったのか、詳細を知らされていた。

子供たちを守るうえで、どういった過去が仇になるか分からないからだ。

ライコウとフーハクは、それらをユドハからではなく、ディリヤ本人から説明された。アシュと引き合わされる前にユドハとディリヤから面接を受けた席でのことだ。

ユドハとの面接があることは事前に告知されていたし、そもそも二人はユドハの部隊に所属していたから、ユドハとは顔見知りで、それなりの信頼関係も築けていた。あとは子供たちの人となりや職務についての気軽な話し合い程度だと聞いていた。

話し合いの当日、その場にディリヤも同席していて、これがディリヤとの初顔合わせとなった。

初対面での印象は、けもの、だ。

ユドハから「我が愛しのつがい」だとか「麗しの赤い宝石」だとか「かわいいひと」だとか、「強くて素敵な優しい男前の美人なんだ」とか、真顔で惚気られていたから、実物を目にして驚いた。

特にユドハと付き合いの長いライコウには、その言葉と現実の差が激しくて、本当にこの赤毛が殿下の愛しのつがいなのかと我が目を疑うほどだった。

表情や口調からは感情が窺えず、なにを考えているのか瞳で察することも難しく、立ち居振る舞いには無駄がなく、所作は流れるように美しく、姿勢がしゃんと伸びてまっすぐ。

ユドハよりもディリヤのほうがライコウとフーハクを見る目は厳しく、子供たちの安全を委ねるに相応しい相手かどうか見極めようとする目は鋭かった。

狼のなかでも特に体軀の立派なユドハやライコウ、フーハクと同じ空間に、ぽつんと一人だけ人間のディリヤが存在しても、か弱い小動物にはならなかった。

ディリヤというけものは、いつも、狩る側だ。

狩られる側にはならない。

それはきっとディリヤが生まれながらに持ち合わせている性質や、生まれてからいままでの人生で培ってきた生きる術が、彼をそういう人間に見せるのだろう。

ディリヤは、小さなけものたちの母であり、父でもある。

子を守るために最善を尽くし、警戒心を密にし、子供の安全のための情報提供を惜しまない。子供たちがどういう行動をとるか、習癖や性格を細かく分析して、どう対処すべきか、ライコウとフーハクに簡潔に伝えてくれた。それは、子供たちを警護するうえでとても参考になったし、仕事を円滑に進める材料になった。

ユドハが、まずディリヤに発言を譲ったのも、驚きだった。

ユドハとディリヤが常に対等で、ユドハがディリヤの意見に耳を傾け、ディリヤもユドハの言葉を尊重する、という関係性が見てとれた。

「最初は、無口で喋んないし、……いや、世間話されても対応に困るんですけど……、喋る声に抑揚ないし、表情筋も動かないし、なに考えてんのか分かんなくてちょっとビビってたんですよね……」

ライコウよりも、フーハクのほうがディリヤに慣れるのに時間がかかった。

フーハクは人見知りではないし、ディリヤもそうだ。ディリヤは自分からフーハクに挨拶をしてくれるし、気遣いもしてくれるし、礼儀正しいし、狼や人間で線引きをしないし、人柄が良いのは分かっている。けれども、距離感が摑みにくかった。

「発言は少ないが、アシュ様たちのことならしっかり話してくれるから問題なかろう」

「そうなんだけどさぁ……」

「けど、……なんだ？」

「あの人自身がどういう人なのか、いまいちよく分かんないんですよね」

ディリヤの生き方を見ていると、時々、フーハクのほうが窮屈さを覚える。

子供たちにも礼儀正しく接し、必要以上に子供扱いしないところがあって、それが厳しさのようにも映る。けれども、子供たちの様子を見れば、どれほどディリヤが子供たちを愛しているかは分かるし、子供たちがどれほどディリヤを好いているのかも分かる。

ほんのすこしの時間でも、ディリヤと子供たちがともに過ごす姿を垣間見たり、ユドハへの心遣いを目の当たりにすれば、「あぁ、この、ディリヤという人は、公的な立場も私的な立場も関係なく、いざとなればすべてをかなぐり捨ててでも、ただ純粋に自分の家族を守るためだけに物事を判断し、そういう理念に基づいて生きて行動する男だ」と気付く。

それに、つい先ほど酔漢が現れた時も、イノリメとトマリメを庇った。

金狼族のメスならば、人間のオスとも対等に渡り合えるし、状況や訓練度合いによっては、金狼族のメスが勝つ。ディリヤもそれを分かっていて、それでも、まず、酔漢ではなくイノリメとトマリメを守った。

人間が、人間ではなく狼を庇った。

イノリメもトマリメも、それを嬉しくもありがたく思ったようだ。

ライコウやフーハクも同じだ。

ディリヤは、狼だとか、人間だとか、そういうことの区別をしない珍しい生き物だ。

どちらの生き物に対しても、どちらの社会に対しても、きちんと敬意を払っている。

個人主義のように見えて、仲間意識、縄張り意識の強い、家族を大切にする生き物だ。

それがディリヤのかっこよさであり、ディリヤの人となりを知る者がディリヤを好ましく思う理由だ。

フーハクは、最初、「なんでこんななに考えてんのか分かんない人間がイノリメさんやトマリメさんに親切にされて、あの方は素敵な方よ、と手放しで褒められてるんだろう？」と不思議だった。

なぜ子供たちがあんなにも「ディリヤ、ディリヤ」と懐くのかも不思議だった。

時折、子供たちを訪ねてくるエドナが「あぁ、ディリヤ、聞いてちょうだいな」と人間のディリヤに込み入った相談をするのか謎だった。

ユドハがなぜディリヤを選んだのか、分からなかった。

おそらく、この国の大半の者がそうだ。

特に、政治を重んじる連中は、ディリヤの人となりを見ずに、ディリヤの出自や経歴だけですべてを判断している。

ディリヤと接してみなければ、誰もディリヤの美徳を理解できないだろう。

「ディリヤさん、もっと表に出て、いろんな奴らと話したら、すげーいい人だって分かってもらえると思うんですけど……なんでやらないんだろ」

「それが望みじゃないからだろ」

「どっちの？」

ユドハか、ディリヤか。

「さぁな。だが、殿下の心中を推し量るような不敬はやめておけ」

「……はい。でも、……っ」

「やけに食い下がるな」

「なんか、悔しくて……。あんないい人で、強くて、俺らに負けず劣らず戦えて、その……狼ばっかりのここで人間が一人で暮らしてるのに……」

「そんなディリヤ様が認められないのは悔しいか？」

「そう、それ！」

「……まぁ、確かに、人間が狼社会で暮らしていくのは大変だろうな」

たったいま酔漢に侮辱された時も、ディリヤは不快に感じた自分の気持ちや感情を押し殺して、問題を起こさぬよう努めた。

ディリヤは自分が狼の奴隷ではないと主張するのではなく、「ここにいるすべての金狼族は、人間を奴隷にするような下賤ではない」と、まず狼の誇りを守ってくれた。

自分のことではなく、まず、他人のこと。

ディリヤの信念に触れた気がした。

狼社会で生きることの覚悟、心の強さを見た。

ディリヤは、家族や仲間を愛し、尊敬の念を払い、この狼ばかりで構築された社会を愛してくれている。

誰よりも高潔だと思った。

「俺には、あんな生き方は無理だな……」

ライコウは純粋に感心して、感動する。

「俺は、……想像もつかないですね」

「大人になってから違う世界で生きていけって言われ

ても無理だなぁ」

ライコウはそれを想像しただけで憂鬱になる。

まったく文化形態の違う世界で生きるのだ。

しかも、自分の周りはみんな自分と違う生き物だ。

八年前まで戦争をしていた国の生き物だ。

「ディリヤ様の忍耐強さには脱帽するよ……」

「よく分かんないんですけど、苦労したんだろうなぁ……って思います」

「お前、ディリヤ様とそんなに歳が変わらんだろ」

「ディリヤさんのほうが二つ年上です。……でも、ディリヤさんが俺のいまの年齢の時にはもう、……こう、いろいろと苦労してきたわけで、……だから、それなんだよ」

「どれだ？」

「そういう苦労とか、頑張ってきたこととか、俺たち狼に対する姿勢とか、ディリヤさんの物理的な強さとか分析力とか、狼社会でも充分に通用するいろんな能力があるのに、優秀な人が表に出ないってのは、……なんていうか、もったいない気がするんだよ。あと、それから……」

「それから？」

「きっと、不特定多数は、ディリヤさんのイイとこに気付かずに、ユドハ様の庇護を受けて、狼の城で人間が大きな顔をして安穏と生きてるって思ってるんですよ？　なんか、そういうの、苛々しません？」

「…………」

「なんですか、急に黙って」

「いや、お前……普段は近頃の若者っぽく、俺が話しかけても面倒臭そうに返事するのに、珍しく口数が多いな……と」

「だ、って……なんか、べつに……」

「まぁな、お前の言わんとするところも、憤りも分からんでもない」

ディリヤは不憫だ。

それは、初対面の時から薄々感じていたことだ。

ディリヤは、子供たちの気持ちを尊び、心を大切にして、安全を第一に考え、子供たちにかんすることにはしっかりと自分の意見を口にする。

ライコウとフーハクへも物怖じせず発言し、最初から建設的な意見交換ができた。打てば響くような回答を得られた。

けれど、フーハクの言った「あの人自身がどういう人なのか、いまいちよく分かんないんですよね」という言葉には、ライコウも同意する。

狼に対する真摯な態度はよく分かるし、彼自身の持つ強さも分かってきた。

でも、彼自身がよく分からないのだ。

ディリヤという人物を掴み切れないのだ。

ディリヤがなにを望み、なにを想っているのか。ディリヤは自分のやりたいことや欲を一度も口にしたことがない。

ディリヤにはディリヤの生まれ育ってきた環境や癖があるだろうに、それらの気配をすべて取り払い、なにもかも狼風で生活し、「俺の過ごしやすいように工夫してほしい」と己の希望を言ったことがない。

「フー、お前、あの人が自分のことでユドハ様になにかねだる姿を目にしたことがあるか？」

「ない」

そう、ない、のだ。

なにもないのだ。

あれが欲しい、これが必要、そんなこととしてほしくない、こんなことは望んでない。ディリヤの個人的な意見や主義主張、彼自身の意向を含む言動はひとつも見聞きしたことがない。

その分、ユドハが先んじて、贈り物を捧げ、行動を起こし、言葉で伝え、ディリヤという生き物の遠慮を飛び越えて惜しみない愛と思いやりを注いでいる。

そして、ディリヤはユドハから与えられたものに、おおいに感謝している。

きっとユドハは、ディリヤからなにかひとつでもねだられたなら、大喜びするだろう。

だが、ディリヤは求めない。もちろん、なにもかもが満ち足りているからなにも求めないのではない、ということをユドハも理解している。

「あそこまで自分を殺せるのも、立派なもんだよ」

すべてはユドハのために。

愛する人の重石にならないように、足枷にならないように、障害にならないように。

愛する人の人生の本筋に割り込み過ぎず、長く傍にいられるように。

「耐え忍んでばっかりで幸せなんですかね……」

「耐え忍んででも、いまのこの幸せを手放したくないんだろうな」

「ぜんっぜん……あの人のこと分かんねぇわ……」

「なんで分かる必要があるんだ？」

「なんでって……、なんでだろ？　メシが美味いから……？」

「餌付けされてんじゃねぇか」

ディリヤの作る料理が美味いのは確かだが、フーハクの子供じみた理由にライコウが笑う。

フーハクは、きっとディリヤをもっと理解したいのだろう。

人間だとか、狼だとか、そういうことを抜きにして、一個の生き物としてディリヤを認めて、その人を知りたいと思うのだ。

それは良い傾向だとライコウは好意的に受け止める。

この家族の味方は一人でも多いほうがいい。

「あの人、なんか……こう、傍にいると圧を感じるんですよ」

「手負いの獣みたいだな」

「だから、なんていうか、……心配なんです」

特にいまは出先ということもあって、余計にディリヤの警戒心は強まっている。

なにかにつけて気を張り詰めさせた様子を見ていると、「疲れはしないだろうか……」と、さすがに気がかりな時もある。

そんな生活を続けてでも、ディリヤがここにいたい理由。

それもやはりユドハなのだ。

「……笑うと、きれいなんですよ」

「そうだな、あの人はきれいだな」

ディリヤの笑い顔は、きれいだ。

ユドハにだけ笑いかける表情は、言葉では表しがたい。子供たちに向けて微笑むのとはまた異なる美しさがある。

ライコウも、フーハクも、ディリヤは笑うのが下手なのだと勘違いしていたが、そんなことはなかった。

ある時、ユドハとディリヤが何気なく会話していて、ディリヤが笑った。ほんのすこし頰をゆるませるだけだったけれども、それだけで充分にディリヤが幸せで、ユドハも幸せだということが伝わってきた。

ユドハの前でだけは、緊張や表情をゆるめる。

あのディリヤの警戒心を解ける唯一の男、それがユドハなのだと知った。

好きな人がいるから、ディリヤはこの国で生きている。

ユドハのために、ここにいる。

家族のために、ここにいる。

ただそれだけなのだ。

この国のために、ここにいるのではない。

狼と人間の架け橋になるために存在しているのではない。

もし、狼たちがディリヤを失いたくないと想い願うならば、この国にとってディリヤの存在がかけがえのない存在なのだと認めるならば、狼たちもディリヤを大切にしなくてはならない。

だが、それに気付いている人物は、まだ数少ない。

ディリヤの出自や経歴という負の面ばかりを見て、美点を見ようとしないからだ。

それでいて、ディリヤという男は食えぬ男で、「ここでの生活はどうです？　人間のあなたには、さぞや暮らしづらいでしょう」と嗤う意地の悪い者がいたなら、ディリヤは不敵な笑みを浮かべて「殿下には可愛がっていただいております」と、しらっと答える豪胆さも持ち合わせているのだ。

ディリヤの立場は不安定だ。

ユドハやエドナが存在するから、安定している。

ディリヤの足もとが揺らいだ時、ユドハやエドナは助けようとするだろう。

だが、共倒れになると判断したら、ディリヤは早々に自分だけを切り捨てることのできる男だ。

敵に一矢報いて死ぬ男だ。

健気さと豪胆さが共存する、不思議な魅力のある男だ。

そこに、彼がいまは耐え忍んでいる彼自身の欲というものを加味したなら、彼の強さと美しさは、よりいっそう増すだろう。それを想像すると恐ろしい。

「好きな人のために頑張るって……なんか、すげぇですね」

「なくした時がこわいがな」

己の原動力が他人だと、それを失くした時によりどころがなくなる。

そういう生き物は、脆い。

「……？」

「ほら、おしゃべりはしまいだ。お子様方がおやつを食べ終わったぞ」

ライコウは、遊びたくてそわそわしているアシュたちのほうへ向き直る。

フーハクは納得がいかない顔をしていたが、アシュに「あそぶ？」としがみつかれて、考えるのはそこでやめた。

ディリヤは人間側の逗留地の奥向きに酔漢を運んだ。

一番近いのが厨房だったので、そちらへ運んだ。

「失礼、こちらの方が酔ってしまったようなので、お連れしました」

慌ただしく立ち働く厨番に声をかけ、厨房の片隅に気絶した酔漢を置く。

ディリヤ自身は人目につかぬよう、厨の者が振り返るより先にそこを出た。

すこし遅れて、女性が厨房から出てきてディリヤに追いつくと、「介抱してくれてありがとう。迷惑をかけたわね」と頭を下げてくれた。

「通りすがりに見つけただけですので……」

ディリヤにしてみれば、何年振りだ？　と指折り数えるくらい久しぶりの人間との交流だった。

もともと、アスリフの村を出てからは戦争ばっかりで、一般人と触れ合う機会がなかった。軍人や兵士としか交流を持たず、その交流も、作戦に必要な最低限の意思疎通をする程度で、慣れ合うことも、仲良く笑い合って会話することもなかった。

その頃はまだディリヤの喋る言葉にもアスリフの訛りが強かったように思う。

だが……。

「あなた、セッカの都に住んでる人間？　なんだか言い回しが妙ね……。まぁいいわ。今日はご馳走がたくさんあるの。ちょっと飲んで食べていきなさいよ」

「気持ちだけで。仕事の途中なんだ」

ディリヤは丁重に辞退する。

人間と話すのは数年ぶりで、なんだか馴染まない。

感覚が、分からない。

まず、視線の位置が違う。人間に混じるとディリヤは目線が高いほうで、人間の女性を前にすると、大抵は見下ろすかたちになる。

話す言葉も、微妙に違う。いま使っているのは共用語だが、ディリヤのそれには金狼族の訛りがあるし、語彙や言い回しも金狼族風だ。金狼族の社会で暮らすうちに耳や唇がそれに馴染んでしまって、八年のうちに染み付いた癖がすぐに抜けないのだ。そのせいで、人間の使う言葉や単語の意図するところが、ディリヤと人間の間で微妙に異なり、理解に差が生じてしまう。

違和感がある。それを肌で感じた。

それは人間側も同じで、ディリヤに声をかけてきた女性や、彼女が訝しむ様子を心配して近寄ってきた彼女の仕事仲間が、ディリヤの着ている物などから、ウルカ国側の衣服だと判断して、すこし距離を置き始めた。

「あなた、なんで向こう側にいるの？」

「…………」

純粋な疑問をぶつけられ、ディリヤは「なんで……って好きな奴が狼だから」と心中でのみ答え、一礼してその場を去った。

「変わった人ね……」

そんな呟きが聞こえたが、聞こえないフリをした。

足早に来た道を戻っていくらか経った頃、後を追いかけてくる足音と、「おい！」と呼び止める声があった。

ディリヤがあえてその声に反応せずにいると、「その赤毛！」と明確にディリヤを指し示して呼ばれた。

だが、面倒事はごめんだ。

ディリヤは気付かなかったことにして歩を進めた。

軍靴の足音がまだ追いかけてくる様子だったので、ディリヤはその追跡者を撒き、物陰に隠れて様子を窺った。

自分を知っている者が人間側にいるかもしれない。

ディリヤを呼び止めたのが何者か確認したかった。

ディリヤの姿を見失ったあたりで立ち止まり、ディリヤを探すのは、ゴーネ国側の軍人だった。

かつてディリヤの所属していた部隊の軍人だった。

祝宴や国家間の協議が終わり、王都ヒラへ帰京する前日の夜。

ユドハが落ち着いた頃を見計らって、ディリヤは、自分がゴーネ国の軍人に呼び止められたことを伝えた。

「俺がウルカ国にいることを悟られた可能性がある」

「そうだとしても、なにも悪いことをしていないのだから、大きく構えていればいい」

「それはそうなんだけど……」

「まぁまずは詳しいところを聞かせてくれ。その軍人の名前と階級は分かるか？」

「いまの階級は分からない。ゴーネは戦後に軍備の再編が行われたから……。名前はフェイヌ。当時はトラゴオイデという姓の上官の下にいた。上官の名前はエレギアだったと記憶している。エレギアは俺の所属していた部隊の指揮官だ」

「お前の部隊、ということは……」

「狼狩りだ」

　狼狩りとは、戦時中、狼を殺すために組織された専門の部隊だ。

　数多ある部隊の中でも、狼を屠ることに特化していて、戦中においては、どこの部隊よりも多く金狼族を狩り殺した。

「狼狩りの兵士は、お前以外戦死しているんだろう？」

「エレギアとフェイヌは、狼狩りの指揮官だったが、戦闘には参加していない。俺たち狼狩りは、エレギアの私費で雇われた傭兵で、エレギアとフェイヌは前線本部で命令を出すだけだった」

「……そのフェイヌという男、特徴はあるか？」

「半狼半人だ」

　フェイヌは、半分が狼獣人で、半分が人間だ。

　耳と尻尾以外は人間の姿形をしていて、目に見えるかたちで人間の血のほうが多く表出していた。

　同じように狼と人間の混血でも、アシュとララとジジは、分かりやすいほど狼の見た目が顕著に現れたが、フェイヌのように人間の外観が優位に現れる個体もいる。

　こればかりは、連綿と受け継がれてきた両親の血筋や性質、つがいの相性、外的要因などに依るので、産んでみなければどういった姿形をしているのか分からないのが実情だ。

　フェイヌの場合、身体能力は人間より高く、知能は優秀。一般的な人間よりも上背があり、頭ひとつ飛び抜けて体格も立派だった。ただ、人間よりも恵まれた体軀というだけで、ユドハのような純粋の金狼族と並べば小柄に見える。

「そのフェイヌとやらが、いまも軍内で順当に出世しているなら、式典の列席者名簿に名前が載っているはずだ」

　ユドハはその場でペンと紙をとり、エレギアとフェイヌの名を書き記す。

戸外に控えている侍従を呼ばわり、その紙を側近の一人に渡して列席者名簿を調べるよう伝えさせる。

そう待たないうちに、側近からの返事があった。

エレギアとフェイヌ、両方の氏名が名簿に記載されていた。現在は出世していて、エレギアは本部付き大佐となり、フェイヌは大尉兼大佐付き補佐官と記載されていた。

「……フェイヌは八年前も大尉だった」

ディリヤは首を傾げる。

あの国の階級制度をよく理解していないが、八年前の戦争に参加していた軍人が、現在も同じ階級のままというのはあり得るのだろうか？

「大尉止まりか……、ゴーネの軍法では、狼と人間の混血は大尉までしか昇進できないことになっていたな。大尉になるにも、確か……一定以上の身分の者の保証が必要なはずだ。トラゴオイデは歴史ある軍人の家系だと聞いたことがある。エレギアの生家トラゴオイデ家がフェイヌの後ろ盾になっているんだろう」

「アンタのほうが詳しいな」

ディリヤよりもユドハのほうが、ディリヤの上官についいて詳しい。

当時のディリヤは、彼らの背景について知る機会もなかった。

部隊内の誰かからの又聞きで、エレギアには軍人の父親がいて、そいつが軍の上層部にいるということ、当時のエレギアは気持ちに弱いところがあって、軍人には向かない性格だったということ、フェイヌはそんなエレギアをよく補佐していたということ、ディリヤが知ってるのはそれくらいだった。

従軍中、直接の命令は、狼狩りの現場指揮官から聞かされていた。エレギアやフェイヌと直にやりとりしたのは、作戦中の面談時に一言か二言。人間味のある会話をしたのは、終戦間近の頃に二度か三度、その程度だ。彼らの人となりを推し量るような材料はなにもない。

けれども、彼らはディリヤのことを知っている。とてもよく知っている。

ディリヤの生まれ、育ち、軍歴、狼狩りとして挙げた戦果、最後の任務。

ディリヤの見た目、声、背格好、性格。

ディリヤが彼らのことを知らなくても、彼らはディリヤという人間を知っている。

ディリヤがどうやって狼を殺してきたか、知っている。

だって、彼らはすべての情報を得たうえで、ディリヤに最後の任務を与えたのだ。

「……ディリヤ」

「……っ」

ユドハに名を呼ばれてディリヤは顔を上げる。

「大丈夫だ」

「なにが……」

「お前が懸命に二十四年生きてきたなかで、お前を知る者がいる。ただそれだけのことだ。お前の心が、恐れや不安で揺さぶられる必要はない。安心しろ」

「でも……、あの時、酔った軍人は俺に絡んできた。その軍人が俺のことを覚えていて、フェイヌに伝えるかもしれない。それに、アシュと一緒にいるところも見られてる」

「だが、俺の子だと向こうは分かっていないだろう?」

「…………それは、そう……だけど……」

「今回、ウルカからも子連れで参加している貴族や軍人、王族は大勢いる。すべてを悪い方向に捉えるな。焦らず、油断せずに対策を練ろう」


ひとまず、向こうからはなんの接触もない。

遠回しに圧力をかけてくるような発言もなく、直接的に「ウルカ国側にアスリフがいるか？」とも「そいつは狼狩りに所属していた赤毛じゃないか？」とも問い合わせがないし、「どういう人物か分かっているのか？」といった揺さぶりもない。

つまりは、まだ向こうも行動に移せるほど情報を得ていないということだ。

「明日の朝にはここを発つ。ヒラに戻るまでは目立たぬよう行動して、当面は身辺に気を配ろう」

「余計な心配事を増やしてごめん」

「こちら側の国で暮らすという苦労をかけているのだから、そんなふうに謝らないでくれ」

詫びるディリヤの頬を撫ぜ、顔を上げさせる。

ユドハとしては、そうした細かな面で、いつもディリヤに神経を張り巡らせるような苦労をかけて申し訳ないと思っている。

ユドハがディリヤの世界で暮らしたなら……、つまりは人間側の社会で生活したなら、ディリヤはこんな苦労をしなくて済む。

対等な立場なのだから、ユドハがディリヤ側の世界で生活するという選択肢もあるのに、国王代理という立場上、ユドハがそうできない状況にあると分かってくれて、ディリヤが「俺は身軽だから」とユドハに譲ってくれて、この生活があるだけなのだ。

　ユドハはそれを弁えて、感謝しなくてはならない。

　ディリヤのこの苦労は、本来はユドハが味わっていたかもしれない苦労なのだ。

　そう考えると、これは余計なことでも、迷惑なことでもない。

「いつもどおり、二人で乗り越えていくだけだ」

　まだ難しい顔のディリヤを抱き上げ、膝に乗せる。

　ユドハはディリヤの額に鼻先を押し当て、「考えることは大切だが、考えすぎはよくない」とディリヤの手に手を重ねる。

「うん」

　ディリヤは、ユドハの指に指を絡め、きつく握る。

　ディリヤの抱く不安から守るように、ユドハは、ディリヤを強く抱きしめてくれる。

　ディリヤはユドハの懐に凭れかかり、体重を預けて目を閉じる。

　このぬくもりがあれば、なにもいらない。

　どうかこのまま、ずっと平和でありますように。


「でぃりやぁ……アシュ、おめめ醒めちゃったぁ……」

　枕を引きずったアシュが隣の部屋から歩いてくる。

　アシュの尻尾と耳を握っていたララとジジも一緒に目を醒ましたようで、アシュの後ろを腹這いで追いかけてくる。

　深夜の仔狼の大行進だ。

　アシュは眠たげな眼をこすって、「だっこして……」とねだる。

「変な時間に目が醒めちゃいましたね」

　自分の家ではないせいか、それとも、昼間、侵入してきた酔漢に驚いたのか、なんとなく目が醒めただけなのか……、近頃のアシュは朝までしっかり眠ってくれることが多いから、珍しい。

　ユドハに抱き上げられて寝台へ上がったアシュは、ユドハとディリヤの隙間に鼻先からもぞもぞ潜りこむ。

　ララとジジも同じように隙間に入りこんで、瞬く間に寝息を立て始めた。

　ディリヤとユドハは顔を見合わせて、子供たちを寝床の真ん中に並べると、両脇を二人で囲んで守るようにして横になった。

小さな巣穴で丸まって、お団子みたいになって子供たちが眠る。

ユドハとディリヤは、どちらからともなく「おやすみ」と囁いて、唇を寄せた。

王都ヒラへ戻った。

帰途においても、特に問題が発生することもなく、ユドハもディリヤも胸を撫で下ろした。

初めての長旅や長距離移動を終えた子供たちが帰宅後に発熱することもなく、再び穏やかな日々が始まった。

……と、思ったのも束の間。

「びぇぇえ〜〜……ディリヤいっちゃだめぇぇえ……」

「便所、便所です……すぐ戻ってきます……行かせてください」

「あしゅといっしょじゃないとだめぇぇえ〜〜」

「分かりました、一緒に行きましょう、だから大丈夫です、泣かないでください」

「やだぁあああ。動いたらだめぇぇえ〜〜アシュのここにいてぇぇえ」

「でも、ここにいたらディリヤは小便を漏らします」

「漏らしてぇぇえ〜〜そばにいてぇぇ〜〜〜……」

アシュが赤ちゃん返りした。

ララとジジが生まれて一年とすこし、いままでそんな素振りはちっともなかったのに、いまになって赤ちゃん返りした。

正直なところ、かわいい。

かわいいけれど、泣いてぐずってディリヤの足にしがみついて離れないので、ディリヤは一日中アシュをだっこするか、傍にいることをねだられ、日々、理不尽な要求に面食らっていた。

なにせ、だっこ魔になってしまったアシュは、一時でもディリヤがだっこをやめてしまうと、しくしく、めそめそ、「ディリヤは、あしゅがきらいなのね……」と落ち込んでしまうのだ。

でも、ララやジジもディリヤにだっこをねだるので、そうなるとディリヤは胡坐（あぐら）を掻いた膝にアシュを乗せて右腕で抱き、背中から頭に這い上がろうとするララとディリヤの足の指を噛もうとするジジを左手であやすことになる。

アシュがディリヤにぴっとりくっついているのを見て、ララとジジも「早くくっつかないと、くっつく場所がなくなる……」と焦るのか、いままで以上にディリヤにくっついてくるようになった。

幼児特有のぽやぽやした産毛まみれになりながら、もふもふと、もけもけのぬいぐるみみたいな体にまとわりつかれてディリヤの一日は終わってしまう。

いつもなら「アシュ、お話しましょう」と申し出ればお話ができるのに「いや……」と、顔をぷいと背けてしまう。

背けてしまうのに、ディリヤにひしっとくっついてくるのだ。

「なにがそんなにいやなんでしょう。ディリヤに教えてくれませんか？　もし、なにがいやかアシュも分からないなら、ディリヤと一緒に考えませんか？」

お話ができなくても、ディリヤはアシュに問いかける。

丸い後ろ頭を撫でて、耳と耳の間に唇を寄せる。

アシュは両手足でディリヤにしがみついたまま、拗ねた顔をする。

「アシュがずっとディリヤとくっついていたい理由はなんでしょう？　最近、だっこの回数が減っていましたか？　悲しいことやこわいこと、痛いことがありましたか？　ララやジジにディリヤが取られてしまうと思ってしまいましたか？　ユドハとディリヤが仲良くしすぎましたか？　もし、アシュのことを見てほしい時にディリヤがアシュを見ていなかったのなら、ごめんなさい」

「……………」

「お返事してくれなくても大丈夫です。でも、ディリヤの言葉だけ聞いてください。ディリヤはアシュが大好きです、愛しています。ずっと傍にいます」

「…………うそつき」

「……アシュ？」

「…………」

アシュはディリヤの膝から下りて、四足で床を駆けていく。

それこそまるで、なにかから逃げ出すように、脱兎のごとくディリヤから逃げ出す。

逃げ出した先でディリヤがアシュを探し出すと、アシュは部屋の隅で毛布をかぶってしくしく泣いている。

抱き上げればいやがらずに抱かれてくれるが、それこそまるで赤ん坊のように指を吸い、ディリヤを噛み、言葉を使わない。

「ララちゃんとジジちゃんと同じのがいい」

ララやジジがするように、哺乳瓶でミルクを飲みたいとねだる。

ディリヤにだっこしてもらって、ディリヤに飲ませてもらわないと水分を摂取しない。食事も同じで、ディリヤが食べさせないと食べないし、もう卒業した遊び食べをまた始めてしまった。

いっつも泣いているから、目の周りが真っ赤になって、毛皮がしっとり濡れて、爛れた粘膜に涙が染みて「おめめがしくしくする……」と夜中に泣いてはディリヤを起こし、ディリヤの懐に入らないと眠らない。

毎日、毎刻、その瞬間に言うことが変わる。

そばにいて、と言った次の瞬間には、そばにいないで、とディリヤを押しのける。

でも、これもアシュの成長。そう思ってディリヤは根気強く接した。

これまでと接し方は変えず、それでいて甘やかすべきところは甘やかし、叱るべきところは叱った。アシュは癇癪を起こすでもなく、甘やかしても、叱っても、しくしく泣いた。

アシュの笑い顔や笑い声がなくなると、家の中もどこか暗くなった気がした。

たまにディリヤから離れて、イノリメやトマリメとおやつを食べたり、ライコウやフーハクに遊んでもらっている時は、ご機嫌で声を上げて笑う。

だが、ディリヤが通りかかると真顔になって、笑わなくなって、むずかって、泣く。

この世の終わりのような顔をして、ディリヤを見る。

「……俺はなにか嫌われるようなことをしただろうか」

ディリヤはユドハに相談を持ちかけた。

「特に思い当たる節がない。……子供というのは、あいうものだと理解して対処していくしかないような気もする」

ユドハはそう答えた。

「いつまでもずっとあれが続くことはないとは思うんだが……」

「アシュのあの態度は、お前に対してだけだからな……」

アシュは、ユドハに対しても甘えたな仕草を見せるが、ディリヤにするほど理不尽な扱いはない。

すこし素っ気ない態度ではあるが、アシュも、ユドハが相手なら、ぽつぽつと話をしてくれる。

　だが、ユドハにしてみても、アシュがなにかに怒って、なにかに拗ねて、なにかから逃げて、なにかを悲しんで泣いているのは分かるのだが、その根本的な理由が分からなかった。

「俺がアシュと話してみよう」

「頼んでいいか？」

「もちろんだ。……まぁ、お前ほど上手くやれるとは思えんから、あまり期待はしないでくれ」

　ユドハは、ディリヤほど上手にアシュと話せるわけではない。

　けれど、便所も風呂も食事も睡眠も落ち着いてできず、精神的にも疲れた様子のディリヤの気持ちをすこしでも楽にしたかった。

「さて、ディリヤ、お前にはいまからすることがある」

「……？」

「昼寝しろ」

「……ララとジジが」

「あの破天荒（はてんこう）な双子はイノリメとトマリメが見てくれる」

「…………眠る気分じゃない」

「目を閉じているだけでもいい」

「………」

　ユドハに手を引かれて、寝床へ連れて行かれる。

　否応なく寝台に寝転がされて、目もとをユドハの大きな手で覆い隠され、「一人でゆっくり寝て、休め」と寝かしつけられる。

　ディリヤは手探りでユドハの尻尾を探して、それを握る。

　寝台の端に腰かけたユドハは尻尾の先でディリヤの頬を撫でくすぐり、ぽふっ、と綿毛が落ちてくるように、優しく、ゆっくり、一定の拍子で尻尾を上下させる。

　ディリヤは、考える時と休む時の頭の切り替えが下手だ。

　自分一人だと、張り詰めた神経をゆるめられない。

「二人ともができることを一人でする必要はない。せっかく親が二人いるんだ。二人で対処していこう」

「……うん」

　ユドハの言葉に耳を傾け、心を寄せる。

　すると、息がしやすくなる。

　さっきまで息苦しさなんて感じていなかったのに、

いま、呼吸が楽になって初めて、「あぁ、俺はちょっと苦しかったんだな……」と気付く。

ユドハが、気付かせてくれる。

ディリヤは深く息を吐き、傍近くに感じるユドハの体温に身も心も委ねた。

ユドハがアシュと暮らし始めて、一年以上が経つ。

ユドハとアシュが仲良くなれるよう、ディリヤが二人の間を取り持ってくれて、できるだけ二人で過ごす機会を作ってくれた。その甲斐もあって、アシュとユドハの距離はかなり密になった。

まぁ、到底ディリヤとアシュの関係には及ばないが、時には、アシュのほうから「あのね、ユドハにだけ教えてあげるね」とこっそり耳打ちしてきて「ユドハのお耳と尻尾、ふわふわでだいすきよ」と気持ちを伝えてくれるようになった。

また別の時には、「おふろはユドハと一緒に入りたい」と主張してくれるようにもなった。仕事が遅くて一緒に入れない日には駄々を捏ねて「おふろにいっしょに入れないかなしみ……」と書かれた可愛い恨み節の手紙が机に置かれていることもある。

これまでは、ユドハやディリヤの言うことをよく聞く素直な幼児だったが、最近は自我がよりいっそう発達してきて、「明日アシュが着る服はアシュが決めます。おでかけかばんの中は見ちゃだめです」と、細かいところまで自分の意志を主張できるようになった。

背も伸びて、体重も増え、食事量や運動量も日増しに多くなり、より活発になった。見た目の成長も目を瞠るものがあるけれど、それ以上に、弟たちをよく可愛がる兄に成長した。

日に日に、成長を感じられた。

そんな折りに、件の赤ちゃん返りだ。

今日まで、ディリヤには子供のことで助けてもらってばかりだったから、今日はユドハがディリヤの助けになる番だった。

「アシュ、一人で遊んでるのか？」

ユドハは子供部屋で遊ぶアシュに話しかけた。

アシュは円形の絨毯の真ん中に座って、積み木をしている。

積み木をどう積み上げるか深く考えているようで、

唇を尖らせている。もしかしたら、ディリヤが傍にいないから、拗ねて機嫌が悪いのかもしれない。

だが、ディリヤが傍にいたらいたで泣いてぐずって大変だ。

「アシュ、ひとりで遊ぶの」

「そうか」

イノリメとトマリメは、ララとジジの傍にいる。

さっきまでライコウとフーハクがここにいたが、ユドハが入室した際に下がらせた。

かた、こと。積み木の音だけが聞こえる。

ユドハはアシュと目線を同じにすべく、アシュの隣に腰を下ろした。

いつもなら、アシュのほうからユドハの膝に乗ってくるが、今日はちらりとも見ない。

ユドハはその場に寝転んだ。側臥(そくが)して片肘をつき、アシュの横顔や手もとを覗きこむ位置に頭がくるようにする。アシュの背中がユドハの胸もとにぴったり落ち着く位置だ。これで、アシュと目線が同じになる。

「アシュ、ユドハと話をしないか？」

「しない」

「……しないかぁ」

にべもなく断られた。

父子が二人で真剣に向き合うのは初めてで、どこかぎこちない。

ユドハは、すこし遠くに置かれている積み木に手を伸ばし、手慰みにアシュに差し出して、アシュと話をする糸口を探る。

「その積み木はいらない」

「いらないのか……じゃあ、こっちは……？」

「それはさわったらだめ」

「……すまん」

積み木に触ろうとした手を引っ込める。

「……さわりたい？」

「……いや、触りたいのではなく、……いや、うん、触りたいな、アシュと一緒に遊びたいんだ」

「いっしょにあそびたいの？」

「そうだ」

「おとななのに？」

「……大人だが、アシュが楽しんでいることを俺もやってみたいんだ。……あぁ、すまん、アシュが楽しんでいることを横取りするつもりはない」

難しい。子供の遊びを大人が邪魔するのはよくない。

でも、息子と遊びたい。

遊ぶことで、話のきっかけを掴みたい。

「……アシュとそんなにあそびたい？」

「あそびたい」

「はい、どうぞ」

アシュは手に持っていた積み木を渡した。

「…………ありがとう」

ユドハは嬉しくて涙が出そうになる。

最近、子供のこととなるとすぐに涙腺がゆるみそうになる。

「つみきで遊ぶ時の約束事があります」

「うん、教えてくれ」

「つみきは、人に投げてはいけません。踏んだりすると痛いし怪我をするので、立つ時は足もとに気を付けてください。使わなくなったら、おかたづけしてください。三角のとがった積み木は、おともだちに向けてはいけません。お約束です」

「約束しよう」

「……ゆどは」

「なんだ？」

「お城作れる？」

「あぁ、作れる……と思う。大人になってから初めてだからな。久しぶりだ。一緒に作ってくれるか？　どんなお城がいいと思う？」

「……背の高いのがいい」

「では、背の高い城を作ろう。土台はどれだ？」

「……どだい」

「一番下に置く積み木だ。どっしりしっかりして、上を支えられるのがいいな」

「これ」

「では、これにしよう」

アシュはユドハの傍でぺとっと座り、懐に凭れかかってくる。尻尾も左右にぱたぱた揺れて、ちょっと機嫌を持ち直したのが分かる。

けれども会話は弾まず、立派なお城が築城されていくばかりだ。

「そんなに高く積み上げたら、崩れてしまうぞ」

ユドハが助言するなり、尖塔部分が崩れて、壊れてしまった。

途端(とたん)に、アシュがしくしく、ほとほと、泣き始めた。

「そんなに悲しかったか？　すまん、もっと早く言うべきだったな」

「……ちがうの」

「ちがうのか？」

「……こわれちゃった……」

「あぁ、壊れてしまったな」

「なくなっちゃった……」

「あぁ。なくなってしまった。だが、形のある物はいつか壊れて無くなってしまうんだ。そうしたら、なぜ壊れてしまったかを考えて、今度はできるだけ壊れないように、また新しい物を造り上げていけばいい」

「……ディリヤも壊れたら、また造れる……？」

「…………ディリヤは、……すまん、無理だ」

「じゃあ、ディリヤは死んじゃったら死んじゃったまま？」

「そうなる」

「……ふぇ……ぅ……」

木製の積み木に、アシュの涙が染みていく。

ぽとぽとと、ぽとぽとと。小さな真珠粒の雨が降る。

「ディリヤ……死んじゃう……」

「あぁ、そうか……それでアシュは毎日どうしていいか分からなかったんだな」

ユドハはようやく合点（がてん）がいった。

先日、ディリヤから「人間と金狼族の寿命の差をアシュに説明した」という話を聞いていたから、きっとそれだ。

寿命の長短について知ってしまったアシュが、ディリヤのほうが先に死ぬ可能性が高いことを理解してしまったのだ。

ディリヤと離ればなれになる可能性を知ってしまったのだ。

アシュにとって、ディリヤを失うことはなによりも恐怖だ。

だいすきなディリヤ。

唯一無二の絶対的な存在で、アシュを無条件に愛してくれる人で、生まれる前から大事に大事にしてくれて、誰よりも抱きしめてくれる人。

「あいしています、だいすきです」

アシュがその言葉の意味を知るよりも先に、その言葉で幸せになることを教えてくれた人。

そんな人が、もし、死んでしまったら……。

もう一生、名前を呼んでもらえなくて、抱きしめてもらえなくて、叱ってもらえなくて、朝起きたらいなくて、夜眠る時にもいなくて、悲しい時にもさみしい時にも嬉しい時にもお話ができなくなる。

アシュのだいすきな赤毛をふわふわして、アシュの苺色の艶がある毛並みを撫で梳いてもらって、二人で一緒に毛繕いができなくなる。

もう会えなくなる。

声も聞けないし、顔も見られなくなる。

「……かなしい」

かなしくて、かなしくて、かなしくて……死んじゃいそう。

アシュの世界が終わっちゃう。

大切な人が死ぬのはこわい。

かなしい。

この気持ち、どうしていいか分からない。

ディリヤを目の前にすると、大好きなのに悲しい。

悲しくなるからディリヤにはどこか遠くへ行ってほしい。傍にいないでほしい。でも、遠くへ行っちゃうともう戻ってこないような気がするから、アシュの傍から離れないでほしい。

ディリヤを見ると悲しくて悲しくて、悲しいことから逃げてしまう。ディリヤを避けてしまう。

だんだん、なんで悲しいのか分からなくなってきて、ぜんぶディリヤのせいのような気がして、拗ねて、むくれて、「ディリヤのせい！」と怒ってしまう。

「悲しくて、ディリヤとの距離感が分からなくなってしまったんだな」

「ディリヤ、うそつきなの……ディリヤ、アシュより先に死んじゃうのに、ずっと傍にいるって言うの……」

「ディリヤは嘘をついたわけじゃない。生きている間はずっとアシュの傍にいるという意味でそう言ったんだ」

「じゃあ、死んじゃったらアシュの傍からいなくなっちゃう……っ」

アシュは積み木を捨てて、ユドハの胸にむぎゅっと顔を埋める。

「……アシュ」

ユドハはアシュの後ろ頭を抱いて、しゃくりあげる背中を撫で下ろす。

「ディリヤが死んじゃう……」

ディリヤのことだいすきなのに、ディリヤがいなくなっちゃう。

ディリヤが死んじゃうのはいや。

しくしく、しくしく。泣きたくないのに、涙が勝手に溢れてきて、夜もディリヤがいなくなっちゃう夢を見る。

「アシュ、大切な人を失うことは確かにつらくて悲しいことだ。ユドハもディリヤが死んだら悲しい」

「……かなしぃ……」

「だが、いま、ディリヤは生きているから悲しまなくていい」

「でも、ごじゅうねんとちょっとで、ディリヤいなくなっちゃうんだよ？」

「悲しい時になってからユドハと一緒に悲しもう。悲しくないのに悲しい気持ちになっていたら、ディリヤと一緒にいる時間が減ってしまう。そっちのほうが悲しくないか？」

「がなじぃい〜……」

「分かる、分かるぞ。ユドハもディリヤがいないと、さみしいし、悲しいし、死んじゃいそうになる」

「なみだがとまらないの……」

アシュの頭のなかでディリヤと悲しいが直結してしまって、くっついて離れない。

「……ディリヤがいなくなったらこわいの」

「そうだな、こわいな」

「ユドハもこわいの？」

アシュが涙でぼちょぼちょの顔を上げる。

「この世で一番こわい」

ユドハはアシュの涙を拭いてやり、正直に答える。

「アシュだけじゃないの？」

「アシュだけじゃないぞ。ユドハもすごくこわい。ディリヤが死んでしまうのはこの世で一番こわいし悲しい」

「かなしい……」

「だが、悲しむことは悪いことじゃない。それに、ユドハには、同じようにこわくて悲しんでるアシュを慰めて、守って、ディリヤの分も愛していく役目があるから、頑張って生きるんだ。ディリヤが誇らしいと思う生き方をするんだ」

「ほこらしい生き方……」

「ディリヤに、頑張りましたねって褒めてもらえて、驚いてもらえて、すごいですね、かっこいいですね、しあわせですねって言ってもらえるような生き方だ」

「ディリヤも驚くかっこいい生き方……」

アシュはちょっと目から鱗（うろこ）みたいな顔をする。

「まず、今日の晩ご飯から試してみないか？」

ユドハは、アシュの目を見て話しながら、片手でアシュの背後の崩れた積み木を積み上げ直す。

「今日のばんごはん、どうするの……？」

「いつもと同じように家族みんなでご飯を食べて、おいしいね、って言うんだ」

「それで？」

「それだけでいい」

「……それがかっこいいの？」

「あぁ、かっこいいぞ。ディリヤは家族みんなでご飯を食べるのが幸せなんだ。だから、今日はディリヤを幸せにしてみないか？」

「……？」

「ディリヤを幸せにする男は、かっこいい男だぞ。家族を大事にして、幸せにするんだからな」

「あしゅも、かっこよくなれるかなぁ……。あしゅ、しくしく泣いてばっかりだよ」

「泣いていてもいい。ディリヤはアシュが大好きなんだ。ただ、アシュが傍にいて、美味しくたくさんご飯を食べているだけでかっこいいんだ」

「かっこいい……」

「そうやって、毎日を大事に積み重ねて、ちょっとずつみんなで幸せを分かち合って生きていくと……」

「いくと？」

「こんな感じになる」

ユドハはアシュをくるりと反転させて、背の高いお城の形に積み上げた積み木を見せる。

「ふぉおお……」

ユドハとお話をしている間に、かっこいいお城ができあがっていた。

「積み木と一緒で、土台をしっかり、毎日をしっかり大事にして、自分を強く持っていれば、悲しいことも嬉しいこともぜんぶディリヤとの大事な思い出になる」

土台がしっかりしていて、家族みんなで支えあっていけば、悲しいことも一緒に悲しみあえるし、傍にいて抱きしめることもできる。

「アシュが悲しい時は、ほかの家族みんながアシュの傍にいる。家族みんなで、ちょっとずつ分かちあうんだ。もしかしたら、五十年後じゃなくて、明日、ディリヤがちょっと悲しい目に遭うかもしれない。その時、アシュはディリヤを助けてやってくれるか？」

「うん」

「じゃあ、この背が高いお城の塔の前に、もうひとつ中くらいの塔を置いて支えよう。中くらいの塔の両横には、窓のあるもっと小さな塔を二つ作って、守りあおう」

「背の高いのがディリヤで、中くらいのがアシュで、窓のあるのがララちゃんとジジちゃん？」

「そうだ。そして、このお城と塔を守るように、大きな壁でぐるっと丸く囲いを作ろう」

「壁はユドハ？」

「そう、ユドハだ」

「壁は誰が守るの？」

「壁はほら、お城や塔ぜんぶと地面で繋がっているだろう？　壁は、壁だけが建っていてもあまり意味がないし、崩れやすいんだ。お城の土台に支えられて、やっと立っていられるんだ」

「お城はだぁれ？」

「家族みんなのしあわせや、絆（きずな）だな」

さて、この例えでアシュが理解できたかどうかは分からない。

けれども、アシュは「今日のばんごはんは、かっこよくたべる」とユドハに約束してくれた。

まだもうすこし様子見が必要だが、この日を境にアシュは「かっこいい生き方をするので、ユドハを観察します」とユドハ観察日記を付け始めたので、ちょっとだけ良い方向に変わったような気もする。

観察日記を付けられ始めたユドハは、かっこいいお父さんであり、ユドハであるために、いつも以上にキリッとかっこよくすることを心がけた。

そうしたら、「ユドハ、最近、毎日おなかが痛いみたいなお顔してるねぇ」とアシュに言われて、日記にもそう書かれたので、かっこつけるのはやめた。

アシュが生死という概念を知った。

それについて悩んだ。

ディリヤが悩ませてしまった。こわがらせて、悲しませるような説明をしてしまった。

親が死ぬことは子供にとって一大事だ。子供にとってとても深刻な問題を、あまり深刻に捉えないようにと配慮したつもりで、大人の物差しで語ってしまった。

ディリヤは自分の至らなさを反省した。

ユドハから報告を受けたディリヤは「なんだか、アシュの悲しみようを聞いてると、近々、俺が死ぬ予定みたいなことになってるな」と、ふと考え、思わず「長生きしないと……」と口走った。

「お互いにな」

心の底から漏れ出たディリヤの言葉にユドハも同意した。

「寿命なり事故なり病気なり、いずれは死ぬんだろうけど……死ぬことよりも、どうやって生きるかばっかり考えてたから、あんまり死ぬこと考えてなかったんだよな」

「お前は、毎日を生きて、ある日突然死んでもそれが生きた結果だと受け入れて死んでしまいそうだからな」

そこがディリヤの潔さであり、けもののように見事な生き様でもある。

死ぬことがこわくないのだ。

「遠いけど必ず来る将来だしな。俺のほうが寿命的に先に死ぬ確率が高いから、アンタにはさみしい想いをさせるけど……」

「俺は置いていかれるのか……」

「ごめんな」

「…………」

「俺がいなくなったあとの人生も、楽しく、幸せに、うまいメシ食って、酒呑んで、子孫に囲まれて、狼の誰よりも長生きして、もうやることないな～って思って、俺に会いたくなったら俺のとこにおいで」

「お前を一人で逝かせたくない」

「俺が死んでも、アシュたちの傍にはアンタがいるって分かってるから、俺は安心して死ねるんだよ」

「…………」

「でもまぁ、もし、どうしても俺がいないのがさみしくて辛抱できないなら、早めにおいで」

ユドハの鬣を撫で、ディリヤはそこへ顔を埋める。

あったかくて、ふわふわで、逞しくて、ちゃんと生きてる。

それだけでこの世のなによりも尊い。

「もし、俺が先に死んだら……」

「そしたらアシュたちを立派に独り立ちさせてからアンタの後追いでもするよ」

「長生きするんじゃなかったのか……？」

「量より質」

ユドハがいなくなっても、頑張って密度の高い人生を送るから、ちょっと早めにユドハのところへ逝くくらいは許してほしい。

「アシュたちが独り立ちしたあと、なんの憂いもない時に俺が先に死んだら……」

「そしたらアンタと一緒に死ぬ。でも、アンタは俺が死んでも長生きして」

「俺には長生きしろと言うのか」

「俺はひどい男なんだよ」

大好きなつがいが死んでしまったら、もうこの世に未練はない。

二人でひとつがいの生き物だから、片割れを失くしたら生きていけない。

でも、この世には二人の愛のかたちがいて、その愛を育てて、慈しみ、見守るという責任がある。だから、もし、ユドハが先にいなくなってしまったら、ディリヤはひとしきりユドハの菩提を弔って、ユドハの死後に必要なことをすべてして、それからちゃんと死ぬ。

ユドハが不治の病に侵されたなら、しっかり看病して、看取って、それから、死ぬ。

戦争中なら、その場で一緒に死んでやる。

「アスリフのディリヤは、そういう生き物なんだよ」

つがいを失ってしまったら、悲しくて、悲しくて、死んでしまうのだ。

でも、長生きした寿命の末にユドハが安らかに眠るなら、とってもしあわせ。

短くても、長くても、ユドハが幸せに生きたら、それがディリヤの喜び。

「俺がアンタに望むのは、そういうことだけ」

「お前が俺に望むことは壮大だ」

「愛し方がちょっとおかしいのはなんとなく自覚してる」

自分の生きる指針がユドハなのは、依存だ。

なにかを決定する時に、ユドハは幸せか、家族は泣かないか、それを考えてディリヤは行動する。

「それがお前の愛の貫き方なんだろうよ」

「アンタは俺の言うこと考えることをなんでも前向きに捉えるなぁ……」

ユドハの懐の広さに感心して、ディリヤは頬をゆるめた。

ディリヤがどんな愛を差し出しても、ユドハは受け止めてくれる。

それがユドハの愛し方なのだろう。

この男の愛は底なしで、ディリヤは自分が愛しているはずなのに愛されているような気持ちになる。

この男の深みを知るたびに、もっと知りたくなる。

きっと、ディリヤの知らないユドハはまだたくさんある。

「どうした、そんなに熱心に見つめて」

「……いまアンタに惚れてる最中だから、じっとしてろ」

「分かった」

ユドハが笑う。

その横顔が男前で、可愛くて、ディリヤは時を忘れて見つめ続けた。

第二章

初冬の王都ヒラはすこしものさみしい。

秋の草花が枯れ落ち、冬の草花がひっそりと花開く、その狭間にある。

そんな頃、公務で近隣諸国へ赴いていたエドナがヒラに帰京した。

「エドナちゃん！　おかえりなさい！」

「アシュ、ただいま！　エドナが戻ったわ！」

冬の装いも美しいエドナがアシュを抱きしめた。

「おかえりなさい、エドナさん。ご無事でなりよりです」

ララとジジを腕に抱いたディリヤもエドナを出迎えた。

「ただいまディリヤ。あなたのことも、可愛い双子ちゃんのことも抱きしめさせてちょうだい」

エドナは、ララとジジごとディリヤを抱きしめる。

「エドナちゃん、お仕事おつかれさまです。お怪我ない？　お風邪は引いてない？　さみしくなかった？」

「ありがとう。怪我もないし、風邪も引いてないわ。エドナ、とっても元気よ。……あぁ、でも、アシュとララとジジのこのふわふわを抱きしめられなくてさみしかったわ」

「さみしかったの……？　かわいそう」

「大丈夫よ。アシュが貸してくれたお友達のお人形があったから、エドナ、頑張れたわ。さぁ、お友達をお返しするわね」

エドナは背後に控える己の侍女に目配せする。

侍女が廊下に声をかけると、室外に控えていた侍従たちが次々と室内に荷物を運び入れた。

エドナはそれらの荷物の中から、自らの手でお人形を手に取り、アシュに返した。

「……おともだち、かっこいいお帽子かぶってる」

「かぶってるわねぇ」

「服もあたらしい……」

「新しいわねぇ」

しげしげと見つめるアシュに、エドナはふふっと微笑む。

新しい帽子と外套はおそろいだ。ディリヤが縫った服のうえに、冬用の上着と帽子を着ている。ウルカ風の衣装ではなく、異国情緒溢れる装いが愛らしい。エドナが異国の地で手に入れてきたものだ。

「きっと、エドナがお仕事している時にどこかへおでかけして買ってきたのねぇ」

「……この子、一人でおでかけしたの？」

「えぇ、きっとそうね」

「すごいねぇ、がんばったねぇ……」

アシュはお友達の頭を撫でて抱きしめる。

一人で頑張ったお友達はとってもかっこいい。

「さぁ、アシュ、お土産を見てちょうだい。たっくさんあるのよ」

「アシュのはどれ？」

エドナに手を引かれて、アシュはお土産物の前に立つ。

「ここからここまでがアシュよ」

「たくさん！　……だいじょうぶ？　重たくなかった？」

「だいじょうぶよ、たくさんの人に手伝ってもらったから」

「よかったぁ……。おみぁげ、いっぱいありがとうございます」

アシュはやわらかい体を二つ折りにして、深々と頭を下げる。

「どういたしまして。……さ、開けてごらんなさいな」

「はい！」

アシュはお土産物の前に座りこみ、一番手前の小さな箱を手に取る。

「さぁ、ディリヤ。あなたもいらして。こっちがララとジジで、あっちがディリヤでそっちがユドハ。イノリメとトマリメと、ライコウとフーハクはそちら。みなさんにあとで分けてちょうだいね」

「はい。……すみません、俺の分まで……。仕事で出かけられたのに……」

「よその国の物を持ち帰るのも仕事のようなものよ。細工品や工芸品、美術品に日用品。どういったものがよく作られていて、どういったものがよく輸出入されているか。それは我が国でも使いやすいか。確かめるなら実際に使ってみるのが一番だわ。ほら、ディリヤ、これを見てちょうだい。とても美しいうえに、夏に使えば涼しげだと思わない？」

エドナもお土産物の前に座りこみ、左隣にディリヤを座らせる。

エドナの右隣では、アシュが尻尾をゆらゆら楽しげに揺らしながら、異国に棲む鳥の図鑑を床に広げて、一心不乱に読み耽っている。

「外はどんな様子でしたか？」

ディリヤは、意味もなく両手を上下してはしゃぐララをあやしながらエドナに尋ねる。

「そうねぇ……、あまり明るい話のない国もあったし、内紛で揉めそうな国もあったわ。あぁ、でも、リルニツクとは良い話がまとまったわ」

エドナは、ぱたぱた動くジジの足で遊んであげながら答える。

「リルニツクは南方の独立自治区で……」

「商都よ。目新しいものがたくさんあったわ」

「いいですね、あの国との交易の幅が広がることはウルカにとって有益です。ウルカとリルニツクの間で人の往来が増えれば、それに紛れて南の監視がしやすくなる。リルニツクはあちこちの国と手広く商売してますから、情報も入ってきやすい。それに……」

そこまで言って、ディリヤは黙った。

「どうなさったの？」

「いえ、……喋りすぎました。すみません」

「あなた、本当に政治的なことは口にしないのねぇ」

「た……」

「立場じゃないから？」

「……はい」

ディリヤは苦笑して頷く。

難しい立場のディリヤが、政治的な考えや方針を口にするのは良くない。どこで誰が聞き耳を立てているか分からないし、それがどう影響するか分からないからだ。

「ここには私たちと子供しかいないのよ？　そんなに神経を使わなくても大丈夫だわ」

「でも、こういう時にも気を付けておかないと、いざという時に口を滑らせてしまいますから。……それに、いまは俺のことより、エドナさんの話を聞かせてください。ご友人方には会えましたか？」

「えぇ、会えたわ！　随分と久しぶりで懐かしかったわ。彼女たちは……、軍人だったり、政治家だったり、芸術家だったり、いろいろなのだけど、種族も違えば住んでいる国も違って文化も違うから、長いこと表舞台から遠ざかっていた私は置いてけぼりを食らいそうになったわ」

先頃、エドナは、王族としての公務に復帰した。

政治面でも頭角を現し、王室の一員として外交面でも徐々に活躍の場を広げている。

元来、彼女はとても優秀な人物であったし、ウルカは性差にこだわらず有能な人材を重用する文化や方針であったから、彼女が彼女としての能力を発揮できる場所に戻っただけの話だった。

これまでは、ユドハとエドナの祖母であるクシナダとその一派が権勢をふるっていた。

エドナもまた、クシナダの方針で、幼い頃から政治や軍務、王室外交から遠ざけられていた。

エドナには、クシナダの命令で、若いうちにクシナダの縁戚に降嫁させられたという過去がある。

幸いなことに、嫁ぎ先の夫が善良な男で、エドナを真心で慈しみ、愛してくれたのが唯一の救いであったが、その夫も八年前の戦争の最中に亡くなった。

未亡人になってからは、クシナダの命令で王城へ連れ戻され、自由のない生活を強いられた。

「喪が明けた翌月には、再婚なさい」

喪服のエドナにクシナダはそう命じた。

城へ連れ戻されたエドナには、もう既に再婚相手が見繕われていたのだ。

だが、エドナはクシナダに従順さを見せつつも、再婚にかんしてだけは毅然と断り、喪に服して黒いドレスで公式の場に出続けた。

再婚予定の相手にも「面倒な女」と思われるような態度を取り続けて、のらりくらりと再婚要請を躱しながら、今日まで生きてきた。

現在は、ユドハによって権勢を削がれたクシナダ派が弱体化しつつあり、エドナも動きやすくなった。

結果として、現在、エドナは政治面と外交面でユドハを助けるだけの力を取り戻し、王族としての役目を果たせる自由を得ている。

エドナは賢い人だ。

揉め事を起こさずに、彼女の生来の明るく朗らかな気質で親近感を与え、誰彼となく気さくに接し、他者の意見によく耳を傾け、表情を読み、話をとりまとめる。

将来的には、国王代理であるユドハを政治面と外交面で支える大きな存在となるだろう。

ウルカ国は、いま、クシナダの時代ではなく、ユドハやエドナの時代だ。

クシナダ派は北方に多い。

クシナダが北方出身のため、親族もそちらに固まっているのだ。クシナダの失脚に伴い、北へ逃げ帰った者も多く、王都ヒラでの栄華はかつてのこととなり果てている。

その北方のクシナダ派も、ユドハの腹心であるタイシュという男が抑えて、目を光らせている。当面、クシナダ派が王都に舞い戻る機会は得られないだろう。

「エドナちゃん、明日はあそべる？　アシュね、お歌のれんしゅうしたんだよ」

図鑑から顔を上げて、アシュがエドナのドレスの裾を引く。

「ごめんなさい。明日はお仕事なの」

「明日の明日は？」

「明日の明日もお仕事なの。ごめんなさいね」

「アシュ、エドナさんには大切なお仕事があります。無理を言ってはいけません」

ディリヤは、状況が変わったのだとアシュに説明する。

以前のように、毎日エドナと遊んでもらえるわけではないのだと言い含める。

「……分かってるもん」

でも、エドナちゃんとあそびたいんだもん。

アシュはぶっきらぼうに、ぷい、と首を横にする。

「あらあら。アシュとディリヤは仲良しこよしで好き好き大好きだったのに……ちょっとエドナがお留守の間に親離れ子離れしてしまったのかしら？」

「…………アシュ、まだちょっとかっこよくないもん。かっこよくない時があってもいいってユドハが言ったもん」

瞬く間に、アシュの大きな瞳が涙でゆらゆらし始めた。

「まぁ、アシュ、泣かないでちょうだい。エドナは悲しませることを言ってしまったかしら。ごめんなさいね」

「……エドナさんのせいではないです」

ディリヤが慌てて否定して、「狼と人間の寿命のことでちょっと……俺が先にアレするのが……」と言葉を濁す。

はっきりと言わないのは、「俺が先に死ぬのが問題らしいです」と明確な言葉にするとまたアシュが泣くからだ。

「なんとなく承知したわ。……アシュ、泣かないでちようだい。明日の明日の明日の明日は午後からすこし時間がとれるはずだから、エドナにアシュのお歌を聴かせてくれるかしら?」

「明日の明日の明日の明日……?」

「そう、明日の明日の明日の明日の明日の、お昼よ!」

「おひる……」

涙でうるうるの瞳で、アシュは「おひる……」と繰り返す。

「お昼ご飯をいただいて、休憩をして、それからお歌の時間にしましょうね」

「うん!」

良い香りのするエドナの尻尾に顔を埋め、ごろごろ喉を鳴らして喜ぶ。

ディリヤはアシュが大泣きしなかったことに胸を撫で下ろした。


数カ月に一度、頻度は不定期で、ディリヤと子供たちは城を出て、郊外へ出向く。

郊外とはいえ、そこは王領内だ。一般人の立ち入りは禁止されている。

なだらかな丘陵地で、冬でも枯れない常緑の芝生が生い茂り、やわらかな土の上で子供たちが遊ぶのに適している。ユドハたち兄弟も幼い頃はここで遊んだらしい。

いつもはユドハも一緒だが、今回、ユドハは仕事で不在だった。

朝から「今日は、野駆けに行くんだったな。気を付けて楽しんでこい……」と自分も行きたそうな顔をしながら肩を落とし、しょんぼりした尻尾で仕事に行った。

「えんそく!」

「まぁ、そのようなものですね」

野駆けと言えば聞こえはいいが、子連れならば社会見学や遠足のようなものだ。

ディリヤの作ったお弁当を持って、水筒にお茶を入れて、カバンにおやつとおえかき道具を入れたらアシュのおでかけ準備は完璧だ。

もこもこ、まるまる着膨れした可愛いのが三匹。

昼間の暖かい時間を狙って、ひなたぼっこと狩りの練習に出かける。

木立や草花以外なにもない丘は、心地好い風が吹き抜ける。冬の太陽がよく照っていて、動いていると汗ばんでくるような陽気だった。

ライコウとフーハクは東西に立ち、周辺を警戒している。

ライコウとフーハクの中間地点に、ディリヤと子供たち、トマリメがいた。

「……っ」

ララとジジをあやしていたディリヤが、息を詰めた。

双子がそろってディリヤの手の甲に牙を立てたのだ。本人たちは甘噛みしているつもりなのだが、幼さゆえか、ディリヤが好きすぎて興奮してしまい、加減ができず、強く噛んでしまったらしい。

「ディリヤ様、お手当てを……」

「すみません。簡単にお願いします」

牙を抜いた瞬間、血が流れたので、ディリヤはトマリメに手当てをしてもらう。

子供たちのために応急処置の道具を持参しているので、それを使った。消毒し、血止めを振りかけて綿布を当てて包帯を巻く。

「ララちゃん！　ジジちゃん！　ディリヤ、いたいいたいでしょ！」

イノリメと丘の上で遊んでいたアシュが駆け寄るなり、弟たちを叱った。

双子に玩具を取られても、頑張って描いた絵をよだれまみれにされても、ディリヤのだっこを奪われても、怒らなかったアシュが、初めて怒った。

ララとジジは、だいすきなおにいちゃんの剣幕に、ぽかんと口を開けて固まっている。

「ディリヤがかわいそうでしょ！　やさしくはぐはぐしてあげて！　お怪我させたらごめんなさいって言わないとだめでしょ！」

「……ふぇ」

「ぷぇえ……」

ララとジジは顔をくしゃっとするなり泣き始める。

ディリヤが一瞬痛い顔をしたことで、双子も自分たちが悪いことをしたという自覚があったらしく、アシュに叱られて申し訳なさの極限に達したようだ。

まだ言葉の覚束ない双子は、謝罪の代わりに、泣きながらディリヤの指をぺろぺろ舐めて、ごめんなさい、の意志を示す。

それを見てアシュも「……怒ってごめんね……ごめ

んね」と双子を抱きしめて泣いてしまう。

アシュに抱きしめられた双子は「おにいちゃんがだっこしてくれた！」「もうおこってない！」と嬉しそうに尻尾をぱたぱたして、アシュの涙もぺろぺろする。

「…………」

双子に、「噛んではいけません」と諭す役割をアシュがしてくれたおかげで、ディリヤはやることがなくなってしまった。

叱ったあとに、「だいすきって伝える時は、優しく、そっとはぐはぐしましょうね」と抱きしめて宥める役目もアシュがしてくれたので、手持ち無沙汰になってしまった。

みんな成長したなぁ……とディリヤがしみじみ見つめていると、アシュがララとジジを抱えて引きずるように移動して、「双子ちゃんをゆるしてあげて……」と涙ながらに訴えてきた。

「もちろんですよ。ララとジジに、してはいけないことを教えてくれてありがとうございます」

ディリヤは三人の子供を抱きしめて、それぞれを泣き止ませる。

「……ディリヤ、死んじゃわない？」

アシュが顔を上げて、尋ねてくる。

「死んじゃわないですね」

敷布に広げたおやつから、パイ菓子を手に取り、アシュの口へ放りこむ。

「…………お怪我、いたくない？」

しっかりパイ菓子を食べてから、また尋ねる。

「痛くないですよ。こんなことくらいでは死にません、大丈夫です」

アシュの口端のパイくずを取って、それを食べる。

アシュは、時折、思い出したように「ディリヤ、しんじゃうの……？」と尋ねてくる。怪我をしたり、くしゃみをしようものなら大騒ぎだ。そのたびにディリヤは「死にません、大丈夫です」と答え続けた。

「どこにもいかない？」

「どこにもいきません」

ぴとっと太腿にしがみついてくるアシュの頭を撫で、アシュの頭に乗っかるララとジジを抱き上げる。

「ずっとずっといっしょにいてね」

「はい」

三人の子供をディリヤが力強く抱きしめれば、それで満足してアシュはまた遊び出す。

アシュはまだディリヤとの距離感に悩んでいるようで、どことなく態度がぎこちない。

以前はディリヤにべったりで、「だいすき！」一辺倒だったのが、時にはディリヤから離れて遊んでみたり、ちらっと様子を見てきたり、かと思えば背中にくっついてきたりする。

赤ちゃん返りと、ディリヤが死んじゃうのこわい。この二つの大きな問題が両方一度にアシュに訪れて、心が大きく揺れ動いて、こうして長引いているんだろう……、という印象だった。

とはいえ、先日、ユドハと話をしてからアシュの心境に変化があったようで、頑張って一所懸命なにか考えているような様子も見てとれる。

ユドハの言葉が心に響いたようで、ちゃんと自分でご飯を食べて、かっこいいところをディリヤに見せてくれる。

言葉だけでは、アシュのこの幼い不安を取り除くのは難しい。

人が死ぬというのは、解決方法のない漠然とした不安だ。

ディリヤはアシュの感情に寄り添うことを最優先にした。

いつまでもずっと大好きで愛していると伝えて、アシュを抱きしめた。

勝手にいなくなったりしないと約束した。

離れずに傍にいると言葉にして誓った。

一番簡単だけど一番難しい、それでいて一番大事なことだけは忘れずに伝え続けた。

ディリヤは、付かず離れず、親としての適切な距離感を心がけ、アシュを見守ることにした。

アシュがこの問題とどう折り合いをつけるか……、もしかしたら、半年も経てば子供らしい無邪気さで忘れてしまうかもしれないけれど、そうして生きていくうちで、折に触れては考える機会を得て、そのたびにすこしずつ成長していくに違いない。

寄り添い、抱きしめ、愛していると伝えて、見守ることしかできない。

親ってこんなに苦しいんだなぁ……。

愛するということは、ただただ楽しくて嬉しくて幸せなだけじゃなくて苦しいんだなぁ……。

そんなことを思った。

それも含めて、親の喜びなのかもしれない。

こうしてアシュが悩むことでアシュが成長するなら存分に悩むべきだし、親はアシュの考えの邪魔をしない程度に助けるべきだし、でも、できることなら子供には余計な苦労はしてほしくないし、できるかぎり悲しみやこわいことの少ない人生であってほしいと願ってしまう。

だが、これから先、アシュが一人で夜を過ごしたり、ディリヤのいない状況でユドハと二人だけで外国へ公務に出かけたりする可能性もある。

いざという時、もし万が一、いきなり家族が離ればなれになってしまった時、それまでまったくなにも考えていなくて、予備知識も与えられず、心構えもできぬまま突然のことに狼狽えてしまって、いまのように嘆き悲しんで苦むようではいけない。

これは予行練習だと思えばいい。

あぁ、でも……アシュが早くこの得体の知れない悲しみから解放されますように……。

そう願わずにはいられない。

「俺、過保護になったなぁ……」

思わず漏れ出たその言葉に、イノリメとトマリメが口をそろえて「親ですもの」と答えた。

アシュはまだべそべそしていたが、双子に群がられて、ララとジジ用のおやつのミルクに浸したパンを口に詰めこまれながら「……おくちのなか、リスになっちゃう……」と泣き笑いしていた。

狩りの練習だ。

「いいですか、アシュ、敵……、いえ、獲物をよく見て、どう動くか考えて、獲物の習性から行く先を予測して行動しなさい」

アシュの肩に手を置き、狩りの基本を教える。

今日学ぶのは、敵を追い詰める狩りだ。

ディリヤが指令塔で、それぞれに役目を与えて、その役目を完遂させることを目的としている。

ディリヤの指示を理解したアシュが頷くのを見てから、イノリメが鳥の模型を放つ。

大型の鳥を模したそれは、その広い翼で大空を滑空する。

「では、狩りの時間です」

アシュの肩に置いていた手を離す。

同時に、アシュが走り出す。

ライコウが先行して安全確保し、フーハクが伴走する。

「あぅ！」

「あーぅ！」

「ララとジジは、獲物を包囲する方法を勉強しましょうね」

ディリヤの足もとでは、トマリメにあやされながら双子が芝生をころころしている。

狩りにはまだ早いが、さすがは狼の仔だ。ララもジジも瞳をきらきらさせて、鳥の飛んだ方向を視線で追いかけ、そちらへ向かって腹這いしていた。

イノリメとトマリメも狩りは好きなようで、尻尾をそわそわさせている。

夏なら、水浴びや釣り、石集めをして遊んだりもするけれど、秋から冬にかけては狩りの練習に最適な気候だ。夏ほどは暑すぎず、獲物は秋に食い溜めて肥え太っている。本物の獲物を相手にした狩猟は子供にはさせられないが、こうした練習は、狼の子供にとって必要な運動であり、本能的な欲求の解消方法でもあり、伝統でもある。

ディリヤは、座学で学んだ狼の狩猟方法や、アスリフ時代に身につけた狩猟技術を持っているから、簡単なことなら教えられるが、実践となるとまた別だ。

まずは、ディリヤの手癖ではなく、狼の狩猟方法をアシュには学んでほしかった。

いつもならユドハが教えているのだが、今日は仕事だ。代わりにライコウとフーハクが教えてくれている。息子に狩りを教えるのもユドハにとっては父親としての喜びらしく、それが叶わず、今日はとても残念そうだった。

「ディリヤー！」

それから間もなくして、アシュが鳥の模型を抱きしめて戻ってきた。

頭に落ち葉を乗せて、尻尾も枯れ葉まみれにして、にこにこ走ってくる。

「おかえりなさい、アシュ。見事な狩りだったようですね」

アシュを抱きしめて、迎え入れる。

「もういっかい！　もういっかいやって！」

「まずは休憩です。汗を拭いて、お水を飲みましょう。二度目は、隠れているディリヤを見つける練習です。

どういうところに隠れるか、休憩中にディリヤのことを考えながらライコウさんやフーハクさんと作戦を練ってください。それじゃあ、よろしくお願いします。ちょっと隠れてきますんで」

ディリヤはライコウとフーハクに頭を下げて、木立のほうへ向かう。

ディリヤを探すのはライコウとアシュで、フーハクはララとジジの傍に付く。外出時は、必ずディリヤかライコウかフーハク、この三人の誰かが子供たちの傍にいると決めていた。

木立に入ると、ディリヤは一度だけ背後を振り返り、丘の上のアシュたちに手を振る。

アシュが手を振り返すのを見てから、木立の奥へ奥へと進み、ライコウやフーハクの目が届かない位置まで進むと、「出てこい」と虚空へ向けて声をかけた。

「さすがはアスリフ、抜け目ないな」

ディリヤがわざと一人になるなり、人間の男が姿を見せた。

狼の毛皮で作った外套を着ていて、フードを深くかぶり、喋る口もと以外は容貌が分からない。背丈はディリヤと同程度で、声質から年の頃も同じだと判断する。身のこなしや立ち居振る舞いから、特別な訓練を受けた人物のように見受けられた。

狼の毛皮を着ているのも、ライコウやフーハクの鼻を誤魔化すためだろう。人間がこの森をうろついていれば、匂いだけで嗅ぎつけられてしまう。

ディリヤがこの男を見つけられたのも、不自然にこの森の木が揺れたような気がしたからだ。

それを確認する目的で森へ入ったら、案の定、この男が現れた。

おそらくは、ディリヤが一人になるまでじっと接触の機会を窺っていたのだろう。

不定期とはいえ、ディリヤたちはもう何度もこの場所を訪れている。事前に調べておけば先回りすることは可能だ。

ディリヤたちが外出するならば、厨房に昼食の不要を伝えるし、ここまで出てくるのに馬車も使う。城内に内通者がいれば、ディリヤたちの行動予定は手に入れられる。

「……ということは、俺が城で暮らしていることを知る人間がいて、そいつは俺に用があって、アンタはその伝言役ってところか。……この状況で考えるなら、アンタはゴーネの者か？」

「話が早くて助かる。早速だが、狼狩りの赤毛殿には、是非にもゴーネへお越し願いたい」

　頼むような言いぐさだが、これは脅迫だ。

　この男は、ディリヤが狼狩りに所属していたことを知っている。

　そして、その過去を使えば、ディリヤがいまの幸せを失うということも分かっている。

「可愛い狼の子供ですね。実に上等でやわらかそうな毛皮だ」

「……っ！」

　子供に危害を加える。暗にそう示された瞬間、ディリヤはその男を制圧した。

　毛皮の襟もとを掴み、顎下に掌底を食らわせて、脳震盪を起こさせる。

　男はわずかに身を捻り、直撃を回避したが、姿勢を崩す。男はそのままディリヤの脇をすり抜けようと試みるが、それを見越したうえで、ディリヤは男の体側を樹の幹にぶつけ、耳のあたりを頭髪ごと鷲掴み、肩の力で腕を引いて、その頭を木の幹に打ちつける。

　大きな音がして、枯れ葉が落ちる。

　男は昏倒して、ずるずると木の根元に倒れた。ディリヤは男の胸に膝を置いて体重をかけ、短刀を取り出し、口もとと耳の際に目立つ傷をつける。

「雇い主に伝えろ。アスリフを敵に回せば、耳と鼻を削ぐとな」

　脅しに聞く耳は持たない。雇い主にこの言葉を伝えるまで口を閉じろ不愉快だ、と暗に示す。

「ディリヤ様！」

　ライコウの声が聞こえた。

　その瞬間、男は、包帯を巻いたディリヤの手を掴み、腹を蹴った。

「……ディリヤ様！」

　蹴り倒されたディリヤをライコウが助け起こす。

　男は既に背を向けてその場から離脱している。

　ライコウが追いかければまだ間に合う可能性が高い。

「ライコウさん、アシュたちは無事ですか？」

　ライコウの手を借り、ディリヤは蹴られた腹を押さえて立ち上がる。

　アシュを産むために腹を開き、ララとジジという双子を産み育てたそこは、あまり強くない。冬場は傷が引き攣るし、強い衝撃があると違和感があり、時折、前触れもなく疼く。経産婦とはそんなものだと割り切っているが、産後に渾身の一撃を食らったのは初めてで、その衝撃にすこしたじろいだ。

「みな無事です。いまの男は……」

「ゴーネからの使者です。泳がせて、尾行をつけたかったんですが、この人数じゃしょうがないですね。アシュたちの安全確保が先ですから」

ライコウに追いかけてもらうことも考えたが、ほかに敵が潜んでいる可能性もある。

保護対象者の多いこの群れで、頭数の分断は危険だ。ディリヤはアシュたちのもとへ戻りながら、ライコウに状況を説明する。

「監視に気付いたうえで単独で行動したんですか」

「はい」

「そうすることの危険性は分かっとるでしょう」

「でも、俺は滅多に城から出ませんし、このまま俺と接触する機会がなかったら、向こうは城に乗り込んでくると思うんです。いやじゃないですか？　生活圏に他人が入り込んでくるのって。子供もいるし……」

「そりゃそうですが……」

「家はユドハが唯一落ち着ける場所なんです。そこに敵が侵入する可能性は早めに排除したいですよね」

「次からは相談してください」

まるで狂犬だ。

それも、冷静な狂犬。

ライコウは内心で「この人は、子供と殿下のこととなると、自分の身を顧みず牙を剝くな……」と舌を巻く。

狼狩りの赤毛。その一面を垣間見た気がした。改めてその強さや場慣れ感、理性的な凶暴性に感心すると同時に、背筋が冷えた。

ディリヤは味方ならば頼もしいが、敵に回せば恐怖そのものだ。思わず、「この人は、城の奥深くで子育てをしているより、諜報部や軍の特殊部隊に入ったほうが居場所があるし、才能も活かせるんじゃないか？」という考えが脳裏を過る。

軍人的な考え方だが、狼社会にいる限り、ディリヤの立身栄達は望み薄だ。

狼社会でもディリヤの実力は通用するが、実力だけでは人間は認められない。将来性もなく、承認欲求や名声欲が満たされることもなく、その技能が日の目を見ることもなく、男としての誉を得るどころか、今日まで磨き上げた狩りの腕を錆びさせるだけだ。

それこそ、才能の持ち腐れだ。じわじわとディリヤの才能が殺されていくようなものだ。

「あなたは、さぞかし狼の世界では生きにくいでしょう」

「…………」

ライコウが考えてしまったことをなんとなくディリヤも察して、苦笑する。

「申し訳ありません、失礼なことを……」

「いえ、……仰りたいことは分かります。俺も、なにかユドハのためになることができればいいんですけど……あまりなにもできてません」

「本当に、すみません。余計なことを言いました」

己の無力さ、歯痒さ。

ライコウが皆まで言わずとも、誰よりもディリヤ自身がそれを分かっている。

分かりきった現実を改めてディリヤに突きつけてしまったことをライコウは詫びた。

「謝らないでください」

「狼の社会で生きることは、あなたにとって、とても大きな決断であったと思います」

「俺は立身出世に興味がないですし、生まれた村に家族がいるわけでもないですから……身軽なもんです。まぁ、確かに生きにくさもありますし、我慢していることもあります。ユドハの傍にいて自分のこの力が発揮できるならそれに越したことはないですが、それも難しいでしょう」

「……ディリヤ様……」

「それでも、惚れた男の傍にいるのが一番の幸せってやつですね」

「あなたは笑うんですね」

「幸せですから」

「敬服いたします」

「そんな大層なもんでもないです。あなたたち狼にしてみれば、人間が生活に混じっているわけですし、違和感もあるはずです。任務とはいえ、かつて戦った敵を守ることになって、思うところもあるでしょう。これから先、俺にまつわる揉め事でご迷惑をおかけすることもあると思います。それについては心から申し訳ないと思いますし、極力、自分のケツは自分で拭くつもりでいます。そのうえで、ここで、ユドハの傍で暮らしたいので、これからも子供たちのことを守ってやってもらえれば、とても嬉しいです」

「は、……このライコウ、ディリヤ様のご期待に必ずやお応えいたします」

「ありがとうございます。頼りにしています」

「……ところで、ひとつよろしいでしょうか」

「はい、なんですか？」

「ディリヤ様は急に真顔でまっすぐ直球勝負で惚気るので、面食らいました」

達観した様子で死生観を語るのも、恋する顔で愛を語るのも、まったく同じ表情だから、それが惚気だと気付くのにすこし時間がかかった。

「…………惚気てましたか」

「惚気てましたね」

「はずかしい……」

ディリヤは、アシュが恥ずかしがるように頬に手を当てて、顔を隠した。

ユドハを好きなことがだだ漏れで、恥ずかしかった。

「……アシュ様のところへ戻る前にその血を拭きましょうね……」

ライコウは、血まみれの手で恥ずかしがるディリヤに手巾を差し出した。

✦

その日の夕方、ディリヤたちの帰宅と同時に、ライコウから報せを受けたユドハが大急ぎで家に戻ってきた。

「ユドハ、仕事は？」

「それはあとだ」

まず、抱きしめられた。

ディリヤはユドハのこういうところが好きだ。

ディリヤはすぐに状況確認や報告をしようとしてしまうが、ユドハはまず抱きしめてくれる。

もちろん、状況確認を先にしなくてはいけない状況ならユドハもそうするだろう。だが、いまは抱擁するくらいの余裕があった。

ディリヤは、自分にはないユドハのその鷹揚さや、物事を見る視点を尊敬していた。

「背中が強張っている」

「うん。……でも、もう大丈夫。アンタの顔を見たら、……ふぁ、あー……欠伸出てきた」

ユドハに抱きしめられると緊張が解けた。

だらりと全身の力を抜いてユドハに凭れかかる。

そのまま二人して寝椅子に倒れこみ、寝転がったユドハの腹にディリヤが寝そべって、到底、子供には見せられない姿になる。

幸いなことに子供たちは風呂へ入れてもらっている。その束の間に、ディリヤとユドハは二人で話をした。

ディリヤは、ゴーネ国側がディリヤに接触してきたことをユドハに伝えた。

もし、ディリヤが健気で可愛らしく献身的で控えめな性格だったなら、ユドハに迷惑をかけぬよう相談することすら悩み、最後には身を引くことを選んで、単身ゴーネに赴くだろう。

この城へ来た当初のディリヤでも、そうするかもしれない。

だが、いまのディリヤはそうしない。

そんなことをするほうが、より面倒なことになるからだ。

だって、もしディリヤがゴーネに向かったなら、ユドハは必ず迎えにくる。ユドハはそういう男だ。

今日に至るまで、ユドハが根気強くディリヤの信頼を勝ち取ったからこそ、ディリヤはいま誰よりもユドハを信じている。

今日のことを伝えて「また面倒事を持ち込んで……」とユドハに思われたらどうしよう、などという不安はディリヤにはない。

けれども、ユドハのその誠意や思いやり深さに胡坐を掻いているわけでもない。

「忙しいのに、俺のことで手間と仕事を増やしてごめん」

だからこそ、頭を下げて詫びるのだ。

「そんなことはいいから、あまり物理的手段に訴えないように」

「あとで問題になるか？」

「危ない」

「……ごめん」

はぐっ、と鼻を噛まれて叱られる。

甘いお説教だが、誰に叱られるよりもディリヤには一番堪える。

「子供たちに危害を加えられる可能性を考慮して、先手必勝したのは分かるけどな。俺はそんなお前がとても心配だ」

「うん」

ディリヤも、ユドハに言われれば素直に頷く。

ごめん、ともう一度謝って、今度はユドハの鼻を噛む。

深刻な話をしているのに、なんだか雰囲気は甘ったるい。

「この手は？　その男にやられたのか？」

ユドハは包帯を巻かれたディリヤの手を取る。

「これはララとジジの甘噛み。ちょっと牙が食い込んで、血が出た」

「双子には、もうすこし上手な噛み方を教えておこう」

「頼んだ。……それから、アシュを褒めてやって。双子が俺を噛んだ時に、それはしちゃいけないことだって頑張って伝えてくれたんだ。それに、狩りも上手にできたんだ。お土産に花冠も作ったから、あとで頭に乗せてやって」

「アシュの頭に？」

「まさか、アンタの頭にだよ」

ユドハの頭を抱きしめて、耳と耳の間に顔を埋め、匂いを嗅ぐ。

いいにおい。ふかふか。あったかくてだいすき。

よく弾む立派な胸板のうえで、ディリヤは自分だけの特別な場所を堪能する。

鬣のなかに腕を埋もれさせ、首筋の近くまで指を深く探り入れると、そこはもっと温かくて、外出で冷えた指先がじわじわとユドハの体温と同じになっていく。

「……ディリヤ」

「ん……？」

「くるしい」

「ごめん」

尻尾で背中をぽんぽんされる。

笑ってユドハを自由にしてやって、鼻先に唇を落とす。

「……こうしよう」

ユドハは姿勢を変えて、寝椅子の背凭れに背中を預ける側臥に変え、懐にディリヤを抱える。

ディリヤの背に腕を回せば、ディリヤはユドハの胸や鬣に埋もれられるし、ユドハはディリヤのかわいい旋毛（つむじ）を見られるし、なにより、足と足を絡ませられる。

ディリヤの、細くて長い、足首の締まったこの足がユドハは好きだ。

敵を前にすると足癖が悪いところもかわいい。

寝床でユドハと睦み合っている時に、がっちりと胴体に両足を回して「つかまえた」とはにかみ笑う顔を見ると、「もう逃げられない、大好きなディリヤに捕まった！　うれしい！」と尻尾がばたばたしてしまう。

「なんかにやけてる。やらしいことでも考えてたか？　ドスケベ」

ユドハの頬をつまむ。

ディリヤのかわいい狼は、ディリヤの前だと下半身に忠実だ。

「……考えてなど……、いや、考えていた」

「素直でなによりだ。今夜はかわいがってやろう」

「…………」

「しっぽ」

「……これは言うことを聞かんのだ」

「かわいいなぁ、アンタ」

二人して鼻先をくっつけて、笑い合う。

二人一緒にいればこわいものなどなにもない。

誰よりも強くて、この世界をすべて敵に回しても勝つ自信がある。

ディリヤはちっとも不安なんか感じずに、心穏やかだった。

ユドハがいるから、なにもこわくなかった。

⸻✦⸻

家族を守るのが群れのオスの責任だ。

幸いなことに、この家には、ユドハとディリヤという二匹のオスがいる。

ディリヤはディリヤにできる方法で群れを守り、ユドハはユドハにできる方法で群れを守る。

ユドハは、己の人脈を使って調査していた。

先頃、その第一次調査結果が報告された。

式典の際にディリヤに声をかけてきた軍人フェイヌ、及びその上官エレギア、この両名が秘密裏に動いていることを突き止めたのだ。

彼らもまた自国の軍上層部から命じられて動いているらしく、その発令者はエレギアの父トラゴオイデ元帥の可能性が高かった。

トラゴオイデ元帥がなぜディリヤとの接触を図っているのかは不明だ。引き続き調査を命じ、ユドハは家族の身辺警護をそれとなく厚くした。

ゴーネに対しては警戒を強めねばならない状況がほかにもあったからだ。

ウルカとゴーネは、停戦から五年を機に、定期的に合同軍事演習を行っていた。

　表向きは合同軍事演習だが、その実は、他国軍の練度、軍備の充実度や機能性、情報の精度や伝達速度、指揮命令系統の確実性、兵站（へいたん）の状況など……、数年前まで敵国同士だった互いの現状を探り、互いに牽制（けんせい）しつつ、同時にその力を第三国へも誇示することで、戦争への抑止力とすることが目的だった。

　軍事演習の目的を考え出すときりがないが、あくまでも平和的な関係性を維持するためのものであり、軍政と国政、双方の交流会という側面もあった。

　今日の敵は、明日の味方だ。もしかしたら、次は、ウルカとゴーネが同盟を組み、第三国と戦う未来があるかもしれない。そうなった時のためにも互いの戦い方を知っておいて損はなかった。

　それに、たまには仮想敵を作って演習をしなければ、いざ戦争になった時に訓練が足りず、後手に回ってしまう。戦争でそれは絶対に回避すべき最低限のことだった。

　今年の軍事演習はウルカ国側の領地で実施する。式典を行ったセッカ周辺で行うのだが、それは、ゴーネ軍が軍事演習にかこつけて王都ヒラや国の中枢に攻め入ってくる危険性を回避するためだ。

　同様に、ゴーネ国内で演習する際も、ゴーネの帝都からは遠く離れた地域が設定されていた。

　また、軍事演習と同時に、視察団もウルカへやってくる。

　十五日かけて実施される軍事演習の間、視察団は演習に参加せず、その日程を使ってウルカ国の王都ヒラに滞在し、王都を中心に視察し、局長級の会談を行う取り決めだった。

　もちろん、ウルカ国の内情ばかりを見せるわけではない。ゴーネの視察団の帰国と入れ替わりに、その翌月には、ウルカ国の軍人と公人がゴーネ国へ視察へ赴くのが通例だった。

　視察団は百名規模の公人と十数名の軍人で構成されている。ヒラに足を踏み入れるゴーネ国の軍人は軍事演習に参加せず、王都でウルカ国軍上層部と交流を持つことを目的としていた。

　エレギアとフェイヌは、この視察団の一員として名簿に名を連ね、軍部側の代表として参加する予定になっていた。

「ようこそ、ウルカへ」

ユドハは、ゴーネの視察団を王都ヒラで出迎えた。

今日から十五日間、彼らはヒラの都とその近郊の都市で過ごす。

「エレギア＝エーレゲイア＝トラゴオイデ。大佐です。こちらは副官のフェイヌ大尉」

ゴーネ国軍人側の代表として、エレギアがユドハに到着の挨拶を述べる。

小難しく堅苦しい、格式ばった挨拶を終えたあとの、もうすこし砕けた場でのことだ。

エレギアは二十代後半から三十代前半に見えた。背の高いひょろっとした男で、薄い笑みを口もとに浮かべている。細面（ほそおもて）の整った顔立ちで、軍人らしさのない男だ。髪は緑がかった黒髪で、瞳は緑色。典型的なゴーネ人の見た目で、代々その髪と瞳の色を受け継いできた由緒正しい家系であることが窺えた。

補佐官であるフェイヌは、耳と尻尾だけが狼の、半狼半人だ。フェイヌが衆人の目を引いたのは確かだったが、その場にいた誰も騒ぎにはせず、フェイヌ自身も動じず、実に堂々と振る舞っていた。

人間と金狼族の半分ずつは珍しくもなんともない。アシュだってそうだし、ウルカ国にも大勢いる。

ゴーネ国にどの程度の半狼半人が暮らしているのかは分からないが、今日、この場で、フェイヌの存在が最たる話題として取り上げられることはなく、両国の出席者はしばしの歓談を楽しんだ。

その後、一旦解散して、ゴーネの視察団を宿泊用の迎賓館（げいひんかん）へ案内し、ユドハは公務に戻った。

再び一同が同じ席に着いたのは夕食会でのことだ。

まだ初日だ。ゴーネ国側も、会食の席で羽目を外したり、突拍子もない行動をしたり、ウルカ国側を怒らせるような質問をしたりはしない。当たり障（さわ）りない言葉を選びつつも、交流を深めることを目的として時間は進んだ。

長々と時間をかけた会食が終わると、場所を変えて、ウルカ風のもてなしをする。

会食はゴーネの客人に合わせて机と椅子が用意されていたが、食後の歓談では、幾重にも重ねた絨毯敷きの床にクッションや背凭れを敷き詰めて、金の食器でお茶や酒を楽しみ、天井から吊るした照明器具の仄かな灯りや月明かりの下で、音楽に耳を傾けた。

ユドハのもとには、ゴーネの客人がひっきりなしに挨拶に訪れた。

　前回も顔を合わせた者もいれば、今回初めての者もいる。

　すこし離れた場所では、エドナもまた別の客人と話を弾ませていて、姉の外交復帰にユドハは随分と助けられていた。

「殿下」

　酒杯を片手にエレギアが一礼した。

　背後にはフェイヌの姿もある。

「それでは、わたくしはこれで……失礼いたします」

　ユドハと話していた客人は、エレギアにその場を譲った。

「庭を案内しましょうか」

「ええ、是非。この城の庭はどこもかしこも美しい」

　エレギアは、「人目のない場所で、邪魔をされずに話そう」というユドハの意図を察する。

　ユドハの案内で、エレギアは庭へ出た。

　フェイヌはエレギアに言い含められているようで、一定の距離を保ちつつ、まるで賢い犬のようにエレギアの後ろに付いてくる。

　姿こそ見えないが、エレギア同様、ユドハの周囲にも護衛が付いていることもあり、ユドハも、エレギアも、互いの番犬についてはなにも言及しなかった。

「まずは殿下にお祝いの言葉を申し上げねばなりません」

　庭を歩きながら、エレギアが口火を切った。

「なんの祝いでしょう」

「貴国の広報によりますと、先頃、殿下はつがい殿を娶(めと)られたとのこと……。ご子息様にも恵まれ、実に喜ばしいことです」

「あぁ、そのことでしたか」

　アシュ、ララ、ジジ。三人の息子の存在は公の知るところだ。

　子供たちの生みの親、すなわちディリヤのことも公表されている。ただ、ディリヤと相談した結果、生みの親を非公式的に城へ招いて一緒に暮らしている、という程度の発表に留め、ユドハとの関係については明言していない状態だった。

　そうではあっても、ディリヤが人間であることは国内外の大多数が知る事実でもある。

「勝手ながら、今宵(こよい)はつがい殿へもお祝い申し上げる僥倖(ぎょうこう)に恵まれますかと思っていたのですが、お姿を

拝見できず……、お加減が悪いという話も耳にしませんでしたので」

「それはどうもご丁寧に。我がつがいにもトラゴオイデ大佐の心遣いを伝えましょう」

「どうぞエレギアと。……私には、トラゴオイデ元帥閣下などと大仰に呼ばれている軍人の父がおりまして、それと区別するために、エレギア大佐……と名のほうで呼ばれております」

「……では、大佐殿と」

エレギアはユドハに揺さぶりをかけ、ユドハはエレギアが距離を縮めてこようとするのをやんわりと拒む。

ディリヤの話題を持ち出したのも、その姿を公の場に引きずり出し、本当にディリヤかどうかを確認するためだろう。

「殿下のつがい殿は、公式の場にはお出にならないのですか？」

国王代理の伴侶ならば、客が訪れたなら夫の隣に立ち、接待をする。

時には、夫の名代として来客対応することさえある。

エレギアはそれを確認することで、ディリヤがウルカ国でどの程度の地位や立場にあるのか探りを入れてきた。

「ええ。いまは……」

「さようですか……、いやそれは残念。つがい殿は、我々と同じ人間だと聞き及んでおりましたから……」

「仔を産んだばかりで、公の場は控えています」

ユドハは、いかようにもとれる返答をする。

身分や立場によって欠席を決めたわけではないし、かといって、それを理由に出席もしない。仔を産んだばかりの伴侶と子息の生活を第一に優先し、状況を鑑みて出欠を決定している、という内容で返答する。

「我が金狼族の風習であり伝統です。ご寛恕を」

「なるほど、そうでしたか……これは失礼を」

エレギアはあっさりと引き下がる。

喰えない男だ。

エレギアは、心のうちでユドハをそう評する。

風習や伝統だと言われてしまえば、エレギアはそれを否定する言葉を持ち出せない。

「大佐殿は、随分と我がつがいについて興味をお持ちのようだが……」

「殿下のつがい殿らしき人物が、狼狩りに所属していた兵士だという噂はご存知かと……、些か、その件で余計な気を揉んでおります。自分はかつての戦争で狼狩りの後始末をしたものですから、赤毛のアスリフについて聞き及んでおりまして……」

「なるほど……」

「狼狩りに所属していた赤毛のアスリフと言えば、当時、狼の首級をいくつも挙げたことで名高い！　その作戦の性質上、彼は英雄にこそなれませんでしたが、狼殺しとしては誰よりも優秀でした！」

エレギアは声を大きく、まるで、この周囲にいるすべての狼に聞かせるかのように声高に叫ぶ。

「所詮ディリヤは人間だ。かつては息をするように狼を殺した人間だ。一度でも狼を殺した人間は、再び狼を殺すぞ。狼を裏切るぞ。そもそも狼を殺した人間を国の中枢に入らせてよいものか。国王代理の伴侶として、のうのうと暮らすことが許せるのか。

エレギアは、悪印象を与える言葉を故意に選び、そこに、狼狩り、赤毛、アスリフ、ユドハのつがい、という言葉を続けて、狼狩りのディリヤ、という単語を聴衆の意識に想起させ、印象付ける。

エレギアの演説は、ディリヤに対する金狼族の心証を意図的に悪いものへと操作するものだ。同時に、ディリヤとユドハの間に不和をもたらしたいがための言動でもあるのだろう。

ユドハはそれを察したが、詳細な事情を知らぬ金狼族は、エレギアの言葉だけをその大きな耳で聞いてしまい、一部が騒然とする。

これこそが、エレギアの求める結果なのだろう。

今夜の騒ぎが噂になれば、明日の朝には、城内はその話題で持ちきりになっているはずだ。

噂が広まった城内で、ゴーネ側がそれとなく狼の侍女にディリヤのことを世間話として持ちかければ、エレギアのもとへ、あちこちから情報がもたらされるだろう。

「大佐殿」

「なんでしょう？」

やりきった満足げな顔でエレギアはユドハを見やる。

「私の知る話では、貴殿は狼狩りの司令官だったと聞き及んでいるが……」

「…………」

「いかがした、大佐殿？」

まさかユドハがその事実をここでぶつけてくるとは

想像していなかったのだろう。

エレギアとしては、自分の立場が悪くなるので、狼狩りの司令官だったことは隠しておきたかったに違いない。

これでは、ウルカ国内で、それも、周りが狼だらけの王城内で、「私はあの戦争で狼を一番たくさん殺した部隊の頂点に君臨しておりました！」と公言させられたようなものだ。

「……困りますね、どこからそんな噂が出たのか……」

エレギアは分かりやすく顔色を失くし、酒杯を呷ることで動揺を誤魔化す。

さっきまで得意げだった顔が、表情さえ取り繕えなくなっている。

ユドハとエレギアの周囲に控えている狼の視線は、この場にいない狼狩りのディリヤではなく、狼狩りの司令官だったエレギアに注がれていた。

それもそうだろう。

狼狩りの下っ端だったディリヤよりも、司令官だったエレギアのほうが責任は大きい。

「……っ」

エレギアは息を呑み、自分の身の振りようを考えた。

この十五日間の逗留の間に、エレギアは暗殺されてしまうかもしれない。

そんな恐怖がエレギアを支配する。

金狼族が狼狩りの司令官エレギアを殺したなら、かつて殺された同胞たちの復讐を遂げられる。もしかしたら、いまこの瞬間にさえ、四方八方から狼が襲ってくるかもしれない。

ここは狼の国だ。きっと、暗殺となったら客死扱いされて、その死亡理由も、時には直接の死因すらも、有耶無耶のうちに葬り去られてしまうだろう。

ゴーネも、エレギアの死を追及しないだろう。

追及したところで、ゴーネにはいまウルカと戦争をするだけの国力はないし、そもそも、エレギア一人が死んだところで仇討ちの戦争なんてしてくれそうもないし、父親だってそういう性格ではない。いざとなったら息子でも切り捨てるような親だ。

もしかしたらフェイヌだけは一矢報いてくれるかもしれないが、してくれないかもしれない。死ぬ時に一人だとこわいので、エレギアは是非フェイヌは道連れにしたい所存だった。

「どうしよう……」

藪蛇だ。

エレギアは思わずそんな言葉を口走った。

「大佐殿、ご気分が優れぬようですが……」

「いえ！」

「夜風は冷えます。そろそろ中へ戻りましょうか」

「……はい」

結局、やり込められて終わってしまった。

エレギアの大敗だ。

「………」

分かりやすく肩を落とすエレギアを、ユドハは横目で観察する。

どうやら、エレギアの動揺は芝居ではなく、ユドハから反撃されて本気で狼狽えた結果らしい。言い返されることくらい想定していただろうに、突発的な事象への対処能力に欠けていることは明白だった。

ユドハは内心で、「ディリヤの言ったとおり、この男は軍人には向かない性格のようだ。死ぬことを恐れすぎているし、なにより、他人を貶めたり、政治的な駆け引きが得意ではない」とエレギアを評する。

そんな男が、なぜいまも軍人をしているのか……。

これも、トラゴオイデの家系に生まれた者の宿命なのだろうか……。

他人事ながらユドハは「人には向き不向きがあるな」としみじみ思った。

会食のあったその夜のうちに、イノリメとトマリメは、侍女仲間からユドハとゴーネ国側の交流の様子を伝え聞き、それをディリヤに伝えてくれた。

明朝には、ディリヤがゴーネ国と内通していると疑われるような噂にまで発展しているだろうことは容易に想像できた。

ディリヤを嫌う派閥というのは、まだこの国にも存在する。

狼狩りは、戦中からウルカ国軍においても名が通っていた。現在も、ウルカ国内の政治的な派閥……特に、軍の一部からの心証は悪く、ディリヤは圧倒的に歓迎されていなかった。

「狼狩りに一体どれほどの狼が狩り殺されたかは、殿下もご存知のはず……！」

金狼族の軍人が、ユドハにそう訴えかけていることをディリヤは知っている。

　だが、それとは逆に、「それだけの実力があって、狼狩りとして生き残っているならば、彼は狼の脆弱性を熟知しているということだ。その人間を我ら金狼族側に取り込めば、ウルカ国軍はより強くなるはずだ」と考える派閥もある。

　このほか、ディリヤが金狼族の中枢である王城で暮らしているということすら、よく思わない狼もいる。

　ディリヤの軍歴は特殊だ。軍属としてゴーネ国軍に雇われ、前線へ赴く兵となり、一時期は発掘作業などの後方支援に就き、その後、前線に復帰、以降は狼殺し専門の部隊に配属され、ユドハと出会い、終戦を迎えた。

　狼狩りの時代には、多くの狼を殺した。

　だが、狼を殺したことについては申し訳ないとは思わない。

　だって戦争だから。

　それに、過去は取り返しがつかない。

　けれども、こうも思っている。

　狼を大勢殺した。自分が生きて死ぬために殺した。

　そんな自分が、どのツラ下げて狼の群れで生きていけようか。

　いずれ、自分にツケが回ってくる時がくるだろう。

　ディリヤはそれを覚悟している。

　だから、いまの幸せを大事にする。

　ディリヤは、いま家族と一緒にいられるだけで幸せだと思うことにしている。

　いつか、この幸せを手放さなくてはならない時がくるかもしれない。

　いつか、ディリヤという存在が、問題の火種になる日がくる。

　そうなった時でも、アシュ、ララ、ジジは、この城で暮らせる。幸いなことに、三人ともユドハにそっくりで、見た目は完璧な狼だ。一人だけ異質なディリヤさえ出ていけば、表面的な問題は解決する。子供たちに人間の血が入っていることは内面的な問題だ。それはきっとユドハが解決してくれる。

　だから、せめて、ディリヤの存在が火種になるまでは……。

　煙が出る前に火種は姿を消すから、どうか、いまだけは……。

　ディリヤはそう思って、いまを大事にしている。

ディリヤ自身はひっそりと目立たぬよう、控えめに生きているつもりだが、それでも、憎まれる時は憎まれる。挨拶を無視されることもあれば、面と向かって唾を吐かれることもあるし、汚い言葉を浴びせかけられた経験もある。

　ディリヤはそのたびに「厚顔無恥にならなきゃこの城で暮らしていけねぇよ」と内心で唾棄する。

　好きな人のために。

　愛する人のために。

　どうしてもここにいたいのだ。

　ここにいさせてもらうためなら、どんなことだって耐え忍んでみせる。

「……ユドハ」

　ぼんやり考えこむと、名前を呼んでしまう人のこと。

　ユドハの立場が悪くなることは極力避けたい。

　今後は、より一層、行動を慎まなくてはならない。

　できれば、ユドハとは一生ずっと離れたくない。でも、本当に、もうどうしようもなくなったら離れるしかない。そうなるまでに努力できることはまだたくさんあるから、後悔しないように精一杯頑張りたい。

　それを心に留めて、なにかつらいことがあるたび、「悲観せず頑張るか」と思い直すけれど、実のところ、「俺に頑張れることってあるのか？」とも思い始めている。

「才能の生殺しってやつですね」

「馬鹿、言葉を慎め」

　フーハクとライコウの言葉が蘇る。

　ディリヤは、いままでの人生ずっと戦って生きてきた。

　戦争という意味でも、人生という意味でも、一人で戦って生きてきた。

　毎日が目まぐるしくて、それこそ、アシュが生まれてからも戦争みたいな毎日だった。

　自分になにか特別な才能があるとは思わないが、子供を育てる以外にもできることがあるのは確かだ。

　でも、ディリヤは二つのことを同時にできるほど器用じゃない。

　なのに、なにか行動したくてたまらない。

　城で暮らし始めて一年もすると、なにか、どこか、落ち着かなくなってきているのは確かだった。

　それは自分でも感じていたけれど、ディリヤは自分の感情を言葉にするのが苦手で、その気持ちは漠然としたもので、ララとジジの育児、アシュの子育てだけに集中できることを喜ぶべきだと自身に言い聞かせた。

自分のなかにある霞がかった引っかかりを言葉にしようにも上手くいかず、歯痒さばかりが押し寄せてきた。意味もなく焦りばかりが生じて、とにかく、なにか目に見える形で成果を出したかった。

イノリメとトマリメがいれば、子育てはディリヤがいなくても大丈夫。ライコウとフーハクがいるから、ずっと傍で守り続けなくても大丈夫。ユドハの仕事は、公務に復帰したエドナが支えてくれている。ディリヤにできることは、ただ、ここで家族を大事にするだけ。

それならばいっそ、ディリヤは、どこかで働いたり、なにかの役に立つことをしたほうがいいのかもしれない。

だってまだ自分にもできることはあるはずだ。

でも、胸を張って「得意です」と言えることは特にない。人の殺し方ばっかり上手になって、中身が空っぽなのだ。

いままでは、自分で考えて、自分で決めて、自分で動いて、自分が働いて、ぜんぶ自分の責任で行ってきた。どこかに、なにかに、誰かの存在に自分の責任を見つけ出して、その責任を果たすことが生きる意味だと信じてきた。

いまも、ユドハにしてあげられることばかり探して、自分の生きる意味や責任をユドハへの愛に置き換えてしまっている。

ただただ、ひたすらに、ユドハのためになることをしたい。

でも、ディリヤが政治や軍事の表舞台に立つのは無理だ。

学業面や礼儀作法、立ち居振る舞いは学べばなんとかなるが、なんとかなる、という程度でしかない。政治的、軍事的な駆け引きなども訓練次第だろうが、たいした成果は出せないだろう。そもそも、出自や立場、性格、過去の経歴から考えると、そういった大切な場に立たせてもらえる可能性すら低い。

眩暈がするほどお先真っ暗だ。

ディリヤは、自分が単純明快なことしかできないと自覚している。

行動理念ひとつとっても、国のために、平和のために、みんなのために、そんなことで動ける思考回路をしていない。

ユドハと子供たちのため。そういう小さな世界のことしかディリヤは考えられないし、行動しないし、できない。

国や平和のために行動すれば、将来的にはユドハや子供たちのためになるのかもしれないが、それはユドハができる。ユドハができることをディリヤがする必要はない。ユドハができないことをディリヤがして、補うべきだ。

ユドハとディリヤ。

二人で手に手を取り合って一つの物事に取り組むことも大切かもしれない。

国王と王妃なら、そうするだろう。

でも、ユドハとディリヤはそうではない。

だから、普通とは違うこの状況に見合った行動を、家族のためにすべきだ。

家族に利益をもたらすべきだ。

家族を幸せにするためになにかすべきだ。

無駄に生きていては意味がない。

ユドハや子供たちに不利益を与える存在になってはならない。

乏しい知恵をめいっぱい働かせれば、そういった目的意識こそ見つけられるが、では、実際に行動に移すとなった時にディリヤになにができるのか……、その具体性を思いつくまでには至らない。

ディリヤがなにをすべきか、なにができるか、なにを求められているか、それが分からないのだ。

愛しているという気持ち、この愛を貫くという信念は不変だ。家族の傍にいて、家族を大事にして、家族と一緒にいられれば幸せだ。

けれども、状況によっては、その幸せの感じ方を柔軟に変化させなくてはならない。幸せの守り方を進化させなくてはならない。

なにもできていない、というのは、恐怖だ。

それは、能天気に幸せボケして生きているのと同義だ。

漠然としたこの不安には、解決方法がない。

アシュが、親が死ぬことをおそろしいと脅えて泣くのと同じだ。

「……なにも、できてない」

ディリヤは、自分の震える手を自分の手で強く握り、震えを止めようとする。

なのに、その震えは止まらない。

腹の底が冷たい。

ディリヤは生まれて初めて自分の中身が空っぽだったと知った。

自分というものがなにもないのだと、気付いた。

昨夜、視察団の歓迎で遅くに帰宅したユドハは、今朝、いつもよりゆっくりと過ごした。

ディリヤは、昨夜の不安は己のなかに押し留め、ユドハと過ごす穏やかな朝を優先した。

「すまん、ディリヤ、紺色の上着を知らないか？」

「あぁ、それなら……っと、その前に、上着、急ぐか？」

ユドハに声をかけられたディリヤは、上着の場所を答えかけて、そう尋ね直した。

「急がない」

「もう出かける時間か？」

「まだもうすこしいる」

「よかった。なら、こっちに来てくれ」

ディリヤは声を潜め、「足音と気配を殺せ」と物騒な命令を出し、ユドハを手招く。

ユドハはディリヤのいたずらっぽい仕草に小首を傾げつつ、足音と気配を殺してディリヤの後に続いた。

ふたつ隣の部屋の前に到着すると、ディリヤは、身振り手振りでアシュの部屋をそぅっと覗けと指示する。

「……？」

ユドハがそこを見やると、アシュとララとジジの三人が遊んでいた。

「ここに、アシュが描いたお船の設計図と、アシュとディリヤで作ったお船の模型があります。ララくんは木を切ってきてください。ジジくんは模型のとおりに木を組み立ててください。アシュはセッカのお城で、お隣の国の人と大事なお話をします。会議というやつです。わかりますか？　会議があるので、船は諸君らに頼んだぞ！」

「ぁぷ！」

「ぷ！」

「よろしい！」

なにがよろしいのかは分からないが、アシュはうんうんと満足げに頷き、ずるずると裾の長い上着を引きずって歩くと、音の鳴る玩具で双子をあやしながら、

「会議のあとは、アシュは偉い人とたくさん面会の予定がありますから、ご飯も食べてきます。君たちはこの設計図と計画のとおりに進めてくれたまえ」と、おえかきしたお船の絵を双子に見せて説明している。

「ぁうー……」

「う」

双子は、お船の絵の上をずりずり腹這いする。

「あぁ、だめぇ……ララちゃん、ジジちゃん……設計図の上でころころしちゃだめぇ……。ほら、こっち、こっちですよ、こっちでころころしてください」

アシュは音の鳴る玩具で双子を呼び寄せる。

だが、双子は紙の上が面白いらしくて、そこで、ころころ、じたじた、ぱたぱた、これでもかと動く。

動くだけでは飽きたらず、ぺろぺろ、舐める。

よだれを溢れさせて、きゃっきゃ笑っている。

「設計図、舐めちゃだめ、だめですよ。体に悪いですよ。インクが滲んじゃったら、お船も作れなくなっちゃうよ。お船がないと、海の向こうに行けなくなっちゃうよ。そしたら、双子ちゃんの好きな果物も食べられなくなっちゃうよ……」

「ぁー……」

「あぁぁ〜〜……」

「あぁぁ〜〜じゃなくて、ほら、こっち、こっちおいで。こっちで遊んでください。それで、アシュを会議に行かせてください。大事な会議なの。……おねがい……ララちゃんもジジちゃんもこないだ見たでしょ？ おでかけしたでしょ？ ユドハきらきらしてたでしょ？ 覚えてる？ ねんねんしてたから覚えてない？」

アシュは、ちっとも言うことを聞いてくれない双子に手を焼いていた。

なんとかして会議に行きたいらしいのだが、あの調子だと、今日の会議に出席するのは難しいだろう。

「……あれはなんだ？」

「おとうさんごっこ」

ユドハの問いにディリヤが答える。

ユドハの上着を着たアシュが、ユドハのお仕事をまねっこしているのだ。

「俺の真似をしてくれているのか」

「そうだ」

「うれしい」

ユドハは目頭を押さえる。

「アンタ最近なんにでも感動するな」

ぱたぱたと騒々しい狼の尻尾を撫でて、落ち着け、とディリヤが笑う。

ユドハはすっかり感動した様子で、三人の息子の遊ぶ姿を食い入るように見つめていた。

「あの上着、俺の上着か？」

「そう。この遊びには、アンタの上着が必要不可欠なんだ」

袖は長すぎておばけみたいになっているし、裾も長すぎてドレスみたいに引きずっているし、襟が高すぎて顔の半分が隠れてしまっているけれど、ユドハのお仕事をするには、ユドハの上着が必要なのだ。

「あの上着、着るならアシュに言って脱いでもらってくるけど？」

「いや、先日、爪を引っかけてほつれてしまった箇所があるから、それを繕ってもらおうと思ってな」

「あぁ、それならやっといた」

「助かる。ありがとう」

「どういたしまして」

そうしてディリヤとユドハが話をする間に、アシュは大事な会議への出席を諦めたようだ。

「……会議は明日に延期です。今日の分とあわせて、明日は会議が遅くまであるので、帰りも遅くなります。だから、ただいまのだっこはできませんよ」

床に置かれたクッションにもふっと腰を下ろし、「ふむふむ。なるほど……貴殿らの報告書はとてもよくできている」とララとジジの肉球はんこを押した画用紙を見て、うんうん頷く。

狼と人間の寿命差がアシュに強烈な印象を残したせいで、嘆き悲しむことが多く、先日、セッカで行われた式典の記憶は薄れがちだったが、積み木をしながらユドハと話をしたことで、あの式典の日に覚えた感動も思い出したらしい。

これまでもアシュは何度かユドハの仕事を見学させてもらったことがあったが、あんなにも華々しい仕事を目の当たりにしたのは初めてだった。

アシュはたくさん絵を描いて、あの日のことを思い出してはうっとりしていた。

そして極めつけが、おとうさんごっこだ。

ここ数日、アシュはおとうさんごっこをするのが大のお気に入りだった。

「ララくん、ジジくん、お話を聞いていますか？」

「あぁ～～！」

「ぅ！」

「あ、あぁ……だめ……ララちゃん、ジジちゃん……アシュ、おとうさんじゃないよ……、ほら見て、ユドハじゃないよ……」

　上着にユドハの匂いが残っているからか、双子はアシュのお膝から背中や頭によじ登って、おとうさんを探し始める。

　ララとジジは、「おとうさん、……おとうさんのにおいがする」「……おとうしゃん、どこ……？　においはするのに、探しても探しても見つけられない」「いつもみたいに、おっきなふかふかの毛皮がだっこしてくれない……」「おとうさん、どこにいるの？　おとうさんのにおいがするのに、アシュちゃんのにおいもする」と、上着をくんくん、ほっぺをすりすりして、「おとうさんのにおい……」「……でもおとうさんじゃない」「どうして？」「どうして？」と、不思議そうな顔をして、ぁぐぁぐ、はぐはぐ。噛んで触感を確かめ、二匹がかりでアシュに群がり、「これは……アシュちゃんだ……!?」「なんでアシュちゃんからおとうさんのにおいが!?」「だいすきな匂いがふたつも！」「うれしい！」と興奮している。

「あぁぁ～～……」

　そうして、ついには双子に押し倒されて、アシュごと双子がクッションの海に埋もれてしまった。

「助けに行くか？」

「だな」

　ユドハとディリヤは顔を見合わせて、部屋に入る。

　ディリヤが双子をひょいと抱えて、ユドハがアシュを掬い上げる。

　双子は「あ、おかあしゃん！」「おかあしゃんだ！」と尻尾をぶんぶんさせて、ぁぐぁぐ、甘え始める。

「ユドハ！」

「あぁ、ユドハだぞ」

　ユドハの目線までアシュを抱き上げると、上着の長い裾とアシュのちっちゃな両足と尻尾がぷらぷら揺れる。

　アシュは、長い袖に隠れた両手を腰に当てて、「いまね、アシュ、お仕事してたの！」とユドハに教えてくれた。

「仕事は順調に進んでいるか？」

「お船を作るところまでいったよ！」

「それはすごいな」

「アシュが設計図を描いてね、ディリヤと一緒に模型を作ったの。いまはそれを見ながら、必要な長さに木を切り出して、削って、お船の材料にするところ！」

尻尾の先を器用に使い、床に置いてある船の模型と設計図を示す。

「これはまた……気合いの入った船だな」

アシュの設計図通りに作られたであろう船が、そこにあった。

それは、模型とはいえ、とてもしっかりと造られた船だった。

竜骨は美しい曲線を描き、甲板には毛糸を撚った太いロープがあり、帆も上げ下ろしが可能だ。

船長室への扉も開閉できる仕組みで、大砲だって積んであるし、ウルカ国の国旗も掲揚されている。

本物の戦艦の模型のようだ。

それでいて、子供が遊んだ時に、誤飲したり、怪我をしないように、細かい部品はすべてしっかり船の本体に接着してあるし、角も丸く削ってあった。

「……ディリヤ」

「…………作り始めたら、やめ時が分からなくて……」

双子を抱いたディリヤが、照れくさそうにする。

アシュが考えた船を模型にしようと試行錯誤するうちに完璧主義が顔を出し、とても力の入った船になってしまった。

「ディリヤがね～とっても楽しそうだったの！　お昼ご飯の時間忘れるくらい！　……ほら、ここ、ここ見て、ここの樽の中にね、保存食が入ってるの……本物だよ。アシュとララちゃんとジジちゃんのおやつが入れられるの！　こっちの宝箱はね、開けるとキラキラの石が入っててね、でも、ララちゃんとジジちゃんが間違って食べないように、鍵がかかってるの！　船長室はユドハのお仕事部屋とそっくりなの！　お船はお水にも浮くし、走るんだよ！」

「…………ディリヤ」

とことんまで追求したんだな……。

凝り性とはすごいな……。

ユドハは、そんな視線をディリヤへ向ける。

「だってかっこいいじゃん。……な～」

「な～～ぅ」

「あ～ぅ」

ディリヤが双子に同意を求めると、双子が相槌らしきものを打つ。もしかしたら、ただ単に、意味のない声を発しただけかもしれない。

子供が三人もいて、模型造りにこんなに時間をとれるなんて想像もしていなかったけれど、ちょっとした空き時間にちまちま作っていると、気分転換にもなったし、アシュには喜んでもらえるし、ディリヤも久々に手先を使う作業ができて楽しかった。

「先日は、姉上の首飾りを修理してなかったか？」

「あぁ、宝石を嵌めてた台座の爪が歪んだらしくて、それを直した」

「肩の凝る作業が好きなのか？」

「かもしれない」

ディリヤは、自分で思う以上に、手先を使うことが好きなのかもしれない。

……というよりも、ひとつのことに集中してなにかするのが好きなのかもしれない。

以前は、子育てや仕事、生きていくことだけに集中していたけれど、いまはユドハが子育てを手伝ってくれるし、分担してくれるから、ほかの物事に集中する余裕ができたのだろう。

きっとそうだ。

でもまぁ、それは所詮趣味の範疇だ。

家族の利益になることではない。

「ユドハ」

「うん、どうした？」

アシュに声をかけられて、ユドハは向き直る。

「次はいっしょにつくろうね、おふね」

「……ユドハはディリヤほど器用じゃないぞ？」

「いいよ」

「じゃあ、次の船の設計図も任せたぞ」

「はい！」

尻尾と両手を挙げて、元気よくお返事する。

ぶかぶかの服のなかでアシュの体が泳いでいる。

かわいいかわいいおばけが、むぎゅっと頬を寄せてユドハに抱きつく。

「ぁう！」

「う！」

アシュの真似をして、双子も元気いっぱい両手と尻尾と耳を立ててディリヤにしがみつく。

ユドハとディリヤは、我が子らのあまりの可愛いさに、たまらず頬ずりして抱きしめた。

「あのね、アシュね、ユドハみたいにかっこいい背中になるの」

アシュがユドハの胸に埋もれて、甘えながらそう言う。

　ユドハとディリヤが顔を見合わせていると、「お仕事してるの、かっこよかったからね」とアシュが笑った。

　久しぶりに見たアシュの笑顔に、ディリヤとユドハも笑顔になった。

　ゴーネの視察団がウルカへ入って数日後、エドナから書簡が届いた。

　公務に追われるエドナは、顔を見せる時間を作るよりも手紙のほうが早いと判断したらしい。

　手紙には、エドナからの助言があった。

　視察団が帰国するまでは離宮から出ないほうがいい。金狼族の内部でも、ディリヤと狼狩りの噂は広まっている。特に軍内部には反発する者が目立つ。だが、騒ぎ立てるほど深刻ではない。いまは忍耐の時だ。

　そういった内容だった。

　軍部はユドハの本拠地だ。ユドハが完全に掌握している権力のひとつだ。そこから反感を持つ者が出るのは良くない。

「……は……」

　ディリヤは、静かに、細く、息を吐く。

　また、耐えるだけだ。

　いままでと同じだ。

「大丈夫、自分を殺すのは得意だ」

　自分自身に言い聞かせる。

　でも、弱音を吐くことが許されるなら……いまの気分は、徐々に雁字搦めになって、生殺しにされている気分だった。

　歯痒い。無力というのは、いやなものだ。こんなにも自分がなにもできないんだという現実を突きつけられて、ユドハに守られてばっかりで、苦しい、もどかしい。

　こういう時にこそ、ユドハを信じて耐え忍ぶ。

　ディリヤが動けない時はユドハが活躍して、ユドハが動けない時はディリヤが活躍する。

　そういうふうにできている。

　ディリヤは顔を上げ、庭先のアシュたちに視線を向けた。

ライコウとフーハクが、三匹の仔狼たちに群がられ、もみくちゃにされている。

　ライコウはララとジジにがじがじされて、フーハクはアシュに「にくきゅうもみもみしましょうね〜」と掌を揉まれていた。

　ふとアシュが顔を上げて、ディリヤのほうへ駆けてくる。

「ディリヤ、どうしたの？」

　アシュはちょっと成長した分だけ、ディリヤの些細な心の揺れに気付く。

　椅子に腰かけるディリヤの膝にほっぺを乗せて、「ディリヤ、しんじゃう？」と尋ねてくる。

「死にません、大丈夫です。ずっと傍にいます。泣かなくていいですよ。いま、悲しいことはなにもないですからね、だいじょうぶ」

　ぺたんと萎れたアシュの両耳を優しく引っ張って、耳の裏を掻いてやる。

　悲しいことも、子供が成長するのに必要なのかもしれない。

　けれども、こんなに悲しい想いをさせてしまうのなら、いっそのこと不老不死にでもなってやろうかと、そんな気持ちになる。

　アシュが不憫でならない。

　俺さえ死ななければアシュは悲しまないのでは？　という極論にまで至る。

　でも、今日のアシュはちょっと違った。

「アシュね、ディリヤだいすき」

　ディリヤの太腿と太腿の隙間に鼻を突っ込んで、足に向かって告白してくれる。

「ディリヤもアシュがだいすきです」

　アシュの丸い後ろ頭を撫でる。

　すると、アシュが顔を上げて、ディリヤの膝によじ登ってきた。

　まるまるとしたお尻をディリヤの太腿にしっかり乗せて、背筋をしゃんと伸ばし、尻尾をぴんとかっこよく立たせて、キリっとした顔を作る。

「アシュね……悲しくなったら、ディリヤだいすきって言うことにしたの」

「それはとても素敵ですね。どうやってそれを思いついたんですか？」

「あのね、ユドハが言ったの。必要以上に悲しいことに目を向ける必要はないって。……ディリヤ、意味わかる？」

「悲しいことばっかり考えなくていい、ということですかね」

「ユドハがね、アシュに、いまアシュが大切にしているのは、ディリヤやユドハ、ララとジジ、家族がだいすきっていう気持ちだから、それを大事にしなさい、って言ったの」

考えたら涙が出てくることじゃなくて、しあわせで胸のところがじわじわきゅうきゅうぽかぽかすること。

「それでも悲しくなる時はね、だいすきって言うの」

だいすきなものをだいすき、って伝えて、だいすきって返してもらう。

そしたらほら、涙のかわりにほっぺがゆるんで、ふわふわあったかい。

「アシュが発見したんだよ」

「素敵な発見です」

「だいすきって言うとね、冬なのにあったかいの！」

すっぽりディリヤの懐に収まって、ぬくぬくする。

「そうですね、だいすきって言ってもらえると、ディリヤもあったかくなります」

「あったかいとユドハを思い出すね」

「ふわふわのふかふかですからね」

「夏は暑いけどね」

「ですね」

「ディリヤ、あのね……、アシュのこと見ててね」

「はい、見ています」

「アシュも、ユドハみたいに誇らしい生き方するの」

かわいいかわいいアシュが、かっこいい顔をして強く頷く。

ユドハのまねっこをして、キリッとかっこいい眼差しを作る。

「これ、おなかが痛い時のお顔じゃないよ」

「はい、決意表明した時のかっこいい顔ですね」

「目標はユドハです！」

アシュの眼差しは、お父さんの仕事姿を見て、お父さんに憧れを抱く息子のそれだ。

なにか目標を見つけた時の顔だ。

やりがいを見つけた、きらきらと眩しい瞳だ。

「ユドハみたいになるには、泣き虫ちゃんになってる場合じゃないからね」

「なるほど」

「悲しんでる暇があったら、アシュはごはんをいっぱい食べて、お胸と尻尾の毛が立派な子になるの！」

「最高ですね。ご飯をおいしく食べられるのはなによりもいいことです」

決意表明をして、ご飯を食べるだけだけど、それで充分だ。

子供だから、それで充分なのだ。

それどころか上出来だ。

これは、悲しみのあまりアシュが現実逃避しているのではなく、いまアシュにとって一番大事なことに自分の力で気付けたということだ。それに向かって努力すると自分で決められたということだ。

お父さんに憧れるという幼子ならではの純粋さ。アシュの将来は、希望に満ち溢れている。

大きな一対の瞳から、それがディリヤに伝わってきた。

ディリヤもいじけて燻っている暇はない。

大切なことを、こんなにも小さな子に教えてもらった。

アシュはどんどん成長していく。

ディリヤもまだ成長できる。

そう思った。

第三章

ゴーネ国の視察団が帰国するその日。

その日の朝はこの冬一番の冷え込みで、「さむいね」と言い合いながら家族五人でひとつに固まって、暖炉の前で温かい飲み物を飲んだ。

ユドハは視察団の見送りに出た。

ゴーネ視察団の帰国からそう間を置くこともなく、今度はウルカの視察団がゴーネへ向かう。

客人が帰れば城内も落ち着くだろう。

このまま何事もなく、穏やかな日々に戻ればいい。

そう願ったディリヤの想いはあっけなく砕けた。

事の始まりは、アシュのひと言からだった。

「ごめんねディリヤ……、ディリヤのかわいいアシュは、もういなくなっちゃうの……」

閉じかけの扉の隙間から、アシュがディリヤに謝った。とてもとても申し訳なさそうに、しょぼんとした顔で謝った。

「そんな……、そんなことを言わずに、もうすこしディリヤのかわいいアシュでいてくれませんか?」

右腕にララ、左腕にジジを抱いたディリヤは、扉の前に膝をつき、隙間からちょびっとだけ見えるアシュと同じ目線まで屈みこんだ。

「だめなの……さよなら……ディリヤ、ララちゃん、ジジちゃん……アシュが次にこの扉を開ける時は、かっこいいおにいちゃんになってますからね……」

「アシュ……っ!」

「あぅー!」

「ぁ! ぅ!」

「ごめんねっ」

ぱたん。無情にも扉が閉じられる。

ディリヤと双子の制止を振り切り、アシュは自分の部屋に閉じこもってしまった。

このあと、アシュはおやつの時間まで一人で過ごすらしい。

ユドハがお仕事をしている時間は、アシュも一人でお勉強をしたり、お仕事をしたりするそうだ。

「……アシュ!」

「ディリヤ……かっこいいアシュになるから見ててね」

今生の別れのように、閉じた扉の向こうからアシュが断腸の思いを告げる。

それきり、どれだけディリヤがアシュの名前を呼ぼうとも、ララとジジがやわらかいふぁふぁの肉球と爪で扉をカシカシ引っ掻こうとも、アシュは応じてくれなかった。

「子供の理論は分からん……」

ディリヤは、ララとジジに左右から耳を噛まれながら首を傾げた。

アシュの理論では、部屋に閉じこもって一人で過ごすとユドハみたいにかっこよくなれるらしい。話の始点と終点の中間でどう飛躍してそうなったのかは謎だが、アシュのなかではそうなったらしい。

いま、一人になられるのは困る。

せめて、ゴーネの視察団が帰国する今日が終わるまでは、できるだけ一人にならないでほしい。

「……アシュ、一時間に一度は返事をください。家族に心配させないことも、かっこいい人の条件です」

芝居がかった口調で扉にそう言い残し、ディリヤは立ち上がった。

これだけ茶番を演じておけば、アシュも自分は一人きりだと信じるはずだ。

ディリヤはぐるりと廊下を迂回（うかい）して、別の出入り口へ向かう。

そこにはライコウが立っていた。

垂れ幕を片腕でわずかばかり持ち上げて、その向こうを見ている。

ディリヤがそちらへ歩み寄ると、ライコウが無言で垂れ幕の向こうを手振りで示した。

垂れ幕の向こうは、アシュが閉じこもった部屋だ。

ここは、アシュの部屋と続きの間になるのだが、アシュはこの小部屋があることを知らないし、ここにみんながいることにも気付いていない。

アシュは机に座って、足をぷらぷらしながら鼻歌を歌い、「はっ！　かっこよく！」と自分に言い聞かせて鼻歌をやめ、足をじっとさせて、ユドハが報告書を読むように本を読み始める。

「ディリヤ様、交代いたします」

「すみません、ありがとうございます」

イノリメがララを、トマリメがジジを抱くのを代わってくれる。

双子は上機嫌でイノリメとトマリメにあやされて、鬣（たてがみ）の飾り布に触って遊ばせてもらっている。

フーハクは庭へ回り、アシュに見つからないように見守っている。

あぁ、それにしても、先日までディリヤにべったりで、顔を見れば泣いていたアシュが強くなったものだ。

悲しみの持って行き場に困り果てた末、ディリヤを避け続けた日々も、感情を持て余してディリヤに怒りさえ抱いていた日々も、今日、アシュがこの日を迎えるために必要な過程のひとつだったのかもしれない。

「あ……」

ひとしきりみんなで感動していると、ライコウが声を上げた。

「…………」

アシュが、垂れ幕の隙間から、じとっとした目で大人たちを見上げていた。

早速、見つかってしまった。

アシュは垂れ幕を握り、ちょっと怒った顔をして、「みんなでなにしてるの……」と唇を尖らせる。

「あの、アシュ、これはですね……」

「あしゅ、かっこいいからね……ディリヤのにおいがしたらすぐわかるよ……」

恨みがましい目でディリヤを見上げている。

「ディリヤ様、ディリヤ様……」

そこへ、家令のアーロンがディリヤを探す声が聞こえた。

「アシュ、ちょっと待ってください、話し合いましょう。……ですが、その前にアーロンさんが呼んでいるので、お返事していいですか？」

「いいですよ……」

「すみません、アーロンさん、ここです」

ディリヤは廊下へ顔を出す。

「ディリヤ様、……あぁ、こちらにいらっしゃいましたか。お取込み中失礼いたします。ユドハ様の部下の方がおいでです」

「ユドハの部下の方が？」

「はい。……なんでも、本日はアシュ様が軍の施設を見学なさるとのことで、お迎えに上がったそうなのですが……」

「ゴーネが帰国するまで、見学予定は入れてなかったはず……」

「わたくしもそのように伺っております」

これまでも、アシュは何度か軍施設の見学をさせてもらっている。

だが、それは相手方に余裕のある時で、なおかつ、こちらの安全を確保できる時だ。

いまはその時ではない。

「その迎えの方は？」

「応接間にてお待ちいただいております。わたくしは、予定を確認して参ります、と申し上げて、こちらに参った次第です。おや、アシュ様、いかがなさいましたか？」

アーロンは、己の服の裾を引くアシュを見下ろす。

「アシュ、一人で見学に行く……」

「いえ、アシュ、今日は見学には……」

「行くったら行く！　アシュはかっこよくなるの！」

「今日は約束の日ではありません」

「でも、おむかえ来てくれたんでしょ？　行く！」

「行きません」

「行く！」

「行けません」

「行くの！」

ディリヤとアシュが言い合う。

「小火(ぼや)です！」

その時、フーハクが庭先から声を張った。

反射的に、全員が庭を見やる。

「近いな……」

ライコウが窓辺に近寄り、フーハクの示す煙の方角を確認する。

この離宮の西、使用人の居住区辺りで火の手が上がったようだ。

「確認して参ります。こちらまで火の手が及ぶことはないかと思いますが、ひとまず、南の離宮へご避難を。殿下にはわたくしから伝令を出します」

アーロンは己のすることをディリヤに伝え、踵(きびす)を返す。

「イノリメさん、トマリメさん、ララとジジをお願いします。ひとまず、ここから退避します。俺はアシュを……、……………アシュ？」

ディリヤの言葉で、ララとジジを抱いたイノリメとトマリメは頷き、双子をしっかりと抱き直す。

ただ、さっきまでディリヤの足もとにいたアシュがいなかった。

「フー！　アシュ様がいなくなった！　庭から探せ！」

ライコウが庭にいるフーハクに伝える。

「ライコウさん、ララとジジ、イノリメさんとトマリメさんをお願いします。俺もアシュを探します」

「ディリヤ様はご避難を。アシュ様は自分が……」

「いいえ、アシュの親は俺ですから」

「ララ様とジジ様の親でもあります」

「それを言われると返す言葉もありませんが、いま、ララとジジにはあなた方がいます」

頼りにしています。

口早にそう告げて、声を上げて笑うララとジジにそれぞれ唇を落とし、ディリヤはアシュを探しに向かった。

アシュの行きそうな場所は見当がつく。

この状況なら、通常、アシュは火事のほうへは向かわない。ディリヤと一緒ではないと、火や煙に近付いてはいけないとディリヤがきつく言い聞かせているからだ。

アシュは、ディリヤとの約束事は破らない。危険なことについては、特に破らない。

ならば、軍の見学場所へ行くか、ユドハを真似る行動をするか、どちらかだ。

軍の施設へ行くならば、この離宮を出ていく。

ユドハの真似をするなら、家族を守ろうとする。

ユドハなら、火事になればディリヤや子供たちを抱えて避難させるだろう。

そんなユドハに憧れるいまのアシュならどうするか。

これまでとは違うアシュなら、どうするか。

「……っ！」

ディリヤは噴水へ向けて走った。

アシュがいた。

噴水の水で全身をぼちょぼちょにして、「お水……運ぼうと思ったの……」と尻尾と耳をしな垂れさせていた。その足もとには玩具の水桶が転がっている。

「この人ね、手伝ってくれるの……」

アシュの背後に、フェイヌが立っていた。

「さぁ、アシュ様、こちらへどうぞ。そこは水溜まりで滑りますからね」

フェイヌはアシュを片腕で抱き上げる。

もう片方の手指は、腰に佩いた剣の柄に掛けられていた。

「……アシュ、怪我はありませんか？」

「うん……、ごめんなさい」

「大丈夫ですよ。火事を消そうとしたんですね」

「……うん」

「一人で火に近付かないで、大人の人に助けてもらおうとしたんですね？」

「うん。……この人、アシュが困ってたら、助けてくれたの……」

「危ない時の約束事を守れてえらかったですね。でも、本当に危ない時は？」

「ディリヤからはなれちゃだめ」

「次は気を付けましょう」

「……はい」

「突然いきなりかっこよくなるのは難しいですから、ちょっとずつ頑張りましょう」

「はい……」

しょぼしょぼのアシュは、しょぼしょぼ元気なく返事をする。

知らない人と話してはいけません、でも、ご挨拶だけはちゃんとしましょうと言い聞かせていたが、日常生活ならいざ知らず、非日常のこの状況でフェイヌにだけ近付くなと六歳児に言い聞かせるのは難しい。

それも、「アシュの家族を助けるのを手伝ってくれる人」だとアシュが思い込んでしまったら、「知らない人で、このお城で初めて見る人だから近付いちゃだめ」と瞬時に判断できぬのも当然のことだ。


「さて、それではいまからアシュを助けてくれたその人と一緒に火事から逃げます。……それでよろしいですか、フェイヌさん」

「よろしゅうございますよ、ディリヤ様」

フェイヌは笑いながら同意する。

話が早くて助かる。声もなくその言葉を象る(かたど)るフェイヌの唇がディリヤを嘲笑(あざわら)った。

「ディリヤはどうして縄跳びでぎゅってされてるの？」

「さぁ、なぜでしょう。あとで尋ねておきますね」

ディリヤは後ろ手に縛られた縄を、隠し持っていた短刀で断ち切る。

フェイヌは、ディリヤがあちこちに隠し持っている短刀を三本ほど見つけたが、四本目以降は見つけ出せなかった。

短刀の隠し場所をすべて知っているのは、ディリヤの服をすべて脱がせることができる者、すなわちユドハだけだ。

「遠くまで逃げるの？　ララちゃんとジジちゃんは？」

荷馬車に揺られたアシュが、ディリヤに尋ねる。

「ララとジジはみんなと一緒に先に逃げました。大丈夫ですよ」

ディリヤはアシュに答える間も手を休めず、濡れたアシュの服を脱がした。

上着を着ていたからズボンや下着は濡れていない。下はそのままで、ディリヤは自分の肌着と上着を脱ぎ、肌着でアシュの水気を拭い、上に着ていた服を着せる。「だぼだぼね」と笑うアシュに笑みを返し、余った服の裾を縛った。

馬車は城を出て、都の外れを走る。まだここは舗装された石畳だ。

フェイヌは御者(ぎょしゃ)をしていて、荷馬車の荷台にはアシュとディリヤしかいない。

「アシュに頼みがあります」

「なぁに?」

「ユドハを連れてくるのを忘れました」

「……たいへん」

「はい。とても大変です。お迎えに行ってくれますか?」

「いいよ!」

「ディリヤは一緒じゃないですけど、一人で行けますか?」

「……あしゅひとり……?」

「そうです。アシュ一人です。これから馬車を降りて、石畳の道をまっすぐ戻って、お城に入って、ユドハのところへ行ってください」

「ディリヤは?」

「ディリヤはこれから火事を起こした犯人を叱りに行きます。火で遊んじゃだめでしょ、って言うためです」

「ん……だめって言うのだいじね」

「大事です」

「じゃあ、アシュ、ユドハを連れてくるね」

「お願いします」

アシュを抱きしめる。

強く、強く、抱きしめて、耳と耳の間に顔を埋めて、アシュのにおいをめいっぱい吸いこむ。

アシュもぎゅっとディリヤを抱きしめて「ディリヤだいすき」と頬ずりする。

「ディリヤもアシュが大好きです。ララとジジとユドハも大好きです。アシュにキスするので、三人にも伝えてくれますか?」

「うん」

「だいすき、あいしてる」

アシュの額に、ララとジジへの唇を落とす。

そして、ユドハの分は丸くて湿った鼻先に。

「さて、アシュ、いまからちょっとかっこよく馬車から降りてもらうので、できるだけ小さく丸まって、両手で頭をだっこして目をつぶり、奥歯を食い縛ってください」

ディリヤはアシュを抱えて荷馬車の後部へ移動する。

荷馬車の強度を確かめて、乗り上がり口を左手で摑み、体を馬車の外に出す。

ギリギリまで左腕を伸ばし、背中を地面に近付ける。右腕のアシュを懐にきつく抱き寄せ、背中や首を丸めてアシュの体を包みこむ。

そのままの体勢で左腕を離すと同時に、乗り上がり口の木の板を両足で蹴る。

馬車から体が離れる。

背中に衝撃があって、地面をものすごい速さで転がる。

左腕でアシュの頭を守る。

惰性で回転がゆるやかになるのに合わせてディリヤは身を起こす。

馬車は走行音が騒々しく、フェイヌはディリヤたちの落下音に気付かない。

だが、重量が減れば速度が速まる。フェイヌは体感でそれを察したのか、ディリヤたちが落ちた場所から、いくらか先まで走って、馬車を止めた。

急に手綱(たづな)を引かれた馬が嘶(いなな)き、馬車が大きく揺れる。

「アシュ、無事ですか？」

「あしゅげんき！」

「なによりです。では、走ってください！」

アシュを自分の背に庇(かば)い、石畳に下ろすと尻を叩いて走らせる。

フェイヌが馬車から飛び降りる。

その手には剣が握られている。

ディリヤは短刀を抜く。

アシュだけは逃がす。

アシュさえ無事なら……、自分一人なら、なんとかなる。

「……ディリヤ！」

アシュが立ち止まり、振り返る。

フェイヌの手に光る剣を見たのだろう。

「……しんじゃう」

「死なない！」

「…………」

「走れ！　俺とユドハの子なら強いだろうが！」

フェイヌを睨み据えたまま、背後に声を張った。

「……でぃいや」

「走れ！」

「ディリヤだいすき！」

悲しいことじゃなくて、だいすきなこと。

泣きそうな時は、大好きな人のこと。

「アシュはつよいこ！」

アシュは自分でそう叫んで走り出した。

ディリヤはアシュの走り出す足音を聞き、ひとつ憂いが取り除かれたことに胸を撫で下ろし、眼前を睨み据えた。

馬車から飛び降りた時に頭を打ったのか、血で視界が滲む。背中もひどく痛み、そのせいか、呼吸は浅く、眩暈のように足もとがぐらつく。脳震盪だとすぐに気付くが、気を失っている暇はない。

アシュがフェイヌに追いつかれないところまで逃げ切れるよう、時間を稼ぐ必要がある。

「狼狩りはしぶといな」

フェイヌはいやそうな顔をして、剣の切っ先をディリヤへ向けた。


どれだけ万全を期して警護を固めていても、必ずどこかに隙は生まれる。

ライコウやフーハクがいても、常時、要所要所に近衛が立哨していても、人が人を守っている限り、綻びは生じる。

ましてや、敵も素人ではない。

そして、どこの国や城にも、内通者というのは存在する。

分かりやすく言うならば、クシナダ派の残党や、ウルカ国軍内の狼狩りを嫌う一部の軍人たちだ。

利害の一致した彼らがエレギアやフェイヌに協力して、ディリヤの拉致を幇助したのだろう。

馬車から馬に乗り換えたフェイヌは、金には糸目をつけず事前に食糧や替え馬を準備していたようで、道中で何度も馬を交換し、朝も昼も夜もなく、十五日は走り続けた。

　数ヵ月前に訪れたセッカ城を横目に通り過ぎ、ゴーネの領地へ入った。

　ディリヤが最後にゴーネの土を踏んだのは戦前だ。その頃に比べると随分と様変わりしていて、かろうじて山の稜線や川べりの景色などからウルカとの国境を越えたことを察知した。

　それからさらに馬で走った。

　身を隠すために頭からボロ布をかぶせられたディリヤは、猿轡を噛まされ、両手足を縛られ、荷物のように馬に括りつけられていた。

　真冬に上半身裸では凍え死ぬと判断したのか、フェイヌは途中の村で服を調達し、それをディリヤに与えた。

　それでも、冬の西風が吹くこの地方での強行軍は過酷なものだった。

　フェイヌがようやく馬を止めたのは、ゴーネ最西端の軍都だった。

　西方の防衛に当たる要衝で、西側地区最大規模の軍隊がここに駐屯している。

　灰色がかった石造りの要塞で、軍の施設を中心に大きな街が形成されている。時間帯が深夜ということもあってか、街はひっそりと寝静まり、軍の施設が白く浮かび上がるほど焚かれた篝火がよく目立った。

「長旅お疲れになられたでしょう、殿下のご寵姫殿」

　ディリヤを馬から抱え下ろし、フェイヌがひやかす。

「…………」

「それだけ睨めりゃ充分か」

　喋れないディリヤの睨む目を鼻で笑い、フェイヌはディリヤを支える手を離した。

　途端に、ディリヤの足もとがぐらつく。

　長時間、無理な姿勢で馬に揺られ続けたせいか、それとも頭を打ったせいか、平衡感覚が狂っていた。

　フェイヌはディリヤの体にボロ布をかけ、荷物のように肩に担ぐ。

「……！」

　ディリヤは両手足首を括られたまま、膝でフェイヌの喉元を蹴った。

「このっ……じゃじゃ馬め！　八年前とちっとも変わらねぇな！　ちょっとは自分の命を惜しめ！」

　フェイヌは悪態を吐き、ばちんとディリヤの尻を叩く。

「………」

フェイヌを膝蹴りしたのは、腹いせだ。

これ以降は、どれだけ暴れても無駄だ。

ディリヤはおとなしく運ばれて体力の温存に努めた。

「エレギア大佐、フェイヌ大尉であります」

広大な軍施設を迷いのない足取りで進み、フェイヌは奥まった扉の前で立ち止まると、声をかけた。

「入れ」

深夜にもかかわらず、エレギアから返答があった。

フェイヌは片腕にディリヤを抱えたまま、もう片方の手で扉を開く。

随分と湿気臭い部屋だ。部屋の奥に、執務机と椅子。背後には、等間隔で大きな窓が並ぶ。足もとは絨毯(じゅうたん)敷きだが、調度品や絵画は飾られておらず、応接用の椅子や机もない。

大佐が使うにしては、些か簡素な様子だった。

フェイヌがエレギアの傍まで歩み寄り、机の前にディリヤを放り投げると、かぶせていたボロ布を剝(は)ぎ取り、猿轡を外した。

「手負いの獣は厄介だからな」

フェイヌもエレギアも、ディリヤの静かな凶暴性を知っている。

足枷は外されたが、手枷はそのままにされた。

ディリヤは立ち眩(くら)みを隠すように斜に構えて立ち上がり、エレギアを見やる。

フェイヌはエレギアの側に回り、なにかを耳打ちしていた。

エレギアと顔を合わせるのは、実に八年ぶりだ。

エレギアと最後に交わした会話は、よく覚えている。

「すまなかった」

エレギアは、あの日、詫びた。

まだ幼い子供に「金狼王を殺してこい」などという突拍子もない命令を下したことを、詫びた。

「俺は殺してない」

その時、ディリヤはそう答えた。

「どうせもう終戦だ。上層部は保身に走っている。お前を金狼王に差し向けろと言った者どもも、お前が殺していようといまいと、もうそんなことを気にかけている余裕はない。もらえるものはもらっておけ」

そう言って、エレギアは最後の報酬をディリヤに渡した。

金狼王スルドを暗殺したあとに支払う予定だった報

酬を、ディリヤに渡した。

八年前のエレギアは、お人好しで、戦争に向いてなくて、一介の兵士に「すまない」と謝るような性格で、金儲けのために傭兵をしているディリヤに「君は国のために死ねるか」と問うてくるような感傷的な生き物で、暴力的なところはちっともなくて、「こいつ、戦場では生きにくいだろうなぁ……」と幼いながらにディリヤは思ったものだった。

噂話で、トラゴオイデ元帥と呼ばれる父に逆らえず、軍人の家系に生まれた男子として家督を継ぐべく、仕方なしに軍に入ったという話も聞いていた。

まぁ、つまり、前線に配属こそされているが実戦経験はないに等しい、典型的なお飾り将校、というやつだった。

「………」

いま、ディリヤの前にいるエレギアは、あの頃よりも鋭い印象がある。

眼光や立ち居振る舞い、その身にまとう雰囲気。戦時中よりも、平和なこの時代のほうが、エレギアにとって、研ぎ澄まされた刃として成長するなにかがあったらしい。

エレギアは上等の椅子に深く腰かけ、その隣にフェイヌが立ち控える。

フェイヌは、八年前と変わらない。

あの頃からずっと、エレギアの傍で、時に背後に気を配り、時に前面に立ちはだかり、常にエレギアを守るように立っている。いまも、ディリヤがエレギアに危害を加える可能性を考慮して、いつでも対応できるように警戒していた。

「久しぶりだね」

「アンタ、本部付き大佐に出世したと聞いているが、こないだの会食で失敗して左遷されてここの総司令にでもなったのか？」

ディリヤはエレギアを睥睨するように顎先を持ち上げた。

しょっぱなからディリヤの手厳しい一言を食らい、エレギアはきれいな顔を歪ませる。

「ここの総司令にお願いして、私の作戦が終了するまで間借りしているだけだよ」

エレギアは怒らない。

己の父を含む軍上層部の命令とはいえ、金狼王暗殺にまだ少年だったディリヤを使い、捨て駒にしようとした負い目があるのだ。

エレギアは当時から「あれは愚策だ」と憤りを隠さず、「無意味な作戦だ。敵を刺激するより、一刻も早く降伏すべきだ」と嘆いていた。

その負い目だろう。

ディリヤには優しい喋り方だ。

だが、優しい喋り方をしているだけで、優しいのではない。日和見主義なだけだ。この男は常に自分の善性を守りたい男なのだ。軍や戦争や政治に魂を売っているのではない、そんなことに大義を抱いていないと主張したいのだ。

いざとなったらエレギアはディリヤを殺すだろう。

この男は、自分が生き残るため、自分の保身のためならば、なんだってする。

一番可愛いのは自分だからだ。

「戦争が終わったら、アンタみたいな性格の奴は真っ先に軍から脱落すると思ってたけど、まだ軍人やってたんだな」

「……あれからすこし考え方が変わってね」

「道理で、喋り方も変わってるはずだ」

「あの頃は自分を偉そうに見せようと必死だったんだよ」

エレギアは胡散臭い笑みを作る。

「……で、世間話しながら尋問しようってなら、とっととやれよ。時間の無駄だぞ」

ディリヤは会話の主導権をあえて譲ってやり、エレギアの出方を見る。

「君も変わったな」

「……？」

ディリヤは以前と変わらぬはずだが、エレギアの目にはそう映ったらしい。

「君は、そんなに丸かっただろうか。昔はもっと……こう、息をするだけで噛みついてくる狂犬のようだった」

エレギアは驚きを隠さず、背後のフェイヌにも「そう思わないか？」と尋ねている。

フェイヌは「ぜんぜん丸くありませんよ。俺、こいつの短刀で何度も殺されそうになったし、さっきも膝蹴り食らいましたし、移動中も隙あらば殺そうとしてきて気が気じゃなかったんですから」と大仰に嘆息する。

「そうかぁ……いやぁ、やっぱり丸くなったんだなぁ。

昔なら今頃もう殺されてるもんなぁ。話をしてくれるだけ丸くなったよ、うん。……だろう、ディリヤ？」

「子供が生まれてちょっと丸くなったかもな」

「……そうか、結婚したのか、おめでとう。嫁さんやお子さんは息災かい？」

「結婚というか、狼のつがいになったんで、俺が産んだ」

「狼とつがいになったの？」

エレギアの顔には、「あれだけたくさん毎日殺した狼とつがったんだ……」と言わんばかりの、なんとも言えない表情が浮かんでいる。

「つがいになった」

「じゃあやっぱり、ユドハと……」

「そうだ。……というか、そのあたりのことは調べ済みでもう分かってるくせに遠回しに確認しなくていいぞ、煩わしい」

「…………」

取り付く島もなく一刀両断されて、エレギアは苦笑いを浮かべる。

エレギアの背後でフェイヌが「お転婆が過ぎると、また尻を叩くぞ」とディリヤを叱る。

ディリヤは素知らぬ顔でそっぽを向いた。

こういうの、アシュには見せられないな……と内心で自嘲する。

……アシュは無事にユドハのもとへ帰れただろうか。

実際におでかけして家までの経路を教えるのは難しいから、「迷子になった時は、この道と、この道と、この道がおうちに続いています」と、地図を見ながら説明したことがある。

匂いを辿れば家に帰れるだろうし、ディリヤとアシュの姿がなければ捜索隊も出るはずだ。

あの場でアシュだけ逃がしたことは最適な判断だと思いたい。アシュ一人で家まで帰らせるほうが、この国にアシュを連れてくるよりもずっと危険性が低いからだ。

アシュはユドハの息子だ。ゴーネに捕まれば、人質にされる。こんな西の辺境軍ではなく、救出の困難な帝都へ連れていかれて、政治的な取り引きの材料にされる。

それに比べれば……。

「さて、ディリヤ！　君、ゴーネ軍に戻ってくるつもりはないか？」

物思いに耽(ふけ)るディリヤに、エレギアが手を叩いて自分へ注意を向けさせる。

「ない」

「まぁそう焦(あせ)らずに。よく考えてくれ。軍といっても、私の直属だからね、待遇は悪くないよ。対金狼族部隊なんだけど、君みたいなのがいると、とても便利なんだ」

「それは勧誘か、脅迫か」

「勧誘の体(てい)を装った脅迫」

「断ったらどうなる」

「君にはほかの使い途(みち)があるから、そちらに流用する。というより、そちらが本来の君の用途だな」

「どういう用途だ？」

「教えてあげない。詳しいことは父が決めるし。……まぁ、まだ時間あるからよく考えて」

「アンタは考えろと言うが、考える余地がない。どうせろくなこと考えてないだろ」

エレギアは肝心なところをぼやかして話す。

これでは、協力しろと言われても協力できない。

そもそも協力するつもりはないが、エレギアがなにを考えているのかすら推察できない。

ここに至って、ディリヤはエレギアに対する認識を改めた。

エレギアは、本心が見えない男に成長した。昔のほうが扱いやすかった。八年前とはもう違う。

「アンタ、間抜(まぬ)けな箱入り息子だと思ってたけど、存外、食えない男だったんだな」

「いやね、八年前、君に、アンタそんなんじゃ戦後も生きてけないぞ、って言われてからね、考え方や認識を改めたんだよ。君の言葉のおかげで、敗戦処理や引責問題ものらりくらりとうまいこと躱(かわ)せたし、上手に立ち回る方法を死に物狂いで考えられるようになった。君のおかげで、なんとか今日まで生き延びることができた。ありがとう。……そう、ありがとうなんだ！　私は君にわりととても感謝している！」

「そりゃどうも」

「まぁ、時間はあるからゆっくりしていってくれ。フェイヌ、ディリヤ君を部屋へお連れしろ」

「は……」

フェイヌは拝命して、ディリヤの隣に立つ。

ディリヤはフェイヌに背を押されて踵を返す。

「あぁそうだ、国王代理殿下、……ユドハ、君のつがい……うちの視察団に紛れ込ませた暗殺者が彼を殺したよ」

ディリヤの背にエレギアがそう投げかけた。

「証拠がない」

ディリヤは立ち止まり、冷静に言い返した。

「フェイヌ」

エレギアの言葉で、フェイヌがまた机へ戻り、紙束を持ってディリヤの元へ戻る。

フェイヌはディリヤの眼前にその紙束を突きつけた。

「…………」

ディリヤはその紙片に目を落とす。

それは、ウルカ国の広報や、ゴーネの新聞などだ。

ユドハが殺されたのは、ウルカから帰国する視察団を見送りに出た時。城のあちこちで小火騒ぎが起こり、ディリヤとアシュはかどわかされ、ユドハはその騒動で混乱する最中に暗殺された。

ディリヤが攫われて、もう十五日以上になる。

何日間かは混乱を避けるためユドハの死は隠匿されていたが、このたび公表されたらしい。

「情報操作。こんなものいくらでも捏造できる。アンタらゴーネのお得意の手だ」

「そこまで必死になって否定したいんだね。よっぽど大事な人と見受けられる。……まぁ、そりゃそうか、つがいだもんね。金狼族のつがいは一生モノだと聞くし……あ、君は人間か」

「そうやって揺さぶりをかけて、俺とユドハの関係がどれくらいのものか推し量ってるのか？」

「それもあるけど、死んだのは本当」

「嘘だ」

「なんでそんなに自信を持って言えるのかなぁ？」

「あの男が、アンタら人間が用意した程度の暗殺者に殺されるわけがない」

「でも、子供が傍にいたら……そうもいかない」

「…………」

「上から、アシュ、ララ、ジジ……だったか？　アシュ君とも会いたかったな。今頃はお城の政権争いに巻き込まれて死んじゃってるかなぁ」

「…………」

「下の子たちなんて、まだ一歳とすこしだろう？　そんな幼いのに命を落とすことになるなんて……不憫だ」

「…………」

「それもこれもすべては君のつがいが死んでしまった

からだね」

「……っ！」

ディリヤは、放たれた矢のように大股で駆け、机に乗り上げるなり牙を剝き、エレギアの喉笛に嚙みつく。

「エレギア！」

フェイヌがディリヤの後ろ首を摑み、床に引きずり倒した。

ディリヤが喉笛を嚙み切ろうとした寸前で、フェイヌがそれを阻む。

「……びっくりした……狼は本当に侮れないな」

エレギアは本能的に己の首もとに手を当てる。

フェイヌのおかげで、赤毛の狼の餌食にならずに済んだが、一瞬の出来事とはいえ命の危険を感じた。

「家族に手ぇ出したら殺すぞ」

フェイヌに押さえつけられたディリヤは奥歯を軋ませ、エレギアを睨み据える。

赤い眼で獲物に狙いを定め、鍛え上げた脚力で床を蹴り、身を低くして二度目を試みる。

仕留め損なった獲物を、次こそは……と歯を鳴らす。隙あらば殺す、と言わんばかりに、刹那すらエレギアから目を逸らさない。


「おとなしくしろ！」

フェイヌはディリヤの後ろ頭を摑んで床に押しつけ、背中に体重をかけて、床に倒す。

それでもディリヤを制圧するのは無理だと判断したフェイヌは、ディリヤを殴り、気絶させた。

「エレギア、大事ないか」

「あぁ……」

エレギアはフェイヌの言葉に頷き、床に伏したディリヤを見つめて、「狼より狼みたいな男だな」と感嘆した。


ディリヤは牢屋で目を醒ました。

この場合、いつもなら状況確認から始める。

でも、今日はそんなことすら思いつきもしなかった。

ユドハ。

その名前がまず浮かんで、そこから先はユドハの名前を頭の中で繰り返すしかできなかった。

ユドハが無事であることだけを願った。

アシュやララやジジが元気にご飯を食べていること

だけを願った。

ユドハが死ぬはずない。

でも、生死は分からない。

考えても結論は出ない。

結論の出ない悩みは、恐怖だ。

恐怖に負けそうな時、ディリヤはアシュを見習うことにした。

悲しいことは考えないで、だいすきな人のことを考える。

自分の目で確かめるまでユドハの死は信じない。まずはここから脱走する方法を考える。自分にそう言い聞かせ、強引に気持ちを奮い立たせた。

頭の中を整理して、淡々と己の感情に向きあえば、心は次第に冷静さを取り戻す。アシュを見習ったおかげで、前向きな思考になるまでにさほど時間はかからなかったな……と思ったが、実のところ、この考えに至るまでにかなりの時間を要した。

そのせいか、ディリヤはいつになく疲労を覚えた。体が疲れるよりも、頭や心が疲れるほうがつらい。休み時が分からないからだ。

「…………」

ユドハに会いたい。

会いたいなら、戦え。

ディリヤはここでようやく固い寝台から身を起こし、周囲の様子を窺った。

それまではユドハのことを考えるのに夢中で、自分の置かれている状況や危険についてはすべて意識の外に置いていたが、落ち着いて神経を研ぎ澄ませば、頭に入ってこなかった音や情報を、耳や目が拾い始めた。

ここは軍施設内の地下牢だ。ディリヤは独房に入れられているらしく、目の前には細い廊下と壁しか見えない。一般房とは異なり、ほかに囚人はいないようだ。

「目が醒めたか。フェイヌ大尉に報せろ」

見張りが一人、ディリヤへ手燭の灯りを向ける。

暗闇に慣れた瞳に、光が眩しい。

ディリヤから見えない位置にも見張りがいたようで、一人が扉を開けて外へ出ていった。

残った見張りも一人ではなく、複数名いるらしい。

ディリヤ一人に随分な警戒のしようだが、狼狩りという軍歴を知っているなら、これで当然だろう。徽章から察するに、彼らはエレギア直属の部下で、士官級の軍人らしく、ディリヤについても正しく説明を受けている様子だった。

「俺、狼狩りの奴を見るのは初めてだ」

見張りの一人が、動物園の獣でも見るようにディィリヤを見てくる。

「俺は八年前にちょっとだけ見たことあるが……、こいつだよ、忘れもしない。この赤毛だ」

見張りの何人かは、一方的にディリヤのことを知っているらしい。戦時中に、ディリヤとは別の部隊に所属していた軍人なのだろう。

「俺の同期が狼狩りの世話役やってたんだよ。……いい奴だったのに、こいつらのせいで死んじまった。……なのに、なんでお前だけ生き残ってんだ！　しかも、狼に寝返って！　お前一人だけ幸せになって！」

見張りが、牢屋の鉄柵を蹴る。

一人がそういう言葉を吐き始めると、「裏切者」とか「よくおめおめと生きていられるな」と恨みがましい暴言や侮蔑を次々と浴びせかけてくる。

「…………」

まぁ、こんなもんだろう。

ディリヤはそう思って割り切った。

人間が狼を殺したように、狼も人間を殺した。


ゴーネの軍人にしてみれば、かつて戦争関係にあった敵国へ渡り、あれだけ殺した狼の国で暮らし、その地の狼とつがいになって家族まで作るような人間は異質に見えるし、奇異に映るし、常識から逸脱した生き物として受け入れがたいのだろう。

狼から見てディリヤが異物なように、人間から見てもディリヤはもう異質な生き物なのだ。

「ゴーネ軍に入らないか？　狼相手以外にも、人間同士の戦争でも君はおおいに活躍できる」

エレギアは、ディリヤの有用性を見出している様子だった。

だが、ディリヤはその誘いに乗るつもりはない。

脅迫に屈するつもりもない。

ディリヤはいまさら人間の国に戻るつもりはない。

人間の国に戻っても居場所がないからだ。

戦争をしていた時期を除けば、ディリヤが人間の社会で暮らした時間と、狼社会で暮らした時間はそんなに変わらない。

そもそもアスリフという隔絶された村で生まれ育ち、人間社会に馴染むほど人間社会で人間らしい生活をしてこなかった。

ディリヤは、人間同士の社会性を学ぶ前の、年若いうちに狼とつがった。

以後、狼社会で暮らす時間が長かったせいか、そちらの文化風習が身についてしまったディリヤは、いまさら人間社会には溶け込めない。

かといって、ユドハや子供たちがいなければ、狼社会に混じって暮らしたとしても、ここまで狼の文化に染まりはしなかっただろう。

ディリヤ一人では、狼の世界に居場所を見つけることはできなかっただろう。いまも、ユドハや子供たちがいるからこそ、かろうじて狼の世界でもディリヤの居場所があるというだけなのだ。

結局、ディリヤは、狼社会にも、人間社会にも、どちらにも完全に溶け込めないのだ。

ディリヤが所属する群れは、ウルカ国でも、アスリフの故郷でも、ゴーネ国でもない。

ユドハの隣なのだ。

家族のいるところなのだ。

ユドハとディリヤで作った群れのなか。

そこがディリヤの生きるところなのだ。

でも、そのユドハを失ったら……。

だが、子供たちがいる。そう思い直す。

子供たちを立派に独り立ちさせるまでは、親としての責任を放棄してはいけない。

声には出さず、ディリヤは、何度も、何度も、休む間もなく心のうちで自分自身に強くそう言い聞かせる。

でも、子供たちもいなくなってしまったら……。

一瞬でも心に隙ができると、すぐさま悪いことばかり考えてしまう。

悲しいことばかり考えてしまう。

ユドハ。

だから、声に出さずに、心のなかで好きな人の名前を何度も叫ぶ。

大切なもののことを考える。

だいすきな家族のことを考える。

愛している人のことを考える。

ユドハの安否については考えない。考えても仕方のないことを考えるなと暗示をかけて、まずは、なぜ自分が攫われたのか考える。

エレギアは、父親であるトラゴオイデ元帥の命令で動いている。

エレギアは昔からそうだった。事なかれ主義で、上からの命令には逆らえなかった。

だが、ディリヤは一度だけ彼が父親を批判する姿を見たことがある。

帝政のはずのゴーネ帝国で、トラゴオイデ元帥のような老齢の軍人たちが軍上層部を牛耳り、軍や戦争、国政を私物化している、というような批判内容だった。そして、当時から、そういった面を嫌うエレギアやフェイヌ、彼らに賛同し、行動を共にする若い青年将校たちがいるようだった。

どちらかといえば、その発言は、父親個人への反発や親子の確執というよりも、父親を含む軍上層部全体を批判するような内容だったが、ディリヤの記憶に強く残った。

下っ端とはいえ、兵隊のディリヤに上層部への批判を漏らすほどなのだから、余程、鬱憤が溜まっていたに違いない。

当時はエレギアもまだ二十歳そこそこだったから、義憤に駆られての言葉だったのかもしれないし、そういった言葉をディリヤに聞かせることで上層部や自分たちへの不満を和らげようという心理的な作戦だったのかもしれない。

まぁ、なんにせよ、八年前からゴーネでは年寄り軍人と青年将校の間で確執があったのは事実だ。

それを踏まえたうえで、いま現在のゴーネ国の政治的、軍事的な状況を思い出す。

いま、ディリヤには、三つの利用価値がある。

第一は、ディリヤがウルカ国の王城内で暮らしていて、ウルカ国王政の内情に精通していることだ。

第二は、ディリヤがユドハのつがいとして傍にいることと、ユドハの子を産んでいることだ。

第三は、ユドハを誘き出し、脅迫する材料としてディリヤを使えることだ。

第一の利用価値については、即座に却下した。

ディリヤが所持するウルカの情報などは、さほど機密性の高いものではない。ディリヤを拉致し、その情報を入手したところで、政局の場において一時的にゴーネが優位に立てる程度の情報でしかない。

ディリヤを攫うという手間暇に見合う対価は期待できないし、情報収集ならばもっと効率の良い方法がいくらでもある。そうなると、ディリヤが所持する情報が目的でディリヤを攫ったのではない。

第二の利用価値についても否定する。ディリヤは非公式とはいえ、国王代理のつがいであり、国王代理の息子の母親だ。

　ディリヤの身柄を交渉材料にして、ゴーネとウルカが政治的な取引をするということは考えられる。ゴーネ国は敗戦国だ。軍縮させられているし、平和条約も不利な面が多いから、それを覆したいのかもしれない。だが、もし、ディリヤを守るために、ユドハがウルカの国益を損なう取引に応じたなら、ウルカ国内からは反発が生じるだろう。「なぜ人間のディリヤのために？」「狼狩りにいた人間のために、国家全体が損失を被ることになる」「ゴーネとの関係性がウルカ国にとって不利になる」「人間一人とウルカ国を天秤にかけて、ユドハが人間を選んだ」と不満が出る。そう簡単にこの取引が成立するとは思えない。それに、ユドハが死んだ前提で話を進めるエレギアの発言とは矛盾する。だからこの考えも否定する。

　第三の利用価値。これがもっとも可能性が高そうだが、これもまた否定する。狼にはつがいを守る習性があり、そのためになら身を賭して戦う。ディリヤが攫われたならユドハが必ず助けに来る。そうした狼の習性を利用して、ユドハを誘き出す餌にディリヤを使うことは可能だ。護衛に囲まれて王城から出てこないユドハを暗殺できる。

　ゴーネがこれからウルカと一戦交える心積もりがあるなら、ユドハの死はウルカに確実な大打撃を与える。ウルカはユドハという指導者を失い、弱体化する。しかしながら、ユドハを殺された金狼族は血気盛んになり、戦意高揚するだろう。クシナダ派ですら、ユドハ暗殺を逆手に取り、国内の意志を統一してゴーネを打ち負かさんとするはずだ。現在のゴーネの国力では、ウルカに敗北するのは必至。明らかにユドハを殺すのは悪手だ。

　どの考えも、突き詰めれば否定できてしまう。

　他にディリヤの利用価値はあるだろうか。

　考えても考えても答えが出てこない。

　苦しいばかりで、出口が見えない。

　圧倒的に情報が足りない。

　身動きのとれないこの状況と、無力な己が歯痒かった。

家族と離ればなれになって二十一日が経った。

体感で時間を計っているから正確さには欠けるが、おそらく、そのくらいだ。

ディリヤは常に二人以上に見張られていて、鍵は三重に掛けられている。

時折、牢屋から出される時も、前後左右に兵士が立ち、必ずフェイヌがディリヤを送迎する。その油断ない様子から、ディリヤを決して逃がさないという強い意志が窺えた。

牢屋から出られる時は、エレギアと話をする時だ。ゴーネ軍に入れとディリヤを勧誘したり、ユドハの死について詳細に聞かせてきたり、毎回、代わり映えがない。中身のない会話をするだけで、なんの情報も入ってこない。

エレギアとフェイヌは動かない。機が熟すのを待っているような、何か行動を起こすために、いまは耐え忍んでいるような、そんな印象を受けた。

「…………」

ディリヤは牢屋の冷たい床に座りこみ、スプーンを手に残飯を食べていた。

アシュには見せられない行儀の悪さで、味わうことなくメシを掻き込む。

ゴーネ軍の食べ残しだ。ウルカとは味付けが違って、すこし懐かしい。従軍中によく食べた味だ。季節柄、この辺りは冷え込むこともあってか、油脂が多く、腹持ちがいい。

牢屋の見張りは、「よくもまぁ平気な顔して残飯掻っ込めるな、狼」とディリヤを笑う。

残飯であろうと食事は食事だ。体が資本だから食う。いざ逃げ出す時に体力不足で足がもつれることがあっては本末転倒だ。

見張りの連中は、食事中も罵(ののし)ってくるし、なけなしの残飯すら頭から浴びせかけてくる。寝ている時は意味もなく鉄柵を蹴って叩き起こしてくるし、風呂だと言われてバケツの水を浴びせかけられる。

彼らがディリヤに恨みを持っていて、そうするのではない。こうすることでディリヤの心身を弱らせることが目的だ。目的が分かっていれば、別にどうということはない。あとで殺してやると思いながら耐えればいいだけだ。

幸いなことに、ディリヤは逆境に強い。

心に強く持っておくのは、誰かに勝つことではなく、自分に勝つという信念だ。

　自分を強く持つということだ。

「…………」

　窓のない地下牢で、昼でも暗い天井を見上げる。

　ふとした瞬間、ユドハや子供たちのことを思い出す。会いたくなるし、抱きしめたくなる。

　あの、ぽわぽわした綿毛のような子供たちを抱きしめたい。三匹ひとまとめにして、ぎゅうぎゅうして、頬ずりして、お日様とミルクの甘さが混ざった子供たちのにおいを胸いっぱいに吸いたい。

　ここは寒いから、ユドハで暖を取りたい。もう長いこと、尻尾を掴んでない。耳の裏を撫でていない。毎朝の日課だった、鬣に櫛を入れることもしていない。あの立派な鬣を梳きながらその背に抱きつき、思う存分毛皮に埋もれていた日々が、もう随分と昔のことのように思える。

　あの感覚を忘れないうちに、帰りたい。

　あの幸せは幻だったのでは……と自分の記憶に自信がなくなる前に、帰りたい。

　無性に、帰りたくて仕方がない。

……よく分からない。

　子供たちやユドハが恋しいのだろうか。

　それよりも、ユドハや子供たちのことが心配なのだろうか。

　ララとジジは、ご機嫌斜めになるとディリヤが抱かないと泣き続ける。ディリヤの代わりにユドハがどれだけ抱いてあやしても、仰け反って泣き続けて、ちっとも泣き止まない時がある。

　アシュは、無事に城へ戻っただろうか。戻っていると信じるしかない。アシュは涙を流さずに、思いっきり走ってユドハのもとへ駆けた。まっすぐ走るその後ろ姿は、小さいながらも頼もしかった。あの背中を見たあとだからだろうか……、アシュについては、すこし気が楽でもある。

　それに、式典の場に立つユドハを見て、アシュが「かっこいい、あんなふうになりたい、ユドハみたいなもふもふのりっぱな尻尾になるのが将来の夢」と、明確に誰かに憧れを持って、目標とする人物を得て、将来について語ってくれたこともディリヤにとっての支えだ。

　ディリヤだけが親ではなく、ユドハという目標にできる父親がいてくれることが、ディリヤにとっての安心材料になっている。

　子供たちにはユドハがいる。エドナもいるし、ライコウとフーハク、イノリメとトマリメもいる。子供たちは立派に成長している。大丈夫だ。

　なにもかもすべてユドハが生きている前提で物事を考えて、ディリヤは自分を落ち着かせる。

「……っ」

　けれども、ユドハが死んでいたら……。

　壁を殴りそうになるのを、堪える。

　握った拳に爪を立て、奥歯を噛み締める。

　弱っているところを敵に見せてはならない。取り乱す姿を見せてはならない。弱点を晒してはいけない。弱音を口にしてはならない。それらはすべて敵が付け入る隙になる。

　だからディリヤは、どれだけ子供たちを想っていても、その名を口にしない。

　どれほどユドハに会いたくても、その名を音にしない。

　壁を殴って不安を払拭し、叫んで苛立ちを誤魔化したくても、それをしない。

「死に際の様子と、国葬の日取りだとよ」

　見張りが、ディリヤに差し入れをする。

　ディリヤの恐怖を後押しするように、ユドハ死亡の情報を次々と与えてくる。

「クシナダ派の……リリエセルの兄弟がクシナダの支援を受けて代理執政になったらしいぞ」

「前王妹のエドナは代理執政相手に健闘しているらしいが、彼女は政治に復帰したばかりだろう？　随分と苦戦しているそうだ」

「ところで、先日まではうちの間者が貴様の子らの姿を確認できていたのが、ここ数日、とんと姿を見かけないらしい。さて、どうしたことだろうな」

　毎日、毎日、毎日、毎日、こんなことを聞かされ続ける。

　最初のうちは「すべて嘘だ」と否定していられるが、こうも連日連夜、四六時中、いろんな表現の仕方で、不特定多数から話を聞かされ続けると、明らかに嘘だと思うような話も真実味がある話に聞こえてくるし、罠だと分かっていても「この話は信憑性が高いかもしれない……」という思考に陥り、自分の考えに自信が持てなくなってくる。

　それらがディリヤを心神耗弱に陥らせる罠であることは明白で、耳を塞ぐべきなのも分かっている。

けれども、聞かずにはいられないのだ。彼らの言動や情報からユドハが生存している可能性を引っ張り出せるかもしれないと思うと、耳を塞ぐこともできないのだ。

雁字搦めだ。

ユドハが、いま、もう、息をしていないとしたら……。想像しただけで、ぞっとして、足が竦んで、腹の底が冷たくなる。

いまのディリヤを支える大きな柱の一つが崩れ落ちる。

気が狂いそうだ。

こんなにも孤独に対して耐性が低かったのか……と自嘲する。

自分はこんなにもユドハのことを愛していたのか……と、思い知る。

自分は薄情な生き物だ。

これまで、誰かの死で悲しんだことはなかった。

そんな自分が、なぜこんなにもユドハを愛せるのか分からない。

自分が生きるのも、死ぬのも、弱るのも、考えるのも、ぜんぶユドハが指針になってしまっている。

行動理念が、責任じゃなくて愛になってしまっている。

こわい。

愛している人が死んだと聞かされただけで、こんなにも自分が弱くなっていることが……。

責任で生きていた時は、そんなことなかったのに……。

「あぁ、そうか……」

スルドが死んだと知った時のディリヤは、責任感で生きていた。

アシュの存在がその責任感を後押ししてくれた。

悲しみよりも先に責任をまっとうする気持ちが勝り、感情に蓋ができた。

でも、いまはユドハを愛することに喜びを見出して、生きている。

この感情には、どうしても、蓋ができない。

この感情に蓋をして、見て見ぬふりをし続けたなら、ディリヤはきっと悲しくて死んでしまう。

つがいを失った悲しみで、死んでしまう。

愛する人とまっすぐ向き合って、好きな人が目の前にいるだけで世界がキラキラして見える。

それを失ってしまうことを想像しただけで、血の気が引く。

ただただ、誰か一人を愛しているだけ。

愛しているだけで、こんなにも幸せを感じたり、こんなにも恐ろしい想いをする羽目になるのかと脅える。

脅えると同時に、それほどまでに愛せる人を得られて幸せだとも思う。

こんなにも誰かを愛せる自分がいることに驚く。

誰かを愛することで強くもなれるけれど、弱くもなるのだと知る。

人を好きになることは、こんなにも幸せでこわいのだと思い知る。

これまでは、ユドハを愛せて幸せで、この幸せを失わないように守るという単純明快で純真な想いで、めいっぱいだった。

いまは、失うことの恐怖を改めて実感させられて、恋と愛の深みに嵌っていく。

ユドハへの恋の沼にずぶずぶ落ちていく。

この恋は底なしだ。

「暢気だなぁ……」

囚われの身なのに、最終的に考えつくことが、ユドハだいすき、なのだ。

ディリヤはユドハを想って、すこし笑顔を取り戻した。


ウルカ国、王都ヒラ。

ユドハの離宮。

「……ララちゃん、ジジちゃん……ごはんたべましょ」

「な！」

「ぅ！」

「おねがい、ごはん食べて。……アシュといっしょにごはん食べよ？」

「ぅー……」

「うぅ〜〜……」

「唸ってもこわくないよ。がじがじしてもいいよ。でも、アシュをがじがじするなら、お肉をがじがじしましょうね」

三人で部屋の隅に座って、アシュは自分の手でララとジジにご飯を食べさせようとする。

イノリメとトマリメでは、ララとジジは食べてくれない。

どうしようもなくお腹が空くと、アシュの食べている皿に顔を突っ込んで食べようとするから、アシュがララとジジに自分のご飯を分け与える。

三人とも、尻尾と耳に元気がない。

「もう何日もディリヤにぎゅうぎゅうしてもらってないね」

「……ぅ」

「……うぇぅ」

ディリヤ。

その言葉に、ララとジジが甘えたの悲しい顔をして、アシュの尻尾をかじる。

かじりながら、ララとジジがぐずる。

「よしよし、アシュがいますよ」

ディリヤがするように、アシュが弟たちを宥める。

でも、上手にできない。

ララとジジは、夜、ちっとも眠らない。

かといってお昼寝してくれるわけでもない。

お風呂もいやがるし、おしめの交換もじっとしてくれなくて、イノリメとトマリメは毎日とっても疲れている。

「だいじょうぶですよ、ディリヤはすぐに帰ってきますからね。いい子いい子で待ってましょうね」

右の手でララの背中をぽんぽん。

左の手でジジの背中をなでなで。

真ん中に座ったアシュは、ごねる弟たちを宥めすかす。

三人は、自分たちの周りを、ディリヤが作ってくれたそれぞれのぬいぐるみ、ディリヤのよく着ている服、ディリヤの使う枕や毛布でいっぱいにしていた。

ディリヤのにおいがするちぃちゃな巣穴を作って、そこで身を守るように三人で固まって毎日を過ごしていた。

誰もアシュたちを咎めない。

寝る時は寝床で、食べる時は食堂で。そんな決まりきったことを守らなくても、いまは誰も叱らない。

ディリヤが恋しくて、ディリヤのにおいがするこの巣穴から離れられない。みんな、それを承知していた。

「ララちゃんとジジちゃんはアシュが守るからね」

アシュはララとジジを抱きしめる。

悲しい毎日。

ディリヤがいない。

おはようって言っても、おはようって言ってもらえない。

ディリヤだっこ。両手を伸ばしても、抱き上げてもらえない。

ディリヤだいすき。ディリヤもアシュがだいすきです。だいすきの言い合いっこができない。

アシュのだいすきな、ディリヤの真っ赤なたてがみ。一緒に毛繕いしたいのに、できない。

お弁当を作ってもらえない。ディリヤのご飯が食べられない。

毎日、毎日、ちょっとずつ、ディリヤのにおいがなくなっていく。

ディリヤの声を忘れてしまう。

ディリヤの笑った顔が思い出せなくて、悲しい。

抱きしめてほしくて、ディリヤの服を抱きしめて、しくしく、しゅんしゅん、鼻を鳴らす。

でも、泣かない。

ぐっと涙を堪えて、魔法の言葉を唱える。

「……でぃりや、だいすき」

悲しいことじゃなくて、だいすきな気持ちを思い出す。

ディリヤだいすき。

何度も唱える。

アシュはディリヤとユドハの子供だから、強い子。

強い子は、ディリヤが帰ってくるまで泣かないのだ。

⁂

夜は悲しい。

眠る前の、ディリヤの声がない。

絵本を読んでもらえないし、額や頬への、おやすみなさいのキスがない。

ララとジジは、アシュの脇の下で丸まって眠っている。

くぅくぅ、ぴぃぴぃ、寝息を立てている。

目の端に、ちょっぴり涙の痕がある。

ララとジジは、ディリヤが恋しくて泣く。

泣きながら、眠る。

かわいそうだ。

ララとジジの悲しげな鳴き声を聞いていると、アシュまで目の端が濡れてくる。

「……ユドハ」

ララとジジを見つめていたアシュが顔を上げた。

月明かりを背に、黒く大きな影がアシュの前に立ちはだかる。

「アシュ」

その影はアシュの傍らに片膝をつき、アシュの頬を撫でる。

「ユドハ！」

アシュはユドハの腹にしがみついた。

「すまない、今日は帰りが遅くなった」

ユドハはアシュを抱きしめる。

「なんでこんなに遅いの……」

「すまん」

ユドハはアシュを抱き上げ、壁に凭れかかるようにして腰を落ち着け、胡坐を掻いた腿に三人の息子を乗せる。

三人乗せても、ユドハのそこはゆったりしていて、子供たちがすっぽり収まる。

ユドハがアシュの肩を抱けば、アシュはぴっとりユドハにくっついて、両手を胴に回し、ほっぺたを胸に押し当てる。

ユドハが仕事に追われている日中、ララとジジの前ではおにいちゃんらしく振る舞っているけれど、昼間に頑張った分だけ、夜になると我慢が限界になる。

ユドハにだっこされて、お尻を一定の間隔でぽんぽんと叩かれていると、アシュはなんだかとっても自分が可哀想な気持ちになってきて、ユドハの前でだけは泣いてしまいそうになる。

けれども、ぎゅっと唇を噛みしめて我慢した。

「ディリヤがいないと悲しいな」

「……アシュ、かなしくないよ」

悲しい声で、悲しくないと言う。

いじけたようにユドハの鬣を引っ張って、毟る。そういう仕草は、ディリヤによく似ている。

こんなにも長くディリヤと別々なのは初めてで、その喪失感のあまり、アシュの心は傷ついていた。その小さな体や心では到底耐えきれないような大きな穴がぽっかり空いていた。

ディリヤがいない。

ただそれだけで、家族みんなに大きく暗い影を落とす。

「……はなればなれ、いやね」

アシュがぽそりと小声で漏らす。

「そうだな、いやだな」

「ユドハもいや？」

「あぁ、いやだ。ディリヤが恋しくて泣いてしまいそうだ」

「もちろんだ。……だから、アシュも泣くのを我慢しなくていいんだぞ」

「いや」

「どうして？」

「かなしくなると、息ができなくなるもん」

「……アシュの言うとおりだな」

ディリヤがいないと、息もできない。

恋しさが募って、心がどこか欠けたまま、戻ってこない。

この愛を差し出す先がなくて、なにもかもが空しい。

「息ができないと、死んじゃう」

「我慢ばかりしていると、心も死んでしまう。生きるためには泣いてもいいんだ」

「いやなの！　泣きたくないの！」

アシュは急に怒り出し、ユドハの鬣を引っ張って駄々を捏ねる。

ディリヤがいなくなってから、ララとジジが食べることと眠ることを上手にできなくなったように、アシュも感情を上手く処理できず、癇癪を起こすようになった。

だが、それは仕方のないことだ。

ディリヤというのは、それほどまでに大きな存在なのだ。

「そうか、泣きたくないのか……」

ユドハは、アシュの気持ちを否定しない。

できるかぎりアシュに寄り添うような言葉や気持ちで接しているつもりだったが、いまのように上手くいかないこともある。

こうして癇癪を起こすアシュに単独で対応するのは初めてで、ユドハはすこしばかり途方に暮れていた。

いつもディリヤに甘えていた。

ディリヤがいなくなって改めて思い知る。

「あしゅ、つよいこだもん」

「強くても泣いてもいいんだぞ」

「ユドハは泣いてないもん」

「ユドハは大人だからなぁ」

「おとなでも、悲しかったら泣いていいってディリヤが言ってたもん……ディリヤがいいって言ったら、いいんだもん」

　ディリヤの名前を自分で言うだけで感極まって、大きな瞳にぶわぶわ涙が溢れる。

　けれども、ぎゅっと目をつぶり、両手で涙を拭って、ユドハのおめめもぺろぺろしてあげる。

「アシュはやさしいな」

「……ユドハが悲しいお顔をしてるからだよ」

「そうだな、大人でも泣いていいな」

「うん、おとなも泣いていいよ」

「……でも、大人には、大人だからできることがあるから、泣く前にできることをやろうと思うんだ」

「なぁに……？」

「ディリヤを迎えに行ってくる」

　ユドハのその言葉で、アシュの表情が見る間に晴れた。

「おむかえ行くの⁉」

「あぁ、行ってくる」

「あしゅも行く！」

「ちょっと遠いから、アシュには、ララとジジを頼みたいんだ。……どうだ？　俺とディリヤの代わりにララとジジを守ってくれるか？」

「……アシュが守るの？」

「そうだ、アシュが守るんだ。大丈夫、ララとジジを守るアシュのことは、ライとフー、イノリメとトマリメ、それからエドナ姉さまが守ってくれる」

「みんなで守りあいっこしたらいいの？」

「その通りだ」

「……アシュがいい子でお留守番したら、ぜったいディリヤ連れて帰ってきてくれる？」

「絶対に連れて帰ってくる」

「ぜったいのぜったいのぜったい？」

「絶対の絶対の絶対だ」

「ぜったいに、つれてかえってきてね」

「約束だ」

「やくそくね。はやくね、とってもとってもはやくね！」

「分かった。とてもとても早く連れて帰ってこよう」

　ひしっと抱きついてくるアシュを抱きしめ返す。

　無条件にユドハを信じて、甘えて、眠って、生きてくれる子供たち。

　ディリヤのくれた宝物。

　この宝物の笑顔を取り戻す。

そして、ユドハ自身の幸せを取り戻す。

ユドハの幸せは、ディリヤの幸せ。

恋しくて、愛しい、この世でただひとつきりのユドハの片割れ。

離ればなれは、苦しくて、悲しくて、さみしくて、死んでしまいそうだった。

ユドハの幸せを早く見つけ出して抱きしめないと、心が死んでしまいそうだった。

アシュはとても勇敢だった。

ユドハは己の息子の勇気を心から褒め讃え、抱きしめた。

ディリヤに「俺とユドハの子だろうが！」とどやしつけられて、城まで走って、途中で何度も転んで足と額と鼻を擦り剝いて、それでも、ぐっと涙を堪えて、「火事から逃げないとだめよ！　アシュがユドハのお迎えに来たから、ディリヤのとこに行こ！」とユドハの手を引いた。

その時、アシュはディリヤの服を着せられていた。

服には、血文字で、ゴーネ、と走り書きしてあった。

おそらくは、ディリヤがそうしたのだろう。

それだけでユドハは充分に事態を察することができた。

あの状況下でアシュを逃がし、必要最低限の情報を報せることのできるディリヤの機転と豪胆さには、皆が感服した。

そのうえ、「これはララちゃんとジジちゃんに、ディリヤから」と、子供たちへのキスまで忘れずにアシュに託していた。

もちろん、ユドハへも「ユドハだいすき」という言葉とともに、鼻先へのキスがあった。

「火事だから逃げないといけないよ！」

ユドハは、焦るアシュを宥めて、火事は鎮火したことを伝え、ディリヤが逃げる途中で迷子になってしまったと説明した。

アシュの帰城後、ユドハは手を尽くし、ディリヤを探した。アシュは自分が走ってきた道を覚えていたので、その道を重点的に探索した。

アシュは「ディリヤがね、フェイヌってお名前で呼んでたよ」と、ディリヤとフェイヌの会話まで覚えていた。

半狼半人と赤毛の人間の二人組だ。

狼の国で動けば、いやでも目立つはずだ。

ところが、足取りを摑むのに苦労した。ゴーネ側も、今回の作戦を練りに練って行動に移したらしい。街には寄らず、山間部などに替え馬を隠していて、それを乗り継いでゴーネ国まで走ったようだ。

だが、このウルカはユドハの国だ。

狼の国で、人間が逃げるのは容易ではない。

狼の追尾、追跡、索敵能力の優秀さは人間の比ではない。

瞬く間に、ディリヤとフェイヌの移動経路を特定した。

たった一度、フェイヌとディリヤがほんのわずかの時間だけ立ち寄った寒村で衣服を仕入れたという情報を得ることもできた。

ディリヤの居場所が特定できたなら、あとは救出するだけだ。

ゴーネの視察団が自国へ帰るのを利用してディリヤをかどわかしたように、ユドハも自国の視察団がゴーネへ入国するのを利用することにした。


「こちらは任せなさい。命に代えてもわたくしが子供たちを守ります」

「お願いします、姉上」

「気を付けるのよ、ユドハ」

「はい」

エドナの見送りを受け、ユドハは秘密裏にウルカを発った。

国王代理が長期で王都ヒラを不在にすることは避けるべきだ。

だが、いまはエドナがいる。

ユドハの姉は有能だ。

政治の表舞台に復帰してまだ一年ほどだが、政界から遠ざかっていたこれまでの期間、無為に過ごしていたわけではない。彼女は実力者だ。彼女にしかできない方法でユドハを陰で支えてきた。

「ライ、フー、イノリメ、トマリメ、子供らと姉上を頼む」

ユドハの言葉に、四人は首を垂れ、拝命する。

「ララ、ジジ、おいで」

ユドハは、二人の侍女の腕に抱かれたララとジジを抱く。

顎下のふわふわに埋もれたララとジジは、早速、そのふわふわをちぃちゃな手で摑み、引っ張り、口に入れてしゃぶって、「これは、おとうしゃんのふぁふぁね～」「ね～」と喃語(なんご)で笑い合っている。

幼気なその笑い声が、自然とユドハの頬を笑みのかたちにさせた。

真冬の、まだ夜明け前だ。

ララとジジの額に鼻先を押し当て、「いってきます」と告げ、二人の侍女にララとジジを預ける。

「ユドハ、いってらっしゃい」

エドナの隣に立っていたアシュが、ユドハに手を伸ばす。

「いってきます」

ユドハはアシュを抱き上げ、こつん、と額を合わせた。

「とってもはやくかえってきてね」

「約束する。ディリヤと一緒に、とっても早く帰ってくる」

二人して目を見合わせて、大事な約束をする。

「ディリヤにちゅってしてね。それから、アシュは元気です。ディリヤだいすきって伝えてね」

ユドハの頬に、ちゅ、と唇を寄せる。

「確かに伝えよう」

「……ユドハだいすき」

離れがたさがあるのか、アシュはユドハの腕に尻尾を絡めてしがみつく。

「ユドハもアシュが大好きだ。愛してる」

「うん」

すりすり。何度も頬を寄せて、鬣に顔を埋めて、ぐりぐり鼻先を押しつける。

「さぁ、アシュ、エドナのところにいらして」

「頼みます、姉上。……ほら、アシュ、顔を上げろ。父を見送ってくれ」

エドナにアシュを託し、俯(うつむ)いて可哀想な顔のアシュの頭を撫でる。

「うん、見送る！」

アシュはつよいこ！

アシュは自分からエドナの腕を下り、自分の足で地面に立って、まっすぐ顔を上げて、胸を張ってユドハを見送る。

アシュは泣かない。

苺色(いちごいろ)をした金の瞳はうるんでいるが、口もとを強く引き結び、ちっちゃな拳を固く握り、キリッとかっこよく前を向いて、背筋と尻尾をしゃんと伸ばしている。

子は育つものだ。

まだ小さくて、幼くて、可愛い盛りの守るべき存在だけれども、時に、親も驚くほどの成長を見せてくれる。

それが頼もしくもあり、勇ましくもあり、愛らしくもある。

ユドハも、ディリヤも、できればこんな過酷な試練でアシュが成長するのではなく、もっと幸せに包まれたなかでの成長を願っていたが、それでもアシュは、アシュなりに現実に向き合って、立ち向かってくれている。

「…………」

ディリヤ、俺とお前の息子は、とても強いぞ。

ユドハは、この幸せを分かち合うべき存在に想いを馳せ、語りかけた。

いつもなら、ディリヤが「そりゃ、俺とアンタの息子だからな」と、笑いかけてくれる。

返事がないというのは、悲しくも空しいものだ。

ディリヤも、いま、同じ気持ちでいるのだろうか。

だとしたら、早く迎えに行ってやらねばならない。

あの赤毛の狼は、……ユドハの可愛いつがいは、ああ見えてとてもさみしがり屋で、一人寝が嫌いで、暑いのが苦手なくせに、寝床が寒いと目を醒ますのだ。

離ればなれになってしまうと、ちょっとでも目を離すと、心が死んでしまうのだ。

早く抱きしめて、この懐に抱え入れて、巣穴に連れて帰らなくてはならない。

ユドハは、愛しい恋しいつがいを取り返す。

狼は、つがいを奪われて黙っているほど大人しい生き物ではない。

⁂

ディリヤが拉致されて三十四日目。

ユドハはゴーネ国の国境を越えた。

国境の検問所を越えるまでは、ウルカ国の視察団と共に行動し、そこを抜けてからは単独で動いた。

ウルカの視察団には、ユドハの私兵も紛れ込ませている。

検問所に近いセッカ城にも兵を待機させている。

ゴーネからはなんの音沙汰もない。

ディリヤの身の安全と引き換えにゴーネと取引せよ、などという愚かな申し出もない。

ゴーネはディリヤを捕まえたことを秘匿しているし、ウルカもディリヤが捕まったことを表沙汰にしていない。


それならそれで都合が良い。

国際問題にして、何ヵ月、何年、時には何十年もかけて「ディリヤを返せ」「返さない」の問答になってディリヤの命を危険にさらすより、ユドハが単独で乗り込んで奪還したほうが、よっぽど物事は手っ取り早く進む。

それに、これは交戦規定に則った戦争ではない。

守るべき規則がない。

狼が人間の摂理に合わせて動いてやる必要もない。

狼は、狼のやり方でやらせてもらう。

「…………」

夜の闇に紛れて、ユドハはゴーネ軍の施設に入った。

ディリヤが攫われてから三十四日もあったのだ。その間に、下調べは済んでいる。

ディリヤを捕らえているこの辺境軍は、ウルカ国と国境を接する最西端の軍事施設だ。戦争が始まれば、まず、ウルカ軍はこの辺境軍を相手にすることになる。

そのため、この施設には恒常的に密偵を潜らせているし、内部の見取り図もほぼ完璧なものがある。見張りの交代時間や、糧秣の補充や備品の納品で業者が出入りする時間、定刻に実施される行事や訓練、すべて把握していた。

狼は目立つ。

新月を待てば、金の毛皮も金の瞳も目立たぬが、新月まで待つことすらもどかしい。

金狼族の身の丈は人間よりも頭二つ分以上あり、幅も厚みも人と比べれば大人と子供だ。

ゴーネの軍事施設も、金狼族が攻め入った時のことを考えて対策を練っている。

だが、人間は、狼の性能の、その本領を知らない。

闇に紛れる能力や、嗅覚、聴覚、視覚、身体機能、それらがどれほどのものか、知らない。人間には備わっていない特質を真に理解することは難しいのだ。

ユドハは、忍び返しの塀を飛び越え、陰に潜み、息を殺す。

けものの狼とは異なり、本能だけで判断せず、知恵を働かせ、暗記した見取り図を頼りに進む。

人間の喋り声、息遣い、体重移動に伴う足音の変化、武具の金属音。それらすべてが、ユドハが有利に動くための判断材料となる。

密偵の報告よりも歩哨の数が多いのも想定内だ。

基地内を闊歩する軍服の所属章から、ここに、エレギアとフェイヌ、その部下たちが逗留していることも判断できる。

ディリヤの姿は、一度も、誰も、目にしていない。

基地内でも噂にすらなっていない。

だが、ここの総司令でもないエレギアが、人間一人を隠せる場所は限られてくる。

ユドハが軍内部の奥深くまで潜るのに、さほど時間を必要としなかった。

事前に目星をつけておいた三カ所を虱潰しに当たる。

ディリヤの匂いがすれば、そこがディリヤのいる場所だ。

ユドハは、金色の瞳を光らせ、薄く笑う。

久々に狼の本領を発揮できる。

前線へ出るのは、何年振りだろう。

神経を研ぎ澄まし、獲物に狙いを定め、欲しいものを奪いに行く。

血が滾った。

手の甲の傷を撫でる。

ララとジジが噛みついた痕だ。

もうすっかりその傷も癒えて、うっすらと痕が残るほどになってしまった。

ちぃさな、かわいい、歯型。

それを撫でて、置いてきた可愛い子供たちに想いを寄せる。

この歯型すら愛しくて、唇を寄せる。

早く帰りたい。

ウルカの冬が恋しい。

ディリヤは、今日も暗闇を見上げる。

ウルカの王都ヒラは真冬になれば雪が降り積もる。

ヒラは一年を通して温暖な気候だが、真冬の約一カ月間ほどは、一面、白銀の世界となる。

去年の冬は、ララとジジの産後で、ディリヤは寝床から初雪を見た。

アシュが庭から駆け足で戻ってきて、「はい！　はつゆき！」と小さな掌に雪を乗せて持ってきてくれた。アシュの体温で溶け始めたそれは輪郭がぼやけて、もう間もなく水へ戻ってしまいそうだったけれど、透明な結晶は美しくて、ほっぺのふわふわの毛皮が粉雪で白く輝いたアシュは特別可愛いらしかった。

冬は、雪掻きや雪下ろしがあるし、雪が積もれば交通の便も悪くなるし、薪などの燃料もたくさん必要になるし、洗濯物も乾きにくい。

それでも、着膨れして、まるまるしたアシュが雪遊びする姿は身悶えそうになるほどの可愛さがあって、今年もその愛らしさを見られる季節が来たのだと思うと、冬の始まりすら愛しかった。

「寒いか？」

去年の冬、ディリヤの吐く息が白ければ、ユドハが寄り添ってくれた。

ディリヤを真ん中に置いて、アシュとララとジジもぴっとりくっついてくれた。

そのおかげで、夜は「……暑い」と目を醒ますほど暖かくて、右も左も、時には腹の上も天然の毛皮でもふもふとして、布団いらずで、毎晩、四匹に埋もれて眠るのが幸せだった。

今年の冬は、とても寒い。

ウルカの冬が恋しい。

さみしい。

この漠然としたさみしさの正体は一体なんなのだろう。

「…………恋しい」

あぁ、そうか……恋しいのか。

つがいが恋しいのだ。

会いたいのだ。

泣くつもりがなくても、喉の奥が引き攣る。

これじゃあ、まるで、つがいを恋しがって泣く獣のようだ。

言葉もなく、つがいを想って死に枯れる比翼連理のようだ。

「…………」

今年も、もう、吐く息が白い。

ゴーネはウルカよりも冬の到来が早い。当然、冬が厳しくなるのも早く、外では雪が降り始めたらしい。

今年の初雪は、見張りの「クソッ、雪が降ってきやがった」という情緒の欠片(かけら)もない言葉で知った。

ディリヤは今日まで尋問を受けたり、二重間諜にならないかと勧誘を受けたりしたが、すべて拒んできた。それでも殺されていないし、拷問を加えられたりもしていないのは、ディリヤに利用価値があるからだ。

もしくは、既に水面下でゴーネとウルカの間でなんらかの取引がなされたのかもしれない。

計算が正しければ、今日か明日あたりが新月だ。

時期的に、ウルカ国の視察団がゴーネ国を訪れる頃合いだ。

逃げるなら、今夜が最適だ。

ディリヤはただ無為に囚われていたわけではない。脱走に適した時間帯や逃走経路は目途(めど)を付けている。あとは実行に移すだけだ。

次に見張りが交代したあとの時間が、脱走に最良の機会だ。なにせ、次の見張りはディリヤを殴るために牢屋の鍵を外し、中に入ってくる。

頭の中で脱走の手順を組み立てながら、「はー……ユドハのたてがみもっふもふしたい……」とぼんやり考え、目を閉じる。

時間になるまで、体を休めることに努める。

眠る時に、眉間に皺(しわ)が寄るのがいやだ。うとうとしていると、心が油断して、「ユドハが死んでるかもしれない……」と悲しくなって、不安になって……眠ろうにも眠れず、心だけが冷えていく。

眠っている時だけは、悲しいことを考えなくて済むのに、眠ることさえできない。眠気の限界がきて、気を失うように意識を手放しても、ほんのわずかでも頭が休まれば、ユドハの死を夢に見て飛び起きる。

「ディリヤ」

「…………」

「……ディリヤ、ディリヤ……っ！」

名前を呼ぶ声が聞こえる。

ディリヤは、思わず心の中で歓声を上げた。

目の前に、ユドハがいた。

夢だ。

夢でユドハに会えた。

嬉しい。

今日はユドハが死なない夢でありますように。

そうだ、せっかくだから触っとこう。

固い寝台から立ち上がり、鉄柵の隙間から両手を伸ばし、鬣に触れて、頬のふぁふぁに触れて、耳の先を優しく引っ張って、両手の指をぜんぶ使って毛皮の深いところに潜りこませて、毛繕いする。

毛皮に手を埋もれさせていると、かじかんだ指先が温まって、痒くなる。

じわじわ、じわじわ、ユドハと同じ体温になる。

うれしい。

それに、本物っぽい感触まである。

今日の夢はすごい。

このふかふかのもふもふ、堪能しとこう。

……あぁ、でも、やっぱりこれは夢だ。

夢ならこんな柵なんて蹴り壊して、あっという間に飛び越えて、ユドハに抱きついて、息もできないくらいその胸の毛皮に埋もれることができるのに、冷たい鉄柵はディリヤとユドハの間に立ちはだかり、邪魔をする。

かなしい。

せめて、夢でくらいユドハを抱きしめたい。

でも、我慢する。

夢でもなんでも、恋しい人に会えるならうれしい。

どうか、この夢は醒めないでほしい。

もうすこし、このままでいたい。

「……お前は本当に、寝惚けてるとかわいいな」

夢のユドハが喋った。

かわいい。

かっこいい。

ディリヤに呆(あき)れて溜め息をつく姿もべらぼうにかわいい。

すき。

元気に生きててよかった。

しかも、今日のユドハはゴーネの軍服を着ている。

かっこいい。

ゴーネの軍人は嫌いだけど、ユドハが着ていればゴーネの軍服すら愛しくなってくる。

「ちょっと離れてろ」

あぁ、でも、やっぱり夢だ。

夢のユドハは非情だ。

ディリヤに離れろと言う。

夢は終わりだと言う。

夢ですら、なにひとつとしてディリヤの望むとおりになってくれない。

「はなれたくない」

慌てて尻尾を摑む。

「だが、離れんと、この鍵が壊せんだろ。ほら、いい子だから、尻尾をちょっと離しなさい」

「…………」

尻尾を握る手をやんわりと剝がされて、柵から離れさせられる。

慌ててユドハに駆け寄ろうとした時、ものすごく大きな金属音がした。

「……っ！」

びっくりして、ディリヤはその場に座りこむ。

続けざまに、二度、大きな音が響く。

呆けていると、ユドハが身を屈めて、牢屋の扉を開き、「出ておいで」と手招いた。

この牢屋の扉は、ユドハの体には狭過ぎて通れないのだ。

じゃあしょうがない。ディリヤが出ていってあげるしかない。

ディリヤは床を這って、扉から出る。

すごい夢だ。

自由に動ける。

「ほら、いつまで寝惚けてるんだ。我がつがい殿。迎えに来たぞ」

「…………」

「ディリヤ」

「……？」

「お前のユドハが来たぞ」

「……ほんもの？」

「まごうことなき本物だな」

「…………？」

「帰るぞ」

まだ状況を飲み込めないディリヤをユドハが抱き上げる。

「……ほんもの？」

ユドハの鼻を噛んで、感触を確かめる。

がじがじ、かじる。

「本物だ、本物」

ユドハが笑いながら、地面に倒れた見張りを跨いで出口へ急ぐ。

すっかり目が醒めているのに、ディリヤはまだ半信半疑で「ユドハが恋しくてついに幻覚を見た……」と呟いた。

ディリヤも、ユドハも、時間の有限性を知っている。二人は募る思いを言葉にするでもなく、再会の抱擁を交わすでもなく、その喜びを口づけで伝えるでもなく、先を急いだ。

こういう時に、二人ともがお互いを好きだと思う。

感情に走らず、物事の優先順位を即座に判断して、行動する。

最初は寝惚けていたディリヤも、牢屋を出てすぐの廊下の景色を見たあたりで、もうすっかり目を醒まし、「逃げるなら、こっちの経路だとこの時間は灯りが少ない」と的確な指示を出した。

そろそろ見張りの交代でディリヤの脱走が露見する時刻だ。だが、その頃にはもうとっくにユドハとディリヤは軍の施設がある街の外に出ていた。

ユドハから見て、ディリヤは憔悴していた。一カ月以上にも及ぶ牢屋生活でやつれ、弱り、随分と参っている様子だった。

「大丈夫だ」

けれども、ディリヤの瞳は気力を失っていなかった。

ユドハはディリヤを懐に抱きかかえて走った。

長く監禁状態にあったディリヤを走らせるより、ユドハが抱えて走ったほうが速いからだ。

ディリヤは久しぶりに外の風を感じた。

夜の空気は頬がちりちりするほど冷たかった。夜の闇を駆ける金色の狼に抱かれたディリヤは、その凍てつくような冷たさすら心地良かった。

自分で走るよりも、ずっと風の音が速い。向かい風がいつもよりきつく吹きつけてくる。あまりにもびゅうびゅうと風が吹くから、目を開けていられない。ユドハが走るのに遅れて赤毛が後方へなびく。

ディリヤはユドハが着ていた軍服の上着を着せられているし、ユドハの腕が風から守ってくれているので、実のところそんなに寒くはない。それでもわずかに感じる隙間風ですら、まるで突風のようだった。

これが、狼の速度だ。

風の抵抗に逆らって走る狼の速度だ。

一歩が大きく、弾んで跳ねるように走る。人間ならば飛び越えられない塀を軽々と飛び越え、大きな障害物をまるで小石のように跨いでしまう。

なのに、ディリヤの視界が上下にぶれたりはしない。

馬車に揺られるよりももっと乗り心地がいい。きっとユドハがしっかりと抱いてくれているからだ。

わずかな衝撃だけで壊れてしまう宝石のようにディリヤを大切に扱ってくれているからだ。

雪中の逃避行だ。

ディリヤを抱きかかえたままユドハは夜を徹して進んだ。

軍施設の裏手は山になっており、そこを越えれば街道筋に出るが、そちらは使わず、寒村へ抜ける獣道を進んだ。

雪道をものともせず、まるでこの雪山を統べる王のように、突き進んだ。

ユドハという存在がまとう雰囲気があまりにも力強いせいだろうか……、腹を空かせた獣が襲ってくることもなかった。

日のある時刻に狼は目立つので、明け方が近くなると、先んじて目星をつけておいた潜伏場所で休んだ。

簡素な粉挽き小屋だが、ユドハの事前の手筈通り、飲食物と燃料、ディリヤのための防寒具が用意されていた。

逃走用の馬を用立てる案もあったが、ゴーネ国内で金狼族のオスが乗れるような大型の馬を馬具付きで仕立てることは難しく、また、馬や人間では越えられない獣道や悪路を進むので、あえて徒歩を選んだ。

ここまで、ユドハも、ディリヤも、ほぼ無言だった。

ユドハはその優れた狼の能力で四方八方を索敵し、ディリヤはユドハの死角を守った。

それこそ、ひとつがいで行動する狼の雌雄のように、互いを庇い合いながら、助け合いながら、安全を確保しながら、進んだ。

会話もなく、視線と指示で、追手が迫っていないことを確認し合い、ひたすら逃走だけに注力してきた。

そんな二人が、粉挽き小屋に落ち着いてから、初めて、互いにちゃんと顔を見合わせた。

ディリヤはユドハの顔を見て、万感の思いがこみ上げた。

おそるおそる、手を伸ばし、触れた。

改めて触れると、そこには確かにユドハがいた。

ユドハの両頬を両手で手繰り寄せ、そこにある毛皮を鷲摑み、背伸びをして、背を屈ませて、その口吻にかぶりついて、くちづけ、噛みついて、鼻先をすり寄せて、両腕を首に回し、またくちづけた。

ディリヤの腰を抱く腕が心地好い。幾度となくディリヤを守り、愛し、抱きしめてきたユドハの腕だ。

白い息がふたつ、混じる。

息を継ぐわずかな時間すら勿体無くて、大きな口を開けて、甘噛みをして、唇をねだって、口端から溢れる唾液を啜るユドハの舌に舌を絡めた。

鬣を摑む手が震える。

止め方が分からない。

まるで、言葉を知らないけものだ。

息をするのも忘れて、酸欠で気が遠くなって、ユドハに支えられて、ユドハを見つめて、また唇を重ねる。

ほかに、方法が分からない。

どうしたらいいか分からない。

どうすれば、この心を表現できるのか、分からない。

分からないまま、言葉でも表情でもなく、行動で、つがいへの愛を示す。

ユドハと離れて、さみしかった、かなしかった、こわかった、くるしかった。胸が痛くて、息ができなかった。息の仕方も分からなかった。いっそ自分が死んだほうがマシだと思った。

「……ディリヤ、どうしたんだ?」

「我慢した!」

叫んだ。

恋しいのも、会いたいのも、切ないのも、悲しいのも、さみしいのも、こわいのも、苦しいのも、死にたくなるのも、ぜんぶ、我慢した。

殴られて痛いのも、毎日同じ脅迫を受ける日々も、寒くて冷たくて眠れないのも、昼夜を問わず鉄柵を蹴られる大きな音も、罵声も、屈辱も、我慢した。

ユドハに会えることだけを信じて、我慢した。

「ぜんぶ……っ、ぜんぶ、ぜんぶ……アンタに会いたいから、耐えた!」

ずっと押し留めていた感情が爆発した。

頑張ってよかった。

ユドハに会えた。

会いたくて会いたくてたまらなかった。

会えてうれしい。

死ぬほどうれしい。

息をするのも忘れるほど嬉しい。

「嬉しくて、死にそうで……っ、どうしていいか分からないっ」

生きていてくれて嬉しい。

そう思ったら、衝動が止められなかった。

ユドハを抱きしめて、もう何度目か分からない唇を交わして、抱きしめて、抱きしめて、ついにはユドハを床に押し倒して、また唇を重ねた。

つがいがじゃれ合うように床を転がって、嬉しくて息が乱れて、ユドハの腹に跨って、胸の毛に顔を埋めて、顔を起こして顎下を噛んで、けもの以上に、けもののみたいな愛情表現をした。

囚われの身の間、差し出す先のなかった愛を、持て余してどうしようもなかったこの恋心を、募り募って片恋の長患いになってしまったかのような想いを、泉のように溢れて止め処ない感情を、ユドハにぶつけた。

一方的なディリヤの感情を、ユドハに放り投げた。

「愛してる！」

「…………」

「愛してる、愛してる、……愛してる……っ！」

今日まで言えなかった分、叫んだ。

好きで好きでたまらない。

だいすき。

単純な言葉しか出てこない。

ごちゃごちゃとややこしい感情は言葉にならない。

でも、だいすき、あいしてる、それならいくらでも言える。

言葉にできる。

「ユドハ、愛してる……っ」

今日まで求め続けた愛しい男を抱きしめる。

「……俺も愛してる」

ユドハはディリヤの背に手を回し、その愛を受け止める。

乱れがちなディリヤの呼吸を整えさせるように、その背をゆっくりと撫でる。

「…………すき」

言いながら、ディリヤはユドハの胸に倒れ伏した。

気が抜けた。

まだ気を抜いてはいけないのに、溜めに溜めこんだユドハへの愛をぶちまけたら、すっきりした。

すっきりしたら、今度はじわじわと安堵感が押し寄せてきて、すこし、目のふちが滲んだ。

恋しくて、はなれがたくて、じっとユドハにしがみついた。

「大丈夫か？」

「……アンタが好きすぎて、だいじょうぶじゃない」

「それはそれは……」

満更(まんざら)でもない。

ユドハの尻尾がぱたぱたする。

「…………アンタが殺されたって言われた……」

ディリヤはユドハを抱きしめて、その存在を腕に確かめながら、そう伝える。

こうしていないと、これもまだ幻で、夢なのでは……と疑ってしまう自分がいるからだ。

「大丈夫だ、生きてる」

「……うん」

「お前を置いて、先に一人で死んだりしない」

「うん」

「……こわかったな」

「うん」

「一人でよく頑張ったな」

「……俺まで死にそうになった」

「死ななくてよかった」

「死んだら、会えない」

「そうだな、会えないな」

「……気が気じゃなかった」


ユドハが生きていることを確かめるように、ユドハを懐に抱きしめ、頭や頬を撫で、指先と掌でたっぷり鬣を味わって、ララとジジみたいにユドハにぎゅっとしがみついて離れない。

逃げる間に肩に積もった雪も溶けて、水分と冷気を含んで服は重くなり、ユドハの毛皮も湿っている。

ディリヤは、冷たいユドハの鼻先を口に咥(くわ)えて温める。

こんな遠くまで来てくれた。

助けに来てくれた。

迎えに来てくれた。

ディリヤを探し出して、見つけてくれた。

なんて情の深いけものだろう。

なんて愛しい生き物だろう。

「……ユドハ」

「ここにいるぞ」

「アンタ、一人で来たのか？」

ディリヤは、いままでの甘い雰囲気を一切合切(いっさいがっさい)打ち消して、ユドハに詰め寄った。

ごちっと額をくっつけて、ユドハの眼を見る。

「あぁ、一人で来た。……と言っても、ウルカの視察団と一緒に国境を越えたから、単独行動は国境を越えてからの数日だし、方々に協力者はいる。セッカまで撤退すれば俺の私兵が待機している。セッカ城には正規軍もいる。大丈夫じゃない……」

「大丈夫だ」

「国王代理のすることじゃない」

「そうだな、国王代理のすることではないな。だが、お前のつがいなら、して当然のことだ」

「………怪我とか」

「してない」

「だとしても、単独で敵陣に……」

ユドハを叱りかけて、叱るのは止めて胸毛を毟るだけに留めておく。

この状況は、ユドハが命を狙われやすい状況だ。ゴーネ国側にユドハ暗殺の意思がなくても、ユドハがこうして無防備な状態だと知ったなら「あわよくば殺せるかもしれない」と魔が差して、殺害を考えるかもしれない。

「それでも、お前を迎えに行くのは俺の役目だ。つがいが離ればなれになることは許されない。……ディリヤ、怒ってくれるなよ。そして、できればお前を求めて昼夜を問わず走った目の前の馬鹿な男を褒めてくれ」

ユドハは苦笑して、ディリヤの頬を優しくつまむ。

「かっこいい」

「もう一声」

「好きすぎて食べたい」

「悪くない」

「なんでそんなにかっこいいんだ」

「お前のことが大好きだから」

「結婚してくれ」

「もうしてる」

「そうだった、事実婚だった」

「国に帰ったら役所に婚姻届けでも出しに行くか?」

「……そんなことしたら、大変なことになる」

「大変なものか。俺とお前が幸せになるだけだ」

「なんでアンタはそうして俺が惚れ直すことばっかり言うんだ」

「何度でも惚れさせて、俺の傍から離れられないようにするため」

「………」

「こう見えて俺は独占欲が強いし、執着心もお前にかんしては人一倍だし、お前が攫われた瞬間からゴーネを火の海にしたいと思うほど怒りに駆られていた」

「心配かけてごめん」

「無事ならそれでいい。むしろ、お前をこんな目に遭わせてすまない」

「……ユドハ」

「うん？」

「迎えに来てくれて、ありがとう」

ディリヤはユドハの頬に頬を寄せ、唇を寄せ、目を閉じた。

久方ぶりのつがいの匂いと体温に、忘れかけていた幸せを思い出した。


「火を熾すだけだ」

尻尾を摑んで離さないディリヤを宥めて、小さな焚火を熾した。

竈に火を入れても良かったが、煙突を通して煙が上がり、位置を知らせてしまうことになる。

椅子を引っ張ってきて、焚火の傍で服を乾かし、ユドハは肌着一枚のディリヤを懐に抱いて火に当たった。

外は、吹雪いている。

この雪なら足跡も消えて辿れないだろうし、追跡隊も出せないだろう。

ディリヤが落ち着いてから、状況を確認した。

「アシュも、ララも、ジジも、みな元気にしている。……お前がいなくて、双子は食べる量が減っているのと、ごねる回数が増えて、夜に寝ない日もあったが、極限まで腹が減れば自主的に食べるし、寝ている。それに、アシュが弟たちの面倒をよく見ている」

まず、ユドハは子供たちの状況を教えた。

アシュたちの護衛には、ライコウとフーハクが引き続き当たっている。

ほかにも数名、信頼のおける者を要所に配した。

エドナがかなりの権力を揮えるようになり、一部ではあるがユドハの兵を動かす権限も預けた。

アシュたちは安全だ。

クシナダ派も動いていない。

だからこそ、いま、ユドハはこうして城の外で動けるのだ。

「……そっか、よかった」

　全員元気で、ウルカでディリヤの帰りを待っていると聞いて、ディリヤは胸を撫で下ろした。

「アシュはまっすぐ帰ってきたぞ。道に迷うこともなく、怪我をすることもなく、……いや、途中で転んで額と膝を擦り剥いていたが、泣くこともなく、お前の伝言を正しく俺に伝えてくれた」

「……………」

　ディリヤはユドハの言葉に耳を傾け、ユドハから語られる言葉で子供たちに想いを馳せる。

「ただ、やはり、お前と離れればなれでさみしいし、悲しいのだろうな……」

　アシュは、「あしゅ、つよいもん」と言いながらも、ララとジジを抱きしめていた。

　あれは、ララとジジがさみしくて悲しい思いをしないように抱きしめているのではなく、自分がそうしてディリヤに抱きしめてほしいから、そうしているのだ。

「帰ったら、たくさん抱きしめる」

「そうしてやってくれ。……あぁ、そうだ、アシュからの伝言だ。アシュは元気です、尻尾もお尻ももふもふです。早く帰ってきてね。みんなで毛繕いしあいっこしようね。でも、転ばないように、焦らず、きをつけて帰ってきてね、だそうだ」

　アシュがユドハに託した分だけ、ユドハはディリヤに唇を落とす。

　ディリヤはその心地好い唇の雨に浸り、揺らめく焚火の炎を見つめながら、細く、深く、長く、静かに息を吸って、吐いて、ユドハの懐に背を預ける。

「帰り道については心配しなくていい。逃走経路は確保してある」

　この逃避行の最終目的地は、セッカだ。

　セッカには、ユドハの私兵を秘密裏に待機させている。

　ウルカ国の視察団も、夜明け頃には、エレギアたちのいる軍都へ到着予定だ。そこで一日ばかり逗留する予定になっていて、ゴーネ軍は視察団の対応や警備に手を取られるだろうし、むしろ、そうして手間がかかるように行動しろと視察団の代表陣には言い含めてある。

　視察団が滞在中は、エレギアも大仰に軍を動かすことができないし、ユドハたちへの追手を出すにしても最小限に限られるはずだ。

「日暮れとともに動こう」

冬は昼が短い。

充分な休息とは言えないが、いまはすこしでも身を休めることを優先した。

「…………」

「ディリヤ、先に休め。見張りは俺がする」

「…………」

「ディリヤ？」

「……わるい、ぼんやりしてた……」

「具合が悪いか？」

劣悪な環境下にいたのだ、体調を崩したのかもしれない。

この小屋に辿り着くまでの間、ユドハの上着を着せ、抱いて温めていたが、それでは足りなかったのかもしれない。

「……気持ちが、ゆるんだ」

ディリヤの額にユドハが触れ、次いで首筋に手を当てられ、熱の有無を探られる。

「熱が出ている」

「……ごめん」

「謝ることじゃない」

「なんか、急に……さむい」

熱が出ていると自覚したからか、寒い。

姿勢を変えて、ユドハの懐で丸まる。

ユドハが、乱れた服の裾を引いて、整えてくれる。

次の瞬間には、ユドハのその手が服の裾を持ち上げた。

「ディリヤ……これは、どうした？」

「……？　あぁ、攫われる時に、馬車から飛び降りたから、その時だと思う」

それよりも、いまは眠い。

「先に怪我の有無を調べるべきだった」

ユドハは、ここに至って、ディリヤが怪我をしていることに気付いた。

服の下のディリヤの肌が、斑に変色していた。

殴打された痕だ。なかには蹴られたような痕もある。そのいくつかは酷い有様で、右の脇腹から背中にかけて、大きな範囲で青痣が広がり、熱を持ち、腫れていた。

「痛むか……？」

「…………」

「ディリヤ」

瞼が落ちそうなディリヤに問いかけ、脇腹に触れる。

触った感じでは骨折していないが、ヒビは入っているだろう。

牢屋の片隅で力なく目を閉じている時も、ディリヤは死人と見間違えるほど青白い顔をしていた。

いまは呼吸が浅く、体は氷のように冷えている。

ディリヤの体調不良は察していて、相応の気を回していたつもりだったが、配慮が足りなかった。

「ディリヤ、肋骨にヒビが入っている」

「……うん、じゃあやっぱり、馬車から飛び降りた時だと、思う……もう一ヵ月以上経ってるから、だいじょうぶ……」

ヒビの入った肋骨は放置して治るのを待つしかない。折れなかっただけマシだ。

「ディリヤ、まだ眠るな。ほかに怪我をした覚えはないか？」

「……同じ時に……頭、打った」

でも、もう血は止まっている。

だいじょうぶだ。

「すまん、もうすこし優しく取り扱えばよかった」

「これ以上優しく取り扱ったら、砂糖菓子でも崩れる」

ディリヤは笑って目を閉じた。

もう痛くもないし、さみしくもない。

悲しくもないし、つらくもない。

だからだいじょうぶ。

生きてる時の痛みなんて、ユドハが死ぬことに比べたらちっとも痛くない。

寝入りばなに、なんのこわい思いもせず、ディリヤは穏やかな眠りに落ちた。

吹雪いているせいか、昼間でも薄暗い。

どこからともなく隙間風が吹きこみ、眠るディリヤが身震いする。

ユドハはディリヤを懐に抱え直し、ありったけの服や上着を着せ掛ける。

目を醒ましたら、なにか腹に入れさせたほうがいい。薬はないが、数日分の食料と飲み物はある。

「……ディリヤ、起きたか？」

「……！」

うとうとしていたディリヤが、突然、跳ね起きた。

首を巡らせてユドハを探す。

「ここだ」

寝惚けているのかと声をかければ、ディリヤはユドハの顔を見やり、頬に触れて、両頬を両手で押し包み、そこにユドハが確かに存在することを確かめて、分かりやすいほど分かりやすく肩から息を吐き、安堵の表情を浮かべた。

強張っていた指先や背中から力が抜けて、ユドハにしなだれかかり、その背に腕を回して、縋るように抱きしめる。

「大丈夫だ、生きてる」

ディリヤに言って聞かせる。

ディリヤはアシュと同じような顔をして、不安で瞳を揺らめかせる。

「……一瞬、目が醒めて……そしたら、アンタが死んだって聞かされた時のこわいのが、……急に、一気に、蘇って……」

「それはこわかったな」

「生きてればいずれは死ぬとか、アシュにはあんなにえらそうなこと言ったのに……」

「天寿をまっとうして死ぬのと、暗殺で死んだと第三者から聞かされるのとでは、比較にならんぞ」

「…………心臓が、どきどきして、しんどい」

ディリヤはユドハの胸に額を預け、細く息を吐く。

「ゆっくりと息を吸って、吐くんだ」

きっと、ユドハと離ればなれだった間、何度もこうして目を醒まし、恐怖に脅え、泣くこともできず、自分を殺して耐えてきたのだろう。

こんなに可愛い生き物が、一人孤独に脅えていたのだ。

こわがっていたのだ。

さみしがっていたのだ。

不憫でならない。

一人寝が嫌いで、暑いのが苦手なのに毛皮に潜りこんでくるようなさみしがりが、三十日以上も一人で夜を過ごし、朝を迎え、誰からも愛されずに暗闇に繋がれていたのだ。

あんなにも毎日ユドハが愛を注いで愛らしく幸せに生きていた生き物が、三十日以上もそんな苦痛を強いられたのだ。

可哀想でならない。

「……俺、アンタが死んだって聞かされても、取り乱したり、悲しんだりしなかったんだ……」

「お前なら当然そうだろう」

「アンタが死んだなら、実際にアンタの死体を見るまで絶対に信じないって決めて……、薄情なくらい冷静で……、普通にメシも食ったし、泣きもしなかった」

「それこそ、我慢しただけだ」

「でも、俺は……ちょっと、かなり、……すごくっ、そんな自分がいやだった……」

「…………」

「アンタのことばっかり考えてて……会いたくて、会いたくて、訳が分かんなくて、言葉の代わりに叫びそうになって、そんな自分もいやだった」

なんで俺はこんなにも弱いんだ。

ユドハが死んだかもしれない時に、ユドハが傷ついているかもしれない時に、なぜ、傍にいないんだ。

なぜ、なんにもできないんだ。

自分に苛立った。

「……悔しくて、傍にいたくて、無条件にアンタのことだけ心配したいのに、いろんなものが俺の心を邪魔して……頭の中がぐちゃぐちゃで、こうやって喋ってるいまも、ちっともまとまらなくて……」

「まとめなくていい。思いついたままに話して、叫んで、それでも心が整理できなくて不安なら、けもののつがいらしく、行動で示せばいい」

どうやら、ディリヤはいままで自覚症状がなかったらしい。

自分で思うよりも追い詰められていたことに。

長い時間、無意識に己の感覚を鈍らせて、自分を殺していた。いま、それがすこしずつ息を吹き返しているのだろう。強制的に凍りつかせていた心が、溶けつつあるのだろう。

ユドハや子供たちとの生活は、ディリヤに幸せを与えた。

あの時間を経験したディリヤは、知らず知らずのうちに、ユドハと過ごすことが当然で、子供たちが目の届く場所にいるのが当たり前になっていた。

それを、ある日突然奪われたのだ。

誰よりも家族を大切にするディリヤから、それが奪われたのだ。

家族と離ればなれは、さみしい。愛しい子供たちが健やかであるか、常に気がかり。愛しい人が亡くなったと聞かされれば、飛んで帰りたい。

感情が揺さぶられたのだ。

凪のように穏やかだった日々に、外部から勝手に嵐を起こされて、大切なものをすべて奪うような波に搔っ攫われた。

取り残されたのは、ディリヤ一人だ。

ディリヤは、孤独に弱い生き物だ。

ディリヤ自身も、それを自覚した。

孤独やさみしさで弱くなる自分を改めて知ってしまい、己の弱さに打ちのめされて、じわじわと気が滅入(めい)って、無力な自分に耐えられなかったのだろう。

自分が家族になにもしてあげられないという想いがディリヤを責め立てたのだろう。

「お前は自罰的(じばつてき)だ、それはよくない」

「だって……」

「だってはナシだ。お前はなにも悪くない。自分を責めなくていい。お前はただ俺の傍にいると決めた。俺と幸せになる道を選んだ。お前は、最善で最高の将来を摑んだんだ」

「アンタと一緒になってから、俺の心は搔き乱されてばっかりで……幸せなのに、胸がぎゅうぎゅう苦しい……」

ユドハと離れても、ユドハと再会できても、感情が溢れて止まらない。

「お前のその感情のすべてを受け止めて、心が疲れた時には癒して、支えて、寄り添うのが、俺だ」

「…………」

「俺がいれば、お前は幸せだ」

「……さっきと違う意味で、心臓がぎゅうぎゅうどきどきする」

「恋とはそんなものだ。……どうした？」

ディリヤが、きらきらした瞳でユドハを見つめている。

炎が傍近くにあるせいか、ディリヤの赤い瞳がいつもより艶めいている。火の揺らめきが瞳に映り込み、赤や赤紫、深紅(しんく)、緋色(ひいろ)、朱色、紅玉色、この世に溢れるすべての赤を閉じ込めた宝石のようにきらめく。

言葉よりも雄弁に、その瞳がディリヤの心を物語る。

「……ユドハが、いつもとちがう」

「いつもどおりだぞ？」

「いつもより、かっこいい」

城で、襟の詰まった服を着て、眉間に皺を寄せて難しい顔をしているのもかっこいい。

でも、いま、こうして粉挽き小屋にいて、火の番をしながら黄金色の毛皮を炎に照らされ、ディリヤを抱いて、ディリヤだけのユドハでいる。

そんなユドハも、かっこいい。

場所が変わるだけで、見え方がぜんぜん違う。

「アンタに会えてから泣こうと思ってたのに……泣けない」

「いくらでも慰めるから好きなだけ泣くといい」

「かっこよくて、見つめるのに必死で目が忙しい。泣いてるのが勿体ない」

「瞬きしろよ」

「悲しかったんだ。とても、とても、とても、悲しくて、いまも思い出すと悲しい。目の前にアンタがいて、生きてるのに、死んだって聞かされた時の感覚が拭えなくて……悲しい。……だから、……その、抱きしめて、ほしい……」

「ディリヤ」

「なに？」

「悲しいから抱きしめてほしい、と言わずとも、ただ、俺に抱きしめてほしいから抱きしめてほしい、と言えばいいんだ」

「…………」

「感情のすべてに名前を付けなくていい。感情のひとつひとつを言葉で語らなくていい。俺からの愛のねだり方も忘れたか？」

「…………」

「ほしければ、ほしいと言うだけでいいんだ」

「抱きしめてほしい」

恋しい人に、抱きしめてほしい。

愛する人に、抱きしめてほしい。

ずっと、ずっと、ずっと、そう思っていた。

この男の腕に抱かれる日を恋焦がれていた。

恋とは厄介だ。

物理的に、時間的に、感覚的に、精神的に、ありとあらゆる意味で、一度でも離れてしまうと、久々に会ったというだけで、つがいだった二人が、恋を意識してしまう。

また、恋をしてしまう。

抱きしめてほしいとねだることすらできなくなるほどの、この、片思いのような恋しさ。

まるで初恋のような気持ちで、愛しい人の腕が自分の背に回る瞬間を待つ。

さっきまで、さんざん抱きしめ合っていたのに、一度、一度、ひとつ、ひとつ、すべてが初めてのよう。

「……っ」

触れられた瞬間、うれしい。

はずかしい。

好きで、好きで、大好きで、胸をぎゅうと締めつけるような情動で体の内側が支配される。

「愛しいディリヤ、生きていてくれてよかった」

ディリヤのその感覚はユドハの掌にも伝わる。

ユドハは、ディリヤを強く抱きしめた。

いつまでも体の芯が冷えたままのディリヤに、ユドハは蜂蜜酒(はちみつしゅ)を呑ませた。

ディリヤは、甘くとろけるそれをユドハの唇から与えてもらった。

久しぶりの酒は、よく回ったらしい。

ユドハが与えた抱擁のせいかもしれない。唇を重ねることで得る興奮のせいかもしれない。なんにせよ、ディリヤの体温は上がり、ゆるりと微睡(まどろ)み、ユドハに抱かれて眠った。

次に目を醒ました時、二人がしたことは、ただひとつだ。

周囲の状況確認と、おおよその時間の把握、それから、出発まで逆算してあと何時間あるか。

「一刻もあれば、けっこうできる」

「……ディリヤ、お前、怪我してるんだぞ」

「ほしいものはほしがれと言ったのはアンタだ」

ディリヤは、ユドハの服を脱がしにかかった。

「…………」

ユドハはディリヤの首筋に触れ、いくらか熱が下がったことを確認する。

そうする間にも、ディリヤが服を脱がしまくってくれるので、ユドハは「あぁ、相変わらず表情と言葉は冷静だけど、ディリヤもしたいんだな、求めてくれるんだな」と分かって嬉しかった。

「尻尾ぱたぱたしてないで脱げ」

「うん、すまん」

あぁ、今日もディリヤがかわいい。

一所懸命、必死になって、真面目すぎて切羽詰(せっぱつ)まった顔をしてユドハの腹に跨り、交尾を乞うてくれる。

「はやく」

「だが、ひと月以上もしていないだろう?」

「そんなこと分かってる」

「分かっていない」

「……なにが？」

「お前がひと月以上もしていないということは、俺もしていないということだ」

「……アンタの貞操観念がとても貞淑な妻の鑑のようだから褒めろという話か？」

「ちがう」

「ちがうのか」

「お前、俺の一ヵ月分以上の性欲、その体で受け止めるつもりか？」

「…………」

「こっちだってお前を抱けなくて溜まってるんだぞ」

「……そっか」

「そうだ。残念ながら、俺は修行僧でもなんでもないからな。ついでに、お前もよく知っていると思うが、ドスケベだ」

狼の性欲を見くびられては困る。

長い禁欲生活からの交尾だ。

一ヵ月以上、離れればなれで恋しくて恋しくて仕方なかったのは、なにもディリヤだけではない。ユドハも、会いたくて、会いたくて、たまらなかった。

ディリヤが生きていると信じながらも、この腕で抱きしめるまで不安だった。

そして、いまようやく目の前に愛しいつがいがいるのだ。

「……壊してもいいから」

ディリヤはこくんと喉を鳴らし、ユドハの耳を噛む。

ユドハの瞳の奥で燻る熱を感じとり、胸を高鳴らせる。

「……っ、ディリヤ」

ユドハの本当の欲も知らないくせに、幼気なけものが懐に飛び込んでくる。

ユドハの欲をすべて知りたいと煽り立てる。

ユドハは、ディリヤを抱きしめる。

頭の片隅で、これはつがい、これは怪我をしている、これは人間、これはとても大切な宝物、触れれば崩れる砂糖菓子のように扱わねば壊してしまう、とても繊細で、大切な生き物……、ユドハは自分自身にそう言い聞かせる。

そう言い聞かせながら、己が隠していた獣の本能の片鱗をディリヤにぶつけた。

「……ゆ、……どは……っま、て、……んっ、ぅ……ゅ、……は……っん、ぁ……」

待て。ちょっと、待て。

そういう意味で、鬣を引っ張る。

引っ張るけれど、ユドハは待たない。

待たなくていいし、我慢もしなくていいし、壊してもいいと言ったのはディリヤだが、これは予想していなかった。

もっと、ガツガツこられて、貪られて、腹を減らした狼に食べつくされるような交尾を想像していた。

そうしたら、違った。

乱れさせられた。

なりふり構っていられぬほど乱れさせられ、喘がされた。

喘ぐしかできなかった。

「……ぁ」

腰が抜けて、ユドハを咥えた後ろがゆるんだ。

腹に納めた質量の分だけ、前からとろりと垂れ流した。

ユドハは、無言だ。

「なんか……っ、言えっ！」

一度だけ尻尾を引っ張ったら、「いま喋ったらお前の腹を突き破りそうなほど腰を使うから喋れん！」と必死の形相で言われた。

切羽詰まった様子だったので「……うん、ごめん」とディリヤが黙った。

黙って、二人で乱れた。

ディリヤは、久しぶりに声を我慢せず喘いだ。

家では、寝室のすぐ近くの部屋で子供たちが眠っている。必然的に、ディリヤの声は密やかになり、噛み殺すような、息を詰めるようなものになってしまう。

けれども、ここには二人しかいない。

ユドハしか、ディリヤの声を聴く者はいない。

愛しい人に、自分がどれほどこのオスで快楽を得ているか、それを包み隠さず声にして伝えられる。

股を開き、腰を使い、首に縋りついて、喘ぐ。

狼の鼻先を噛み、舐めて齧り、しゃぶって、唇をねだり、舌を絡め、唾液を啜る。

まるで、けものだ。

白い息が、熱っぽい呼吸が、狭い小屋に満ちて、肌はじわりと汗ばんで、火照（ほて）る。

眩暈（めまい）がする。快楽に追い立てられ、その気持ち良さのあまり、ふわふわと意識が飛びそうになる。

気絶してこの気持ち良さを途中放棄してしまうのはあまりに惜しくて、ディリヤはユドハにうなじをさらし、「噛んで」と甘える。

ユドハの牙で与えられるその甘い痛みで、気が遠のきそうなほどのこの快楽のぎりぎりのふちにいさせてほしいとねだる。

「……あっ」

首筋を走る甘い痛みに、ディリヤは内腿を震わせ、達する。

大きな声が出る。

出るというよりは、ユドハによって出させられる。

深く深くまで繋がった場所は、まるで初めての時のように痛む。

その痛みすら愛しい。

愛しさが募れば、それがまたひとつ快楽を重ねる一助となり、頭が真っ白になって、また意識を手放してしまいそうになる。

「許さない」

ユドハは、ディリヤが気を失うことを許さない。

長く離れていたせいで、ディリヤに付いていたユドハの匂いが薄まった。体の表面も、内側も、長い時間かけて愛し、たっぷりと手間暇をかけて匂いづけして、隅から隅まですべてユドハの匂いにしたのに、またやり直しだ。

長い年月をかけて愛して、ユドハだけの匂いがするほどディリヤを自分の色に染め上げた。ディリヤが歩いたなら「あぁ、殿下のお手付きだ」と残り香だけで判別できるようにした。

なのに、台無しだ。

誰も手出しできぬよう、本人すら知らぬうちに、ユドハの匂いをまとわりつかせるよう、大事に大事に巣穴で愛していたのに……。

また、一からやり直しだ。

……いや、それもまた一興。

もう一度初めから、まっさらのディリヤに自分を教えることができるのだと思うと、それはそれでたまらなく興奮する。

何度抱いても、違う悦（よろこ）びを見せてくれるディリヤ。

ユドハだけのメスだ。

かわいいかわいい、ユドハのつがいだ。

ユドハの子を孕み、育て、産む、大切な生き物だ。

ユドハに愛される唯一無二の存在だ。

ユドハに愛でられてこそ愛らしさが引き立つ、この世でただひとつきりの宝物だ。

「ユドハ……」

かわいいディリヤは、無邪気な顔をしてユドハを求める。

恋も、愛も、ユドハしか知らない。

この生き物が、一生ずっとユドハからの愛だけで生きていけるように、ユドハは努力しなくてはならない。

己のつがいが余所見をしないように、恋をさせ続けなくてはならない。

「……ユドハ、っも……はら、……いっぱい、……なんか、入ったらだめな、とこ……入る………」

可愛い顔をして、狼狽えている。

いつもなら終わる頃に終わらないから、目を白黒させている。

気持ち良くて、もう腰も抜けて、口端をふにゃりとゆるめて、ユドハにされるがまま、その身を思うさま愛されて、心地好さに溺れている。

時折、頭がしっかりと働くようで、その時に、まだ終わっていないことに気付き、自分の体が自分の想像している以上に悦びを得ていることを受け止めきれず、ひどく淫らな声を聴かせてくれる。

か細く、くぐもって、息遣いと聞き間違えるようなかすれ声ではあるが、己の耳がその音を拾うたび、ユドハは、もっとこのメスを悦ばせようとしてしまう。

ディリヤを愛する手を止められなくなってしまう。

「……っ、ん……ぅ、っ……は、……っ、ぁ」

快楽に身を委ねたディリヤは、ゆるやかな追い上げで絶頂を迎え、幾度となく達する。

骨抜きになって体から力が抜けていくたび、ディリヤがユドハの腕のなかに落ちてくる。

肌を湿らす汗を舌先で掬い、背骨のひとつひとつを指で辿り、脇腹を優しく撫で下ろし、尻の肉を鷲掴む。

ずっぷりと深くまで咥え込んだ結合部は、薄い粘膜を限界まで引き攣れさせ、健気にオスを食い締める。

ディリヤの体は気持ちいい。

ともすれば、溺れて、我を忘れそうになる。

肌に触れているだけで、心地好い。

狼とは異なる肌理の細かな肌。滑らかで、手触りが

良く、熱がまっすぐ伝わってくる。

ユドハの与える快楽で、肌を湿らせるのも、熱を放つのも、手に取るように分かる。

内腿が引き攣れる瞬間も、筋肉が張り詰めていく様子も、繋がった部分がふわりと弛緩して、またひとつ深くユドハを受け入れる柔軟さも、肌を通して伝わってくる。

どこもかしこも、知り尽くしたい。

どこをどうすれば悦び、身悶えるのか。

なにを施せば、ユドハの手でディリヤが乱れるのか。

どのようにしてその貞淑な身を暴けば、ディリヤの新たな一面を開けるのか。

もっと見たい。

かわいくて、いとしいディリヤ。

ユドハに恋い焦がれてくれる人。

ユドハの傍から離れたら死んでしまう可愛い生き物。

ほかのすべてをかなぐり捨ててでも、ユドハの傍にいることを選んでくれた人。

己の身に降りかかる災難よりも、ユドハと幸せになることに心を傾けてくれた人。

ユドハの大切な人。


知らないところがひとつもないほどに、見たことがない表情がひとつもないほどに、味わったことのない場所がひとつもないほどに、ディリヤのすべてを手に入れたい。

「……ゆど、は……っ、ユド、ハ……」

「……？」

背中を力なく叩かれて、ユドハは顔を上げた。

唇をねだられているのかと思い、その唇を舐めて噛むと、繋がった場所や内壁がきゅうと締まって、いやらしくうねり、なにも出さずにディリヤが絶頂を迎える。

「ちが、……ぅ」

喘ぐ合間に、ディリヤが言葉を紡ぐ。

では、なんだろう？　とユドハがディリヤの腰を摑み、奥を揺すってやれば、滅多に聞けない甲高い悲鳴を上げ、……かと思えば、けもののように低く唸って、腹の中の快楽だけで達する。

「も、だめ……ゆるして……」

何度も何度もイかされて、つらい。

もうなにも出すものがない。

それでもまだ許されず、幾度となく追い上げられて、女のように終わりない絶頂を繰り返させられる。

「……すまん」

夢中になってしまった。

我を忘れて、貪ってしまった。

「っ、ひ……ぅ」

「泣かないでくれ」

「……っ、ぅ」

「こわがらせたなら、すまん」

「ぅー……」

唸って、ユドハを齧る。

歯を通して伝わるユドハの肉の噛み応えにすら、ディリヤは快楽を見出してしまう。この心と体は、どこもかしこも、ユドハから与えられる快楽を受容するのに精一杯だ。

肌を重ねることで得るこの幸せをユドハと分かち合いたいのに、自分ばかりが気持ち良くなってしまう。ユドハの愛に溺れさせてもらうばかりで、それがあまりにも幸せで、甘えてしまう。

「ど、しよ……ユドハ……なんか、うしろ……ずっと、漏れてる」

腹の中は空っぽで、ユドハの出したものしか入ってない。

「大丈夫だ、お前のせいじゃない」

「きもちい、ぃ……、……ごめん、自分ばっかり……」

「そうなるように抱いている」

寝床でしか聞けないその声は、ただひたすらに愛しい。恥じらうあまり伏せがちになった瞳は、腹の中のユドハを感じるたびに熱でとろけ、愛らしさを増していく。

「顔を見せろ」

「……」

かわいいつがいは、ユドハの毛皮で顔を隠してしまう。

珍しく素直に甘えてくれるディリヤにユドハの尻尾が揺れる。

こんなふうに甘えてくれるなら、たまには家でもこうなるまで抱いて、愛して、どろどろにとろけさせるのもいいかもしれない。

甘え下手なディリヤが、ほんのひと時でも己の心に忠実に、本能だけでユドハを求めるのだ。

ディリヤが己自身にそれを許せるのだ。

ディリヤがそうしてなにかひとつでも己に許す姿は、

筆舌に尽くしがたいほど、愛らしい。

「もう、終わる……？」

「あぁ」

終わりたくないけれど、終わらせる。

ディリヤを怖がらせて、抱き潰したくはない。

「おわるのは、だめ……」

「だが……もう無理だろう？」

泣きが入るほどの境地に達してしまった。

泣かせるほど夢中になって抱いてしまった。

ユドハは己の自制が足りなかったことをディリヤに詫びる。

「これ、は……きもちよくて、こうなってんだ」

「そうか」

「……終わるのは、いやだ」

「いやか？」

「うん、だめ」

「だめか」

「……うん」

甘えた仕草で、ディリヤが額をすり寄せてくる。

頬に触れる赤毛がくすぐったい。

かわいくて、いとしくて、きれいな生き物が、肉に溺れてユドハの手に落ちてくる。

なにも知らない無垢なけものが、体の内も、外も、ユドハの匂いを濃くまとう。

腹にユドハの子種を溜めて、身を重くしていく。

「やっと帰ってきた」

愛しい赤毛。

この手に確かに存在するそのかたちが、たまらなく愛しかった。


逃亡三日目の朝には雪が止み、以降は晴れが続いたが、四日目の夜に天候が崩れた。ユドハとディリヤは空を仰ぐなり、「これは崩れるな」と早い段階で判断し、野営地を見つけた。

その夜は、案の定、霙（みぞれ）が降った。霙は雨よりも冷たく、雨のように流れ落ちず、肌や衣服に留まり、体温を奪う。

五日目の朝は、洞窟で迎えた。

「おはよう、ユドハ」

「……おはよう。なにをしているんだ？」

ユドハが目を醒ますと、ディリヤはもう起きてきた。

ディリヤは、昨夜、火を熾したあとの消し炭で自分の髪を汚していた。

赤毛がすっかり煤けて、黒く汚れている。

「まさか村へ降りるつもりか」

「地図上だと、北へすこし歩いたところに村があるはずだから、食料を調達してくる」

ディリヤは雪解け水で手や頬を洗う。

「まだ余分はある」

「でも、どんなに急いでも、セッカまでまだ数日の行程だ。いまなら雪も降ってないし、積もってもない。食料と燃料は手に入れられるところで手に入れておくべきだ」

狼は目立つから、人間の国でユドハは村に下りられない。

赤毛も目立つが、髪を炭で汚して黒っぽくして、外套を真深くかぶれば、誤魔化せる。

それに、ユドハは、ウルカを出発してから今日までの二十日以上、ほぼ不眠不休のはずだ。ユドハは「問題ない」と言っていたが、もしかすると、ディリヤが攫われてからの三十日以上そうかもしれない。

ゴーネへ潜入するために、寝る間も惜しんで作戦を計画し、昼夜を問わず、ウルカとゴーネの長距離間で馬を飛ばし、この逃避行の間も、不寝番はユドハが主に行い、移動中はディリヤを支えて歩き、時には抱きかかえて進んだ。

今朝も、ディリヤが先に起きて食事を作る間、目を醒まさなかった。

ユドハは、確かに人間のディリヤよりも体力があるし、筋力もあるが、人間と同じように睡眠をとるし、人間よりもたくさん食べる。そこを蔑ろにすれば、如何にユドハといえども、いずれは弱ってくる。

できるだけ早くユドハをウルカ国へ帰らせたいのに、ディリヤが足を引っ張っている。

ディリヤは長く監禁状態に置かれていたため本調子ではない。体力面は当然のこと、ユドハには天然の毛皮があるがディリヤにはそれもなく、雪中では体温が奪われ、体力の減りも速い。足の長さも違うし、視覚や聴覚、嗅覚、すべての面において、ユドハが優る。

ユドハ単独なら、もっと早くウルカへ帰れる。

それに、おそらくだが、ウルカへ戻ってそれで万事解決、ともいかないはずだ。今後、ゴーネがどう動くか……。ユドハはその対処にも追われるだろう。国の大事に、長旅の疲れで寝ついてしまうのは、ユドハの本意ではないはずだ。

ディリヤとしても、ユドハが体調を崩さないように、できる対処はすべてしておきたい。

愛しい、可愛い、大好きなつがいが、睡眠不足と栄養失調と過労で倒れるだなんて、許せない。そんな情けない事態だけは絶対に回避したい。

そんなことになったら、ユドハのつがいとしての名折れだ。

「それ、朝メシ。食って待ってろ」

干し肉から出汁をとって、米を炊いた。

出汁をとったあとの干し肉は、乾燥調味料で和えて、濃いめの味を付け、おかずにする。

だが、ユドハの体には到底足りない量だ。

「ついでに情報も仕入れてくる」

寒村では、たいした情報も入手できないだろうが、村の寄り合い所を覗けばディリヤに手配がかかっているかいないかくらいは分かるはずだ。

「ディリヤ、いま別行動をするのは得策ではない」

「いまのほうがいい。もうすこししたら追いつかれる可能性が高くなる。太陽が中天に昇るまでには戻る。……安心しろよ、もうかなり元気だ」

ディリヤは笑ってユドハの頬を撫でた。

ユドハと再会できて、自分でも分かるほど元気を取り戻した。この逃避行も、わずかな食事も、凍てつく寒さも、ユドハといられるなら、なにもつらくない。

それどころか、なにかしたくてたまらなかった。

ユドハがいるだけで、気の持ちようがこんなにも変わってくるのだと自分でも驚いている。

「すぐ戻ってくる。いい子で待ってろ」

ユドハの鼻先に唇を落とし、洞窟を出た。

昨夜の霙や雨のせいで地面はぬかるんでいたが、歩く分には支障ない。

村には、迷うことなく到着した。

まず、村の寄り合い所に立ち寄った。そこは無人で、村人からの話は聞けなかったが、掲示板があった。特にお尋ね者の手配書が出回っている様子はなかった。この辺りにはまだゴーネ軍の手が及んでいないのだろう。

商店などもなく、閑散としていたが、ディリヤが掲示板を読んでいると、村娘が三人連れ立って「旅の方？」と声をかけてきたので、「ええ、そうです」と答えて、挨拶をした。

食料と燃料の調達をしたいとディリヤが申し出ると、彼女らは村で一番大きな村長の家まで案内してくれた。

道中で村娘たちと話をしたが、めぼしい情報はなにも得られなかった。それでも、この近辺の山や村、川沿いの近道などを教えてもらえたのは助かった。

久々の人間との交流は、不思議な感覚だった。

村を歩いたり、村娘の持つ重たそうな荷物を持つ手伝いをしながら、家屋や納屋、道具類の大きさを見ていると、「やっぱり縮尺がウルカとはぜんぜん違うな。全体的に人間用の造りや設計だから生活しやすそうだ。ユドハが、俺の使う物は俺用の大きさで誂えてくれてるけど、公共の場所だと不便が多いからな……」と、また、そんなことを気にかけてしまう。

些細なことで、自分は人間なのだと、思う。

まだ完璧には、狼の世界には馴染めていないいんだと、気付く。

所詮、自分は人間。

それでもディリヤは狼の世界で生きたいと思う。

けれど、状況がそれを許してくれない時もある。

今回のように……。

「ありがとう、助かった」

村長の家に到着した。

村娘に礼を述べると、彼女らはなにやら楽しげに笑って駆けていった。

「すみませんな、旅の方。……このとおりの寒村ですから、若い男衆が珍しいようで……」

村長は村娘の失礼をディリヤに詫びた。

あまり来訪者のない村のようだから、もっと警戒されるかとも思ったが、そうでもないようだ。

「いえ、見ず知らずの者に親切にしていただいて……」

「そりゃあアンタ、それはそうでしょう。このあたりじゃ滅多にお目にかかれん綺麗な顔だ。娘どもが色めき立っております」

村長が、ディリヤの背後を指さす。

「……？」

ディリヤが振り返ると、物陰から、こちらの様子を窺う娘たちの姿があった。

それも、三人どころではなく、四人も、五人も、何人もいる。

ディリヤが彼女らに一礼すると、やにわに可愛らしい歓声が上がった。

「さて、食料と飲み物、それから燃料ですな」

「はい。払えるのはこの金額になります」

「では、その金額に見合う分だけお分けしましょう。飲み物は葡萄酒になりますが、よろしいかな？」

「はい。お願いします」

ディリヤは空のずた袋と空の酒瓶を老爺に差し出す。

「少々待っといてくれなされ」

村長は奥へ引っ込み、奥方と話をして、ディリヤに分ける食料の支度をする。

間もなく、村長が戻ってきた。

葡萄酒が一本分と、今朝焼いたばかりのパン。鮭の燻製と燻製肉。山羊のチーズ、それから根菜がすこし。充分な量とはいえないが、この村でこれだけ手に入れば満足しなくてはならない量と質だった。

「ありがとうございます」

「先を急ぐのかね？」

「はい。大雪が降る前に南へ抜ける予定です」

実際は東へ抜ける予定だが、正直に伝えることは避けた。

もし、この村にゴーネ軍がやってきたなら、ディリヤの行方を尋ねるだろう。その時に、ゴーネ軍が南へ追跡の進路を向けてくれたら儲けものだ。

「ところで旅の方、お一人旅かね？」

「……はい」

なぜ、そんなことを尋ねるのだろう。

ディリヤは一瞬、警戒を強める。

「では、あちらの方はまた別の旅人ということかな……」

村長がディリヤの肩越しに遠くを見やると、その時、村娘が「あら！　立派なおおかみ！」と歓声を上げた。

「……!?」

ディリヤも慌てて振り返る。

そこには、ユドハがいた。

荷物の一切合切を担いだユドハがまっすぐディリヤに向かって歩いてきた。

「お知り合いかね？」

「いえ、あの……」

「ですが、あなたを見つけた瞬間、あちらの狼殿の尻尾がとても元気になりましたぞ」

「…………知り合いです」

観念して、認める。

あんなに尻尾をばたばたされたら、可愛くてたまらなくて、「知らない人です」とは言えない。

「迎えに来た」

ユドハはディリヤの前に立ち、そう宣言した。

「まだ太陽の位置が真上じゃない」

「すまん……」

「しょうがない」

ディリヤは笑ってユドハの尻尾の先を撫でた。

無事にディリヤと合流できたユドハは、安堵の表情を浮かべている。ディリヤも、ユドハと離れている間に「もしユドハが追手に見つかったら……」と考えなかったわけではない。それを考えると、ディリヤも怒る気にはなれなかった。

「アンタら、駆け落ちかね？」

村長が尋ねた。

「……かけおち」

ディリヤは、思いがけない村長の発言に同じ言葉を反復する。

「そうだ、駆け落ちだ」

ユドハはディリヤと手を繋ぎ、深く頷いた。

その途端、背後から「はぁあ～～……」と大仰な溜め息がいくつも聞こえて、集まっていた村中の娘が解散した。

肩を落とした村娘たちが、「背が高くて、顔が良くて、荷物も持ってくれる優しくて礼儀正しい好青年だったのに……」「そういうのほど、もう誰かのものなのよ」などと会話して、「久々に見た顔の良い男だったのに……」「せめてもう一回だけ拝んでおきましょ」と再びディリヤを見て、名残惜し気に去っていった。

「…………」

ユドハがちらりとディリヤを見下ろし、「やっぱり迎えに来てよかった」という顔をする。

「いやいや、旅の方々、すみませんな。いやしかし、訳アリだとは思っていましたが、やはり駆け落ちでしたか」

村長は自分の推理は間違っていなかったと確信を得て、うんうんと深く頷く。

「あの、俺たちが駆け落ちだと、なぜ……」

ディリヤは、ユドハに一歩近付いて腕を組み、寄り添うように立ち、駆け落ちっぽい雰囲気を演出する。

ユドハも調子に乗って、ディリヤの腰に腕を回す。

ついでに、二人で熱い視線を交わし、村長を見て、「なぜ気付いたのですか？」と尋ねる。

「この村には、よぉ来るんじゃよ。駆け落ちモンがの。特に、ほれ、ウルカが近いじゃろ？　だからか、狼と人間の駆け落ち組が食料や寝床を求めて立ち寄るんじゃ。時には、ここが待ち合わせ場所にもなる。先週も、……えぇとなんじゃったかな、あぁ、そうだ、アレだ、大きな商家の娘と狼が駆け落ちして、ここに来よったわ。数十年前などは、狼のオス奴隷をさらった若い人間の女がおってなぁ……あれは勇ましかったなぁ……」

「そうでしたか……」

だから、この村の者は皆、旅人を歓迎する気質なのだ。駆け落ち者に親切にして、そっと手を差し伸べる、そんな村なのだ。

「二人とも、ちょっと待っとりなされ」

村長は、そう言い置いて、再び家の中へ入ると、

「そんだけ図体の立派な男なら、足りんだろ」と、さらにもうすこし食料を分けてくれた。

「ですが、ここまでしていただくわけには……」

ディリヤとユドハは辞退した。

冬の寒村だ。食料も乏しいはず。甘えるわけにはいかない。

「うちも駆け落ち組ですからな」

家の奥から、年老いた狼の老女が手を振った。

足が悪いようで、揺り椅子に腰かけたまま「おしあわせにね」とディリヤとユドハに声をかけてくれる。

「ありがとうございます」

ユドハとディリヤは深く頭を下げた。

村を出て、先へ進んだ。

ディリヤもユドハも寒さは得意だが、幸いなことに、いまは雨も雪も降っていない。

「……っふ」

どちらからともなく、笑った。

「村の長に、駆け落ちだと嘘をついて申し訳ないことをしてしまった……」

「家に帰ったら、詫び状とお礼の品を送る」

「そうしよう」

ユドハとディリヤは顔を見合わせ、村長の善意に甘えるかたちになってしまったことを申し訳なく思うと同時に、「かけおちかぁ……」と二人して面映ゆい表情を浮かべる。

「俺たちは駆け落ちするように見えたらしいぞ」

「俺とアンタなら、どういう関係性だろうな？」

「街に住む美しく礼儀正しい好青年と、世界を旅する粗野な狼。二人はある日、偶然にも出会い、……だが、引き裂かれる運命にあった」

　ユドハが自分たちをそう喩え、以下に続けた。

「戦場で、たった一夜限りで終わるはずだった関係。なのに、狼は六年かけて赤毛を探し出す。赤毛も、もう離れることなどできないと狼と寄り添い、駆け落ちを決める」

「半分事実だな」

　駆け落ちする二人のように仲睦まじく映ったなら嬉しい。新婚ボケの幸せボケに映っただけかもしれないが、それもまた嬉しい。まったく見ず知らずの他人から見ても、愛しあう二人に見えたなら、嬉しい。

　この愛を、誰かに許してもらったり、誰かに認めてもらったりする必要はないと分かっていても、それでも、「おしあわせにね」と祝福してもらえたことが、嬉しかった。

　そう、二人ともが嬉しくて、嬉しくて、笑わずにはいられなかった。勝手に頬がゆるんで、心がとろけて、寒さなんて気にならないほど、楽しくなった。

　凍てつく寒ささえ愛しくなった。ぬかるむ地面さえ、接吻してやりたくなるほどだった。

「逃げてる最中に暢気なことを……ってアンタは笑うかもしれないけど、まるで駆け落ちみたいで、楽しい」

「いまは二人きりだ。駆け落ち気分でも構わない、恋人であることを満喫しよう」

　手を繋いで、歩いた。

　まるで、逢引きだ。

　二人きりの逃避行だ。

　心が弾む。

　恋だの愛だので、頭の中が陽気な小春日和だ。

「アンタと二人きりも幸せだ」

　家族みんなと一緒も嬉しいけれど、生まれて初めて、ユドハと二人きりだ。

　朝から晩まで、ユドハだけ。

　ぜんぶディリヤが独占できる。

　生まれて初めてだ。

「……っ！」

「ほら、俺ばっかり見てないで、前を見て歩け」

ぬかるみに足を取られ、転びそうなディリヤをユドハが支える。

「ありがとう」

ユドハの手を借りて、前を見て歩く。

「…………っ!?」

数歩ばかり歩いたところで、今度はユドハが前につんのめった。

「ユドハ!?」

慌ててディリヤがユドハの尻尾を摑んで転ぶのを防ぐ。

「……すまん」

「どうしたんだ?」

「お前のつむじにキスしようとしたら、小石に躓いた」

「…………」

「浮かれている自覚はある」

ユドハが恥ずかしそうに照れる。

「まぁ、ちょっとだけ浮かれよう」

「そうだな、ちょっとだけ浮かれよう」

二人して頷いて、ちょっと浮かれながら歩いた。

大きな水溜まりがある道では、ユドハがディリヤをお姫様だっこした。


食事の時は、ディリヤが支度をすることで、移動中に荷物を多く持つユドハを休ませた。

飲食料と燃料を調達できたとはいえ、節約はする。

その日の夜は、また野宿になった。

ユドハが事前に目星をつけていた野営にうってつけの岩場で風雪を凌いだ。

「ユドハ、起きたか?」

「あぁ、いい匂いで目が醒めた」

「ちょうどメシの時間だ。おはよ」

短い仮眠だけれど、おはようの挨拶をして、ユドハの頰に唇を寄せる。

後ろ頭の寝乱れた毛並みを手櫛で整えてやり、耳と耳の間に顔を埋めて、抱きしめる。

暖を取るために、二人はいつもくっついている。

ディリヤが食事を作る間も、ユドハは岩場に背を預けて寝転び、懐にディリヤを抱える。

食事も同じだ。ユドハが胡坐を搔いて座り、ディリヤがその膝に乗って、二人でちょっとずつ食事を分け合う。

「熱いから気を付けろよ。ほら、あー、だ」

「あー」

ユドハが大きな口を開ける。

ディリヤはそこに大きな肉の塊を運ぶ。

ユドハが「こんな大きな肉の塊どうした？」と不思議そうにしているから、「今日分けてもらった肉が、塊の燻製肉だった」と答える。

「交代だ」

ひとつしかない食器で、ふたりで食べる。

交替で、今度はユドハがディリヤの口に肉を運ぶ。

「……ん」

「どうした？」

「筋が多いし、固い。……どれだけ煮ても、これ以上やわらかくならなかったんだよな」

「寄越せ」

ディリヤの顎先をとらえ、上を向かせる。

唇を重ね、舌を使ってディリヤの口中の肉を引き受け、自分の牙でやわらかく噛み、ディリヤの舌へ乗せてやる。

「我ながら美味い」

やわらかくなった肉を嚥下し、舌なめずりする。

「もっと食え。せっかく産後で痩せたのも戻ってきたところだったのに、また痩せたぞ」

「そりゃ、いつもは家で贅沢させてもらってますからね」

アシュの喋り方を真似て喋る。

「よく似ている」

「早くアシュの声が聴きたい。顔も見たい。抱きしめたい」

「そうだな、早く帰ろう。……そのためには、ほら、もっと食え」

ユドハは、ディリヤの口もとへ食事を運ぶ。

「あー……」

大きな口を開けて、ユドハがやわらかく噛み切った肉を食べさせてもらう。

おいしい。

ディリヤが思う以上に、ユドハの死というものがディリヤに絶望を与えていたのは確かだ。

ユドハが迎えに来てくれるまでは、食事さえ苦痛だった。

それが、いまは、おいしいと思える。

ディリヤがご飯をおいしいと思えるのは、ユドハが生きているからだ。

ユドハがいなければ、食事はつまらなくて、味気なくて、ただ生きるための燃料補給でしかなく、興味すら持てないものだった。

「……うまい」

「あぁ、うまいな」

ユドハはディリヤに頬ずりして、せっせと食事を運ぶ。

ユドハの生死を確かめるまでは死ねない。その一心で、ディリヤは食べる気もしない食事を疎かにしなかった。ディリヤはなにも語らないが、ユドハにはそれが容易に想像できた。

ディリヤは自分自身に厳しく、強い。悲しんだり、狼狽えたり、休んだりする暇を己に与えない。自分を殺してでも、次々と自分に課題や試練を割り当てて、それを達成することで生きようとする。

良く言えば、責任感の強い生き物だ。事実、ディリヤは頑張り屋で、常に先を見越して行動する優秀な人物であり、ディリヤ自身も常にそうあろうとしている。

だが、その考えは、無意識のうちにディリヤ自身を追い詰め、苦しめることになる。

「お前が生きていてくれるだけで、俺はこんなにも幸せなのになぁ」

「急にどうした？」

ディリヤが不思議そうな顔をして、ユドハを見やる。

「そのままの意味だ」

初めて出会ったあの夜、ユドハは、はなれがたさというものを知った。

けれども、離れればなれになった。

それを想えば、いま、ディリヤが生きているだけで幸せなのだ。自分の腕のなかで「メシがうまい」と笑ってくれるだけで満足なのだ。

だから、どうか、ディリヤには、焦らず、自分を追い詰めず、ゆっくりと生きてほしい。

ユドハにその日々を守らせてほしい。

「俺もしあわせ」

ディリヤも、ユドハと同じことを考えている。

だからこそ、ディリヤはこの幸せなぬるま湯に浸り続けたりしない。

ディリヤもまた、あの夜で終わるはずの関係が今日まで続いたことを幸せに思っている。その幸せを守るために、一人の男としてどうあるべきか。日々、それを考え、懊悩し、より良い幸いを愛するつがいにもたらそうとするのだ。

どちらもが、どちらもを幸せにするという強い共通意識のもとに、二人は存在しているのだ。

「なにを考えていた？」

「アンタのこと。そういうアンタは？」

「お前のこと」

どちらもが、なんとなくお互いの考えていることを察し、笑った。

昨日までは、悪天候のなか山道を進むのがやっとで会話もままならず、休息も最低限だった。だが、今日は天候にも恵まれ、移動しながら今後について話をすることができた。

「ゴーネ国の軍上層部と、ウルカ国軍の反狼狩り派が結託している。フェイヌがお前を攫ったのも、ウルカの一派閥が手引きしたからだ」

ユドハはそう前置きした。

「俺を殺すのが目的だったのか？」

「違うな」

「なら、ウルカ国との交渉材料にする可能性は？」

「ゴーネ国から交渉の申し出はなかった」

「俺の経歴を活かして、二重間諜に仕立て上げる可能性は高いと思う。実際に勧誘されたしな」

「それは本来の目的の副産物で、エレギア個人がそうしたい、と考えている程度に留めておいたほうがいい。ゴーネ国の本来の目的はほかにあるはずだ」

「本来の目的？」

「ゴーネ国が、お前をもっとも有効に活用する方法」

「俺はアンタのつがいであっても非公式だし、なんの利用価値もない」

「お前の利用価値。それが分かれば、ゴーネの本来の目的も判明するはずだ」

「エレギアもフェイヌも、俺を使ってなにか行動に移す様子はなかった。俺を尋問している間も、時間稼ぎをするような無駄な会話ばっかりで、しかも、俺を拷問にかけたり、殺すのは厳禁だった。最低限の食事もあったし、病気にならないようにものすごく気を遣っていた」

「不可解だな。まるで、なにか特別な時を待っているかのようだ」

ユドハとディリヤは、そこでふと立ち止まり、同時に考える。

ユドハがまず思い描いたのは、実姉エドナのことだ。クシナダの失脚以降、エドナは政治に関与するようになった。

ユドハも大変助けられているし、政治経済的に停滞気味だったいくつかの案件が、エドナの功によって打開策を得て、道が開けた。

そのひとつが、商都リルニックとの条約締結だ。

エドナには、エドナ独自の外交経路がある。それは、お茶会などで築いた個人的なツテでもあり、古くからの友人や知人でもあり、エドナが携わってきた慈善団体などで知り合った有力者、権力者、有識者の集まりでもある。

エドナのその長年の努力が実って、近々、ウルカ国とリルニックの間に、新しい貿易通商協定の締結が予定されていた。

これを歓迎しないのは、ゴーネだ。リルニックとウルカが協定を結んだなら、ゴーネは不利益を被る。

軍需産業面で、主に、リルニックがゴーネに輸出していた物品がウルカ国へ多く流れることになるからだ。

また、ゴーネは戦時中にリルニックと手を組んでいた過去がある。

つまり、今回、ゴーネとリルニック共通の敵であったはずのウルカ国が、リルニックと手を結ぶことになるのだ。

そのうえ、ゴーネも、リルニックも、ともにウルカ国に戦争で敗北している国家だ。

なのに、リルニックはウルカ国におもねって、ゴーネを出し抜くかたちでウルカ国と貿易通商協定を結ぶと決めた。

これは、ゴーネにとって裏切りだ。リルニックに掌を返され、メンツを潰された状況になる。

「ゴーネの目的は、ウルカとリルニックの貿易通商協定の締結の妨害だ」

「…………いきなり、結果、見えたな……」

ディリヤでは出せなかった結論を、ユドハはいまの会話をきっかけに見つけ出した。

「確証はない。想像の範疇だ」

ユドハは考えを整理した。

エレギアとフェイヌがディリヤを攫った。

トラゴオイデ元帥、つまりはゴーネ軍上層部の命令を受けて、エレギアとフェイヌは動いている。

近々、リルニックの使者がウルカに来訪する予定だ。あわよくば使者とエドナを殺害することができたなら、この条約締結は一時的に停滞する。下手をすれば、ご破算(はさん)になる可能性もあるし、国際問題にも発展し得る。

リルニックの使者とエドナを暗殺するのは、エレギアの息がかかった者だ。

だが、もし、その濡れ衣をディリヤに着せることができたなら……。ユドハのつがいがリルニックの使者やユドハの姉を殺したと噂が流れたなら……。

しかも、ディリヤはエレギアに拉致されていて、ウルカ国内では行方知れずの状態だ。人々の多くは、ディリヤが使者とエドナの暗殺後に逃亡したと考えるだろう。

珍しい赤毛を目にしたことのある者は少ない。ディリヤ本人に実行させずとも、栗毛の男でも用意して、染料で髪色を変えさせ、その男に暗殺を決行させればいい。あとは、ディリヤを嫌うウルカ国軍の一派に「アスリフのディリヤだった」と証言させるだけだ。

ディリヤの偽者がリルニックの使者とエドナを暗殺後、監禁していたディリヤを殺害し、自殺に見せかけて死体を目立つところに放置しておけばいい。


だからディリヤは拉致されても殺されなかったのだ。

来たるべき時まで、あの地下牢で飼い殺し、暗殺実行のぎりぎりまでディリヤを生かしておく必要があったから、時間稼ぎのようなことをされていたのだ。

ゴーネ国の視察団がウルカを訪れた際も、エレギアは「狼狩り」という過激な単語を用いて、ディリヤの印象を悪くした。ディリヤという人間は、諜報や偵察、工兵としての能力に長(た)けていて、狼とも互角に戦える人間であり、暗殺など容易(たやす)いものだという印象をウルカ国側へ植え付けた。

この計画が成功すれば、ウルカ国におけるユドハの立場も危うくなる。ユドハは国王になれないどころか、国王代理としての職責からも遠ざけられるだろうし、国是(こくぜ)として王室からも追放されるかもしれない。

「ユドハ、……リルニックの使者がウルカへ入るのはいつだ」

「八日後」

「急いで戻っても、間に合うかどうかだな……。俺と一緒なら、たぶん難しい」

ユドハ単独ならなんとかなるだろう。

だが、ディリヤがいては不可能だ。

ディリヤが考えたのは、ユドハと子供たちのことだ。ディリヤが狼狩りの一員であり、ゴーネ軍にいたのは周知の事実だ。

ディリヤが暗殺犯となれば、アシュやララやジジは罪人の子供として拘束されるだろう。最悪の場合、投獄か流刑だ。温情措置が取られたとしても、どこかの古びた城で幽閉生活だ。

その時、ユドハが子供たちを守ろうとすればするほど、ディリヤを庇おうとすればするほど、ユドハの立場は危うくなり、いずれはユドハの失脚へと繋がりかねない。

ディリヤを嫌う一派が、そこまで望んでゴーネに協力しているかどうかは分からない。

だが、ゴーネは、これでウルカに一泡吹かせられるし、リルニツクにはメンツを潰された報復ができる。そして、現時点でそれを望んでいるのは、トラゴオイデ元帥を含むゴーネ軍上層部だ。

はたして、エレギアやフェイヌたち青年将校がそれをどう思っているのか……。

過去の戦争の時から、軍を私物化する上層部とそれを良しとしない青年将校の間には確執があった。いまもまだそれは解消されていないはずだ。なのに、なぜ、エレギアやフェイヌたちは、唯々諾々と従っているのだろう？

エレギアは、『君、ゴーネ軍に戻ってくるつもりはないか？』『君みたいなのがいると、とても便利なんだ』と何度もディリヤを勧誘した。

何度も誘うほど、ディリヤを欲する理由はなんだ……？

「ユドハ、……アンタ、エレギアとフェイヌに肩入れする気はあるか？」

「お前を拉致した奴らにか？」

ディリヤの問いかけに、ユドハはそう尋ね返す。

「そうだ。もし、アンタがエレギアやフェイヌに肩入れしたなら、ゴーネ軍上層部は総崩れになる」

「……あぁ、なるほど。だからエレギアたちは、二重間諜になれとお前を勧誘したんだな」

「そういうことだ」

エレギアやフェイヌを含むゴーネの青年将校たちは、下克上するつもりなのだ。

しかしながら、彼ら青年将校が、長い時間をかけてどれほど綿密に計画を立てたとしても、財力と武力が足りない。

だがもし、ユドハが秘密裏にウルカの国力でもって彼らを支援したなら、おそらく、軍上層部に対する彼らの軍事的奇襲作戦は成功するだろう。

その情報のやりとりをするために、エレギアたちはディリヤを必要としたのだ。ユドハのつがいで、ユドハが絶対的な信頼を寄せ、ユドハが信じる存在に、自分たちとウルカの橋渡し役になってほしかったのだ。

おそらく、ウルカとゴーネの橋渡し役以外にも、エレギアはディリヤを必要としている。彼らの計画実行においては、知恵と武力を兼ね備えた優秀な者を一人でも多く必要とするからだ。そこにディリヤの使い途を見出していたのだろう。だからこそ、「ゴーネに戻れ」とディリヤに持ち掛けてきたのだ。

エレギアたちの軍事的奇襲作戦が成功することは、ウルカにとっても悪いことではない。むしろ、あの国がそうして内輪揉めすることは喜ばしい。

「では、俺はエレギアを支援しよう。あちらとの交渉は、ディリヤ、お前に任せたい」

「……俺でいいのか？」

ディリヤはすこし驚いた。

ディリヤがしなくても、ユドハには優秀な部下が大勢いて、彼らのほうが適任だ。

「お前がいなければ、エレギアたちの本来の目的に気付けなかった。なら、お前が事に当たるのが最適だ」

「アンタと話してなかったら、気付かなかったことだ」

ディリヤ一人では結論が出なかった。

牢獄でどれほど考えを巡らせても、いくら頭を捻っても、今日のこの結論には辿り着けなかった。

ディリヤの洞察力にユドハの思考力が加味されて、初めて謎が解けたのだ。

「やはり、俺とお前、二人で一緒にいたほうがいいな」

「そうだな。二人のほうが、いい考えを思いつく」

ディリヤとユドハは互いに顔を見合わせ、「では、互いの為すべきことを……」と共通の目的を各々が達成すべく、行動に移す。

「今度は自力で帰れるから、迎えはいらない。とっとと片付けてくる」

「分かった。ウルカで待っている」

ディリヤとユドハは、固い握手を交わす。

「ウルカまで気を付けて」

「ディリヤ、お前も」

「来た道を戻るだけだ」

ディリヤは笑って、繋いでいた手を離す。

いまから、離ればなれになる。

やっと会えたのに、また、離ればなれになる。

傍にいても恋しくて、離れていても愛しい人と、別の道を行く。

でも、これは、二人の意志だ。

離ればなれにさせられるのではなく、それぞれに為すべきことがあって、一時的に、己がすべきことをするために離れることを選んだだけだ。

「じゃあ、時間もないことだし、もう行くな」

ディリヤは、離れがたさを封じるように、ユドハに背を向けた。

ここで暫しの別れを惜しんでしまうと、それこそ離れられなくなってしまうから、薄情なほどあっさりとユドハと離れた。

ユドハもまたそれを分かっているのだろう。

ディリヤに背を向け、己の国を守るべく、己が道を急いだ。

「……あぁ、クソっ！　ディリヤ！」

数歩ばかり歩いたところで、ユドハは立ち止まり、道を引き返し、ディリヤへ向けて大股歩きで近寄った。

ユドハの声で立ち止まり、振り返ったディリヤの肩を摑み、抱きしめ、くちづける。

ディリヤの爪先が浮くほど抱き上げて、大きな口でがぶり。とって食べて、腹に納めてウルカへ連れて帰りたいくらい可愛い人。怪我を負っているディリヤを再び騒乱の渦中に送り出さなくてはならない、この悔しさ。

「………離したくない」

「……せっかく、頑張って……はなれたのに」

ディリヤは眉を顰め、泣きそうな顔で幸せに笑い、ユドハの首に腕を回した。

ディリヤは、ユドハのそのまっすぐな愛が好きだ。

まっすぐ愛をくれるこの男の心根が好きだ。

だいすきだ。

大切なのは、悲しくて、こわくて、はなれがたくて、さみしいことを必要以上に考えて自分を追い詰めるのではなく、一番大事なことに目を向けること。

ユドハがだいすきだということ。

かわいいかわいい、ディリヤの狼。

はなれがたい、ディリヤのけもの。

ずっと一生離れずに、生きている時も、死ぬ時も、死んだあとも、心を添わせていられるように……。

いま、戦う。

額をこつんとくっつけて、赤と金の瞳で眼差し(まなざし)を交わす。

「あいしてる」

マディヤディナフリダヤは、あなたの愛で生きている。

あなたの愛によって生かされている。

だから、戦える。

第四章

ユドハはウルカへ。

ユドハの目的は二つ。

リルニツクの使者とエドナ、双方の暗殺計画の阻止。

さらに、狼狩りを嫌うウルカ国軍の一派、つまり、ゴーネ国軍トラゴオイデ元帥以下と結託した派閥の捕縛(ほばく)。

ディリヤはゴーネへ逆戻りだ。

ディリヤの目的はただ一つ。

エレギアとの交渉、その結果としてのトラゴオイデの排除。


ディリヤは、ゴーネの軍施設にいた。

ほんの数日前まで囚われていた、あの場所だ。

「エレギア」

フェイヌは、エレギアの対面に立っていた。

けれども、それ以上先へは進めずにいた。

エレギアの喉元にディリヤの短刀が押し当てられているからだ。

まさか、ディリヤが引き返してくるとは想像していなかったらしい。この執務室に一人でいたエレギアは、抵抗する暇もなくディリヤに背後を取られた。

「下がれ」

ディリヤの言葉で、じりじりと間合いを詰めようとしていたフェイヌが元の位置まで下がる。

エレギアを人質に取られたフェイヌは手が出せず、歯軋りした。

「自分が殺されるかもしれないのに……」

エレギアは、ディリヤがユドハのために引き返してきたことを悟り、呆(あき)れた。

人質のくせに、エレギアは肝(きも)が据わっているのか、殺されない自信でもあるのか、諦めて開き直っているのか、なるようになれと思っているのか、やけに落ち着いている。

だが、言葉や行動の選択を間違えれば、ディリヤがエレギアを殺すつもりでいることを察しているのだろう。いまは己が生き延びることを最優先に、ディリヤに全面降伏していた。

「アンタだって、目的を遂げるためならなんだってするだろ？　俺もユドハのためならなんだってできる。

それだけだ」

ほんの数年前までは、アシュのためならなんだってできる。それだけだった。それがディリヤの考えで、責任のまっとうの仕方で、愛の差し出し方だった。

アシュだけがすべてだった。

でも、いま、そこにはユドハもいる。

ララとジジもいる。

恋をして、愛して、ディリヤの心は弱くなった。

愛する人を失ったら、悲しくて死んでしまうのだと知った。

けれども、守るものを得た男は、強くもなるのだ。

その強さを与えてくれるのは、ユドハであり、子供たちだ。

「フェイヌ、こちらの赤毛殿は、我らの目論見をすべてご承知だ」

エレギアは笑って、すべてを白状した。

ゴーネ国軍が、ウルカとリルニツクの協定締結の妨害を画策していること。それはゴーネの政治部が考えたことで、軍部が主体ではないということ。

「ちなみに、うちの政治部と癒着しているのは、我が父トラゴオイデ元帥閣下でね、閣下は政界進出を目論んでいるうえに、軍が政治を支配することをお望みなのだよ。我が国は帝政のはずなのに皇帝陛下はすっかりお飾りだ。つまるところ、今計画は、我が父が政治部に忖度して起こした計画だね」

「それはトラゴオイデ元帥の目的だ。アンタらにはアンタらの目的があるだろう？」

「……たとえば？」

「アンタら青年将校側が、ゴーネ軍上層部を煩わしく思っているのは知っている」

ディリヤは、エレギアの喉に刃を食い込ませる。

フェイヌを赤い眼で見据え、「動くなよ」と牽制する。

高圧的な態度で、この場の主導権はディリヤにあることを明確に示した。

「フェイヌ、だめだ。どう足掻いても反撃の隙がない。降参しよう。誤魔化しは効かないようだ。……そうだよ、ディリヤ君。僕たちの目的はゴーネ軍上層部が持つ権力の奪取と、軍政国政双方の腐敗の告発だ」

「大それた計画を立てたもんだな」

「前の戦争が終わる頃から準備し始めていたからね、……八年越しだよ」

「なら、その八年計画、無駄にしたくないだろう？」

「……今度はこちらが脅迫される側か……」

　現段階で、ウルカ側が、エレギアたちの計画をゴーネ軍上層部に密告したなら、エレギアたち青年将校は計画を実行に移す前に処断されてしまうだろう。

　それだけは回避しなくてはならない。

「アンタらに、生き残りの道を与えてやる」

「僕たちにはまだ利用価値があるということか」

「よく分かっている」

「それで……？」

「前の戦争と同じだ。出世させてやる」

「…………」

　ディリヤの言葉で、エレギアがひとつ息を呑む。

「トラゴオイデ元帥が政治部と癒着して、あちらに便宜を図り、軍を私物化していたことを世間に公表しろ。どうせアンタのことだから、トラゴオイデと結託していた軍上層部の軍人どもの一覧も作成済みなんだろ？　目の上の瘤だった上層部を一網打尽にして、てっぺん総入れ替えでアンタも大出世だ」

　ディリヤは優しく唆す。

「残念だが、今回は君の提案に乗れない。何故なら、僕たちが動かせる兵力は限られているし、すぐに動かせるほど軍備も兵站も整っていない。時間が必要だ」

「ユドハが金も武器も貸してくれるってよ。その金で傭兵でも雇え。ついでに、ユドハはアンタらの下克上にも協賛してくれるってさ」

「……っ」

　エレギアも、フェイヌも、驚きを隠さず、表情を変える。

　二人は視線で会話する。

　どう動くのが得策か、いま、二人ともが必死になって思考を巡らせているのだ。

「さぁ、どうする？」

「どうやってあの狼を口説き落としたんだい？」

「俺は国王代理殿下の寵姫だぞ？　かわいくおねだりしたに決まってんだろ」

　ディリヤはエレギアの首から短刀を外し、執務机に腰かける。

　短刀の切っ先をエレギアに向けたまま「とっとと決めろ。十数えるうちだ」と、普通よりすこし早めに、声に出して数を数える。

「そちらの条件は？」

「トラゴオイデ元帥および軍上層部の失脚と厳罰。リルニツクの使者とウルカ国王代理の実姉エドナ嬢の暗殺計画にかかわった者全員の処断。同計画立案者全員の処刑。政治部を含む軍上層部との癒着先、関係者の左遷、降格、追放。我が愛しの国王代理殿下は以上をお望みだ。……あぁ、アンタらは見逃してやる」

「トラゴオイデの処断を我々に委ねるのか？」

「恩に着せてやるんだ、感謝しろ」

「高くつきそうだ」

「あとで万倍にして返してもらう」

「二十年払いくらいで頼むよ」

エレギアが笑う。

ひどい話だ。

父親の処刑を息子にさせるのだから……。

「出世の代償だ。諦めろ。できぬならアンタとフェイヌと仲間が死ぬだけだ」

「そちらの条件を呑んで、そのままそっくり実行したなら、我が国は首脳陣を総とっかえで、国政も軍政も総崩れ、国は混乱の極みに陥るんだが？」

「頑張れよ、青年将校殿」

これで、ゴーネは向こう数十年、弱体化する。

それこそが、ディリヤの望むところ、ユドハの求めるところだ。

トラゴオイデ率いる軍上層部は、ユドハを失脚させる力を持っている。だが、このまま放置してさらなる権力を得たならば、今度はユドハの命を狙ってくるだろう。

それならば、いまのうちに排除すべきだ。

「確かに、我が父は、そちらの軍を通じて、クシナダ派との接触を企んでいた。その行きつく先は、国王代理殿の暗殺だ」

「だから、余計な芽は先に刈り取るんだよ」

お前らも、いつでも狩るからな。

ディリヤは掌で短刀を意味もなく弄び、刀身を月明かりに煌めかせる。いつでも貴様らへの牙は光っているぞ、と知らしめる。

「いい加減、その短刀をしまってくれるかな？　こわいよ、君」

「いやだ」

「これから協力態勢をとるっていうのに？」

「一時的にな。俺の刃を回避したいなら、アンタらは、ユドハの善意に誠心誠意報いろ。結果を出せ」

「それができなければ？」

「俺は、狼狩りから人間狩りに鞍替(くらが)えだ」

ディリヤは笑う。

狼も、人間も、さして変わりない。

ユドハのためになるなら、生かしてやる。

ユドハのためにならないなら、殺してやる。

「そんなふうに人を呆気なく殺して、自分の手を汚して、後ろ暗いことをして、子供にも説明できない行いを繰り返す。そういうのが君の選んだ未来なのか？」

「自分にできることを選んだだけだ」

ディリヤは、家族を守るためになら、敵を殺すことを躊躇(ちゅうちょ)しない。

だって、人間の世界も、狼の世界も、さして変わりないからだ。

ユドハが生きているのはそういう世界だ。

幸いにも、ディリヤはその世界で生き抜く術を知っている。

この世が弱肉強食ならば、常に争いの日々ならば、ユドハを守るためなら、手段なんて選ばない。

せっかく手に入れた愛だ。

幸せだ。

悲しい想いは、もう二度としたくない。

幸せなことなんて、なにひとつなかったこの人生。

やっと摑んだ幸せは、自分の手で守る。

自分が無力だったせいで、他人に奪われるなんていやだ。

この世界は、そうやって戦って、殺して、恥を捨ててでも、なにをしてでも守るしかない世界だ。

ディリヤは、それを恥だとは思わない。

つがいを守るのは、ディリヤの誇りだ。

ユドハのためになら、なんだってする。

子供たちが幸せに子供らしく生きていくためになら、なんだってする。

「君は、本格的に政治に乗り出すつもりかな？」

「まさか」

ディリヤは笑い飛ばす。

「そんなものには興味がないようだが、そうしなければ、国王代理殿の隣で、彼を守ることも、戦うこともできないよ？」

「俺の行動は、打算や政治的配慮に起因しない。俺の行動理念はすべてユドハへの愛ゆえだ。ユドハを大好きだから、ただそのために行動するだけだ」

「……君の頭の中は、恋だの愛だの、そんなくだらないものしかないのか？」

「ない。アンタらの言うとおり、俺は、けものだからな。食って寝て、子供の世話して、つがいの毛繕いして交尾するくらいしか興味がない」

「…………」

「いいもんだぞ、恋だの愛だののために生きる人生も」

ちょっと前のディリヤじゃ考えもしなかったことだが、自分のなかに、なにかひとつ大きな指針があるのは良いことだ。

ただ生きて死ぬだけだと思っていた人生が、幸せになる。

「…………」

「さて、それじゃあ結論を出す時間だ」

「そう焦らずとも」

「早く家に帰って子供たちにメシ作ってやりたいから無理。もう帰る。アンタらも早く決めろ」

「……ウルカ国国王代理殿の条件を呑む」

「いい子」

ディリヤは短刀の腹でエレギアの頬を撫でた。

物分かりの悪い子だったが、最終的には全面降伏したのだ。そういう獲物は大好きだ。

「では、そちらはそちらの為すべきことを為せ。裏切りは死だ。必ず成し遂げろ。この盟約を成しえなかった時は、お前たちが死ぬ時だ」

ディリヤは机から下りた。

この作戦、必ず成功させなければエレギア一派には死が待ち構えている。

「この盟約、必ず成し遂げよう」

エレギアは席を立ち、頷いた。

「あぁ、そうだ、忘れてた……」

戸口へ向かっていたディリヤはふと立ち止まり、エレギアへ向き直ると、ごく自然な動作でエレギアへ歩み寄り、助走もなしに狼のように跳躍し、机に乗り上げ、喉元に喰らいついた。

「エレギア！」

フェイヌが、床に倒れるエレギアを抱える。

「アンタ、いい反射してるな」

ディリヤは口中の血を吐き捨て、エレギアを見た。

エレギアの喉を食い破るつもりだったが、エレギアが咄嗟に身を躱したせいで、右頬に牙を立てるだけに終わってしまった。

フェイヌに支えられたエレギアは、「なぜだ？　我々は合議し、和解したじゃないか」という表情で、ディリヤを見ている。

「そうだな、国王代理の密使としてのディリヤとエレギアの間では和解したな。……けど、俺個人は別にアンタらを許してない。……次、勝手に俺のつがいを死んだことにしたら、それだけじゃ済まねぇぞ」

アスリフの赤毛は、借りは返す主義だ。

「……殺さないのか？」

エレギアは、顔の右半分から血を流し、喋りにくそうに問いかける。

「殺してほしいなら殺してやるが、いまは生かして使ってやる。それに、アンタらみたいな小者はいくら叩いてもまた湧いて出てくる。それなら俺はてっぺんを潰す。頭を潰せば手足は動けない。次のてっぺんが頭角を現すまでな。……しかも、手足と駒はいくらでもすげ替えがきく。それなら、まだ俺とユドハが使いやすい手足を残しておいたほうが便利だろ？」

「そうして、僕たちが用なしになれば捨てるのか」

「アンタらも散々、前の戦争でそうしてきたじゃないか」

「……君は、前の戦争で僕たちがしたことを許していないんだな」

「さぁな。そんなことは自分で考えろ」

「……君はまるで獣だ。狩られる側になって初めてその恐ろしさを知ったよ」

「誉め言葉として受け取っておく」

「だが、ただひたすらにつがいのために生きて死ぬというのは、……それは、獣の生き様、死に様だ。人間は、そんな……、獣のような生き方はできない」

「獣でけっこう」

「人間として生きるのを諦めるようなものだぞ」

これまで黙っていたフェイヌが、ディリヤをそう諭した。

フェイヌは、ディリヤの感情に一番近いところを察している。狼と人間の世界の違い、そこに介在する不便さを、身を以て知っている。衣食住、医療的な問題、差別、侮蔑、迫害、ありとあらゆる物事を、ディリヤと同じく経験している。そうして積み重なる心労と、年数をかけてそれが蓄積されていくことの苦しさ。フェイヌはそれを指摘する。

ディリヤにとって、狼社会はどう足掻いても生きにくい社会だと、現実を突きつける。

「アンタだって、自分で選んでそっち側にいるんだろ？　狼の世界を捨ててでも、エレギアの傍にいることを選んだってことくらいは、アンタを見てれば分かる。……俺だって同じだ。つがいの傍にいると決めて、選んだんだ。不便も苦労も覚悟のうえだ」

「どれほど生きづらく、自分がどんな好奇の目に晒されても？」

「それにも勝る幸福がある」

「そのうち、つらさが勝るぞ」

「誰かを愛するってこわいな。つらさや苦しみや悲しみがあることも分かったうえで、それでも、離れられなくなるんだから」

「…………」

「アンタのつがいを大事にしろよ。そのエレギアってのは、俺がウルカでユドハに大事にされてるように、ゴーネでアンタを大事にする唯一の存在だ」

　自分のすべきことをすべて行ったディリヤは、今度こそ立ち去ることにした。

「……っ！」

「いい、フェイヌ、……追いかけるな」

　ディリヤを追おうとするフェイヌを、エレギアが制止する。

「だが……せめて、お前のその顔の報復だけでも……」

「これは、自業自得だ。……八年前に、彼を見殺しにしようとした俺が招いた結果だ」

　エレギアは笑った。

「……エレギア」

「そんな顔をするな。これで、坊ちゃん育ちの箱入り息子にも、ちょっとは箔が付いただろ？」

「…………」

「あぁ、それにしても、ディリヤ君は、俺たちのような小者は眼中にないそうだ。さすが、国王代理殿のつがいだね。歯牙にもかけてもらえなかったよ。もっと出世しないとなぁ」

「そんなことを言ってる場合か」

「ディリヤ君、かっこいいなぁ」

「お前もまぁ頑張ってるほうだ、ほら、こっち向け。傷の具合を見る」

「痛い、そっとやれ。俺のきれいな顔が可哀想だろ」

「はいはい」

　自前の手巾を包帯代わりに、エレギアの顔を覆う。

「舐めるなよ」

「もう遅い」

フェイヌは、己の掌に付着したエレギアの血を舐める。

やはり、つがいの血は美味い。

「外でやるなよ」

「分かってる」

「……なぁ、フェイヌ」

「なんだ？」

「俺は頑張ってるか？」

「俺にも内緒で胃痛で夜中にのたうち回って、こんな時間まで仕事して、血反吐を吐くくらい頑張ってんだから、頑張ってるだろ」

「そうか、頑張ってるか」

「もうひと頑張りして、お前の親父殿を引きずり下ろすぞ」

「は〜〜……早く隠居して保養地で肉欲の日々を送りたい」

エレギアは大仰な溜め息を吐き、フェイヌの腕の中で細い体を脱力させた。

「しっかりしろ」

フェイヌがエレギアを抱え起こし、支える。

これから先、エレギアには酷なことばかりが待ち構えている。

ディリヤは、エレギアに父親殺しをさせることで、精神的にも報復した。

エレギアにとってそれは、苦痛であり、苦難の道だ。

「でもまぁ、あの親父どものせいで前の戦争は長引いたし？　軍のメンツを守るために国家規模でウルカにケンカ売るなんて、いまのうちの国力から考えたらバカしかしないようなことをしたんだから、……しょうがない。責任をとってもらおう。フェイヌ、全員に召集をかけろ」

「了解しました」

エレギアはフェイヌの手を借りて立ちあがる。

エレギアは、これから、父親を弾劾するのだ。

フェイヌは最敬礼し、己があるじの言葉を拝命した。

「なんでディリヤに会えないの⁉」
頑張って尻尾を逆立てて、アシュが怒った。

普段から怒り慣れていないから、舌ったらずな舌が余計に上手に回らず、泣き声になっている。しかも、頑張って泣かないように我慢しているから、ちっとも怒っているふうに聞こえない。

「あしゅ、ぷんぷんしてるよ！」

「……それはですね……」

「ユドハおかえりしたんでしょ？　……どうして!?　どうして会えないの!?」

「ですので……」

「どうしてっ、…………どうしてなの……」

アシュが泣きっ面で膝から崩れ落ち、床に突っ伏して嘆き悲しむ。

ユドハがウルカへ帰国した。

だが、まだ家へは一度も戻ってきていない。

ユドハは、家どころか城そのものに戻る暇さえなく、城外の軍施設に留まり、己の為すべきことを為していた。

そして、今日、アシュは、ユドハが帰国していることを知ってしまった。

当然、アシュはすぐにでもユドハとディリヤに会えると考えたが、ユドハにも、ユドハと一緒に帰ってきているはずのディリヤにも会えていなかった。

ライコウとフーハク、イノリメとトマリメ。四名は、今日一日アシュが怒るのを宥め賺すので精一杯だった。

「アシュさま、なにをしておいでで？」

「…………なにもしてない」

ライコウの問いかけに、アシュは背中を向けたまま答える。

ぷい、っとそっぽを向いたほっぺが、まるっとリスのように膨れている。

アシュは、自分用のおもちゃ箱の前に座って、カバンを開いていた。ライコウとフーハクが、ちらっと上から覗きこむと、「見ちゃだめ」と尻尾で二人を追い払う。

アシュは、おもちゃ箱から大事なものを取り出して、せっせとカバンに詰めこむ。

ぱんぱんに膨れ上がったカバンを「よいしょ」と持ち上げて、おでかけ用の上着を着て、お帽子をかぶり、裏起毛の長靴を履き、カバンを肩に掛ける。

荷物は重たく、服をたくさん着ているせいか、ぽてぽて、左右に揺れて歩く。

「……おでかけですか？」

「ちがいます」

フーハクの言葉を否定して、イノリメとトマリメのもとへ歩く。

「おでかけの支度をなさって、……どうなさいましたの？　アシュさま」

「あら、まるまる着膨れしてかわいらしい」

「イノリちゃん、トマリちゃん、アシュにおべんとうつくって」

「お弁当ですか？」

「ディリヤ様でなく、わたくしどもが作ったお弁当でよろしいので？」

「うん、いいの。アシュ、いまからおでかけするから、おべんとうがいるの。水筒にお茶も入れてください」

「どちらにおでかけで？」

「ないしょです」

「あらぁ……まぁ、どうしましょう」

「お弁当とお茶はお作りいたしますから、おでかけの御用を教えてくださいません？」

「ディリヤとユドハのおむかえいくの」

アシュは胸を張って答えた。

大人四人は、内心で「……やっぱり」と思うが、声には出さない。

「きっと、ふたりとも迷子になってるから、帰ってくるのおそいの。だから、アシュがおむかえ行ってあげるの。おむかえ行ってあげないとかわいそうでしょ」

「…………迷子ですか」

ライコウは、「国王代理が迷子かぁ……我が国はたいへんだぁ」と、微笑ましい情景を想像し、相好を崩す。

「そうです、迷子です。しょうがない二人ですね、もう」

「……アシュさん、いい子で留守番してましょ？」

やれやれと肩を竦めるアシュに、フーハクがそう提案する。

「いや。おむかえ行く。フーちゃん、そこをどいてください」

「……えぇ～～～こまる～これから残党の炙り出しなのに～……ユドハ様からも、アシュさんたちは安全なところへ避難するよう指示が出てますから、そっちに行きましょうよ……、ね？」

思わずフーハクは本音を漏らしてしまった。

「アシュがおむかえに行ったら困るの？」

「困りますね」

「困らないからだいじょうぶ」

なんの根拠もなしに、アシュはそう言ってのける。

ぶ～っ！　と頬を膨らませて、「俺と一緒に遊んで待ってましょうよ」と宥め賺すフーハクの尻尾をぎゅっと握る。

「……アシュさん、いたい……」

ぎゅっと尻尾を握られたフーハクが毛を逆立てる。

「アシュは強い子だから、自分でおとうさんとおかあさんに会いにいくの！」

アシュは力強く宣言し、ユドハを真似てカッコよく、ディリヤのように眼差し鋭く、「わぉー！」と狼の雄叫びを上げた。

「ぁおーぅ！」

「ぁぉー……！」

イノリメとトマリメに抱かれたララとジジも、アシュに呼応して狼の声で鳴いた。

「ぜったいに！　会いに行くの！」

止める大人たちをものともせず、アシュは次の方法を考えた。

ユドハは、ゴーネからの帰途でセッカに待機していた私兵と合流し、エレギアへの支援を手配すると同時に、急ぎウルカへ舞い戻った。

幸いにも、エドナとリルニックの使者を害そうとする暗殺者を生きたまま捕縛できた。

ウルカとリルニックの間では、当初の予定通り、新たな貿易通商協定が結ばれた。

ただし、その事実を公表することは控えた。

生存している暗殺者は死亡と発表した。これには訳があり、エレギアとの密約が関係していた。

エドナは無事。これはそのまま公表した。

リルニックの使節団の代表者には、一芝居打ってもらうことにした。使節団代表は致命傷を負って数日ばかり意識不明の状態が続き、その後、襲撃の際の傷が原因で死亡、ということになってもらったのだ。

この死亡が原因で、ウルカとリルニックの協定はご破算になったとゴーネ側に伝わるよう策を弄した。

今日、リルニックの使節団の面々は、亡くなった代表の亡骸を納めた棺とともに、故国へ帰る。

ユドハとエドナ、およびウルカ軍は、使節団と棺を見送るため、王都ヒラの郊外まで出向いた。

当然のことながら、棺のなかは空だ。空ではあるが、まるで国葬のごとく礼儀を尽くし、沈痛な面持ちで使節団を見送った。

周辺の警備は、ウルカ国正規軍を中心に固めている。だが、そのなかに、ユドハの私兵と、狼狩りを嫌うがゆえにゴーネに加担したウルカ国軍の一派を混ぜていた。

暗殺者はエドナを殺せなかった。彼ら反狼狩り派が暗殺者の代わりにエドナを殺すとは思いたくないが、必ずこの場でなんらかの行動を起こすはずだ。

それを見越して、ユドハは己の私兵を傍近くに潜ませていた。

場所は、木立の林立する丘だ。

夏は芝生の生い茂る緑豊かな場所だが、いまは一面、雪に覆われている。冬でも葉を落とさぬ木々にも雪が積もり、わずかな緑と、枝や幹の焦げ茶色が白銀の世界に映える。

太陽は中天にある。

良い時間帯だ。

雲も晴れて、陽差しは暖かく地に降り注ぐ。

光は金狼族の味方だ。陽光が金の毛皮に反射して、白銀の世界で、よりいっそう眩しく輝き、敵の目を眩ます。

ユドハはその広い視野で、周辺への警戒を密にする。

視界の端に、なにかが映った。

かなり遠い。

けれども、見覚えがある。

あの、自由で、言うことをきかない尻尾。

ウルカへ戻ってから、まだ一度もアシュたちに会えていない。子供たちに会いたくて幻覚でも見たのか、はたまた疲れが溜まっているのか、ユドハは我が目と心の疲労を疑う。

ぴょ……っ。また、動いた。

ぽよ、っ……ぽよっ、ぽよっ。

見覚えのある、左右に揺れる歩き方。

尻尾と耳が、ぽてぽて揺れる、あの、歩き方。

「あ」

転んだ。

思わず声が出てしまう。

まるいお尻と尻尾が、雪原の彼方で、ずぼっと雪に嵌って、もだもだしている。

「ユドハ……？　どうかして？」

「姉上……」

誰が聞き耳を立てているか分からない場所で、隣に立つエドナに「アシュが……」と言うにも言えず、「あとでお話しいたします」とのみ伝える。

いつもどおりのアシュの可愛い姿に心が和んだのも束の間、これから戦場になる場所で我が子の姿を見つけてしまい、眉根を寄せる。

あれだけ遠く離れていれば危険性はないだろうが、なぜ、アシュがここにいるのだろうか……。

雪に埋もれていたアシュは、ぷは！　と雪穴から顔を出して、きょろきょろ左右を見渡し、誰にも見つかっていないことを確認して胸を撫で下ろすと、ぴゅ！っと慌てて木陰に隠れる。

耳と尻尾が木陰から見えている。

それで隠れているつもりか……次は隠れる特訓もしなくては……。ユドハはそんなことを思った。

ユドハがそこからさらに視野を広く雪原を見やると、ライコウとフーハクがいた。雪中を無鉄砲に進むアシュをしっかりと守ってくれている。よくよく見れば、イノリメとトマリメまでいて、二人はララとジジを抱いていた。

全員、勢揃いだ。

この雪の丘で、ユドハは、ゴーネに与する反狼狩り派を摘発する。それと同時に、城に残っている同一派や指導者たちの掃討作戦も実行予定だ。

城にいれば、子供たちにも危害を加えられる可能性がある。彼らには安全な場所に避難するよう命じたはずだが、おそらくは、その移動中になんらかの問題が発生したのだろう。

ユドハのこの掃討作戦が、城内に残る反狼狩り派に勘付かれたのかもしれない。アシュたちが馬車で避難している最中に襲撃を受けた可能性もある。全員が外出着で、ライコウとフーハクがその手に武器を持ち、イノリメとトマリメも尻尾で警戒しているのがその証拠だ。

アシュは自分なりに目的を持って、一所懸命、まっすぐ、見当違いの方向に頑張って一人で歩いている。

それは、大人たちが上手にアシュを誘導しているからだ。

できればそのままライコウとフーハクの誘導に従っ

て、安全な場所まで進んでくれたほうがありがたい。アシュの鼻先が向いた方角に突き進めば、結局はユドハから遠ざかっていくのだから……。

「殿下、お時間です」

「分かった」

側近の言葉にユドハが頷く。

いよいよ、正念場だった。

ウルカへ戻ってきた。

ディリヤがちょっと留守をした間に、ウルカにも雪が降り積もっていた。

ユドハが、状況に通じた護衛をセッカの都に待機させておいてくれたので、暗殺計画の阻止が成功したことを含め、ユドハとの合流場所など、円滑に状況把握ができた。

それもあって、ディリヤの想定よりも早く、ユドハとの合流日時にぴったり間に合う日数で王都ヒラへ戻ってくることができた。

セッカの都に駐留していたウルカ軍は、ディリヤと入れ替わりに民間の隊商に扮し、潤沢な資金と支援物資をエレギアとフェイヌのもとへ運んだ。

ディリヤは、王城へ戻るのではなく、まっすぐヒラ郊外の丘に出向いた。

ここでユドハと落ち合う予定だ。

これから、この雪の丘で、ユドハとエドナが、リルニツクの使節団の帰国を見送る。

ディリヤは、それを遠くから見渡せる位置にいた。

「……？」

ディリヤは、わりと視力の良い己の目を細めて、隆起する丘線を凝視した。

見覚えのある動きがあった。

ぽよ、っ……ぽよ、ぽよっ、ぴょっ。

「あ」

転んだ。

ぼてっ。前のめりに倒れる。

じっと見ていると、ずぼっ！　と自力で雪穴から這い出て、また、ぽよっ。

歩く。

なぜ、我が息子がここに。

ディリヤは慌ててそちらへ移動した。

移動しながらアシュの周辺を観察すると、抜き身の剣を手にしたライコウとフーハクがいた。フーハクは先頭のアシュの傍に、ライコウは最後尾で殿を務めている。よく見れば、ララとジジを抱いたイノリメとトマリメまでいる。勢揃いだ。彼らは、アシュの後ろにぴったりくっついて歩いている。

彼らの警戒の様子から、これ以前に戦闘行為があったのは確かだ。

アシュは、時折、地面に這いつくばり、団子のように丸くなって、くんくん、くんくん、鼻を使ってなにかの匂いを探っている。

匂いだけではなく、足跡も追っているようで、立派な狼の追跡者だった。

きっと、ああして、ここまでやってきたのだろう。

アシュはアシュなりに弟たちを守ろうと必死な様子だった。

アシュの目的はユドハのもとへ辿り着くことのように思える。ただ、いまは真っ白な世界で方向を見失っているらしく、同じところをぐるぐるしていた。そんなアシュを、大人たちが上手に安全な場所へ誘導していた。

アシュは泣かずに、自分の意志で、危険も顧みずに行動している。

それはあまりにも大胆で、向こう見ずで、子供らしい冒険心の賜物で、ディリヤは自分が感動しているのか、家に帰ったらまずその勇気を褒めるべきか、それとも危険なことをしたと叱るべきか、自分が長く留守にしたせいだから叱るべきではないのか……いろいろなことを考えて、結局は、アシュの元気な姿をその目にして、拳を握りしめた。

我が子の元気なことを、まず喜んだ。

生きて、またあの愛らしい姿を見られた幸せを嚙みしめた。

その可愛い我が子のもとへ進みながら、ディリヤは、ユドハとエドナの方向を見やる。

二人は、リルニツクの使節団との最後の挨拶を交わしている。

ユドハとエドナのさらに後方、森に人影が潜んでいる。おそらく、単独だ。アレは、ユドハの部隊の者だろうか、それとも敵だろうか。ディリヤの視力では判別が難しい。

「アシュ」

「……！」

三角耳が、ぴょっ！　と動いた。

「アシュ」

もう一度呼ぶと、アシュがきょときょと見回して、木の幹に隠れるディリヤを見つける。

その時だ。

突如、天を劈く怒号が響き渡った。

雪が音を吸収しても、それでもまだ耳を塞ぎたくなるような、鬨の声だ。

それを皮切りに、ユドハやリルニツクの使節団がいる辺りを中心に乱戦となった。

狼が、狼と戦っている。

双方ともに、今日、リルニツクの使節団の見送りに立ち会ったウルカ軍だ。

だが、狼同士とはいえ、その内訳が違った。

片方は、ユドハの軍。

もう片方は、ゴーネと結託したウルカ国軍の一派。

つまりは反狼狩り派だ。

その二つの勢力が戦闘を始めた。

今頃、ゴーネ本国でも、ユドハの支援を受けたエレギアとフェイヌが、トラゴオイデ元帥を含む軍上層部の弾劾を実行に移している頃だろう。

目の前で繰り広げられる乱戦も、ユドハ軍が優勢だ。

この雪原でゴーネに与した自国の裏切者を一網打尽にしている。おそらく、ここにいない裏切者たちも、今頃、ウルカの城内や軍部内で捕縛されているだろう。

ただ、なにかが引っかかる……。

「でぃりやぁ……」

「アシュ」

ディリヤが、アシュのもとへ辿り着いた。

フーハクはそれを見届けてからアシュの傍を離れ、ララとジジを抱いて歩くイノリメとトマリメを助けに向かう。

「……ディリヤ、あのね！　あっちでキラキラしてるの、なぁに？　ずっとエドナちゃんのほうにキラキラしてる。こわい」

アシュは、再会の抱擁よりも、ディリヤに会えたことの喜びを伝えるよりも先に、ずっと気になっていたキラキラを指差した。

「………」

アシュは、ディリヤよりもずっと目が良い。

けれども、じっと目を凝らせば、ディリヤにも分かる。あのキラキラと光る美しいものの正体は、弩の矢尻だ。

「もう一人いる」

ディリヤは呟いた。

先程、ディリヤが敵か味方か判別できずにいた、森に潜む影だ。

一人目の暗殺者は、エレギアの息がかかった暗殺者だ。この暗殺者は、生きたままユドハが捕縛した。

ユドハと手を結んだエレギアは暗殺命令の撤回を発令したものの、既にウルカに潜入していた暗殺者にその一報を届ける時間はない。

それが、ユドハが暗殺者を殺さずに捕縛した理由だ。死ぬ必要のない者が、死ぬべきでない時に死ぬ必要はない。エレギアにとっては、この暗殺者一人とっても信頼できる存在のはずだ。生きたまま返すことによって、エレギアにまたひとつ恩を売れる。

だが、いま弩を構えるあの暗殺者は、二人目だ。アレはエレギアの手の者ではない。万が一、エレギアの手配した暗殺者がしくじった時の保険として、トラゴオイデ元帥が個人的に放った刺客だろう。

「……ディリヤ様！」

間もなく、ライコウとフーハク、イノリメとトマリメ、ララとジジもディリヤに合流する。

ライコウとフーハクは、ディリヤの無事を喜ぶ間もなく、手短に状況を伝えた。

ライコウたちは、ウルカの城から安全なエドナの私邸へ馬車で避難する最中に敵の襲撃を受けたらしい。

敵は、金狼族の反狼狩り派だ。

襲撃を受けてもなお馬車を走らせ続け、馬上の敵と牽制し合っていたが、徐々に騎馬した敵の数に圧倒され、ユドハのいる雪原の近くまで誘導された。

結局は、車輪を破壊されて馬車を放棄せざるをえず、敵との交戦状態に陥った。

そんな過酷な状況で、アシュは大人たちの言うことをよく聞いて、行動した。

「アシュさん！　逃げて！」

フーハクの叫びに促されて、アシュは走った。

この日のために、ライコウとフーハクはアシュとの信頼関係を築いてきたと言っても過言ではない。

以前、城内で小火騒ぎが発生した時、アシュとディリヤは「本当に危ない時は大人と一緒にいましょう」

と約束した。アシュはその約束を守り、ライコウとフーハクを信じて行動し、それでいて弟たちを守るために先頭に立ち、逃げ道の安全確保という役目を立派に果たした。

　アシュは、幼いながらも「ユドハに助けてもらおう、ディリヤに助けてもらおう」そう考えた。

　幸いにも、狼は血の繋がった家族の匂いには敏感だ。遠く遠く離れていても、必ず見つけ出す。

　アシュは雪の丘に立つユドハのかすかな匂いを見つけ、その匂いだけを頼りに雪中を進んだ。

　ララとジジを抱いたイノリメとトマリメが、アシュに続いて逃げた。

　ある程度、敵の数を減らしてからフーハクはアシュたちのもとへ向かい、ライコウが最後尾を守ることでアシュたちの逃亡の時間を稼いだ。

　その戦闘の最中に、反狼狩り派がなぜこんな行動を起こしたのかが判明した。

　彼ら反狼狩り派はアシュを人質にとり、ユドハに改心を求めようと考えたらしい。

　反狼狩り派は、ユドハにディリヤとのことを考え直してもらいたいのだそうだ。

　ユドハが正しい嫁を娶り、その者との間に正しい子を為し、さらにはユドハが王位に就き、正しい子がその王位を継ぎ、国を導く。それが正しいことなのだとユドハに考え直してもらいたい。そのための交渉材料としてアシュを必要とした。

「子供を脅迫材料にするな！」

　ライコウは激怒した。

　子供は大切な存在だ。それがユドハの子であろうと、市井の子であろうと、等しく尊い。

　戦争が終わって、ようやく子供が子供らしく生きていける時代になったのだ。これからウルカという国を担っていく大切な子供たちだ。希望だ。大切にしなくてはならない。

　ましてや、金狼族は、孤児であろうと、捨て子であろうと、血の繋がらない子であろうと、己の群れに迎え入れたなら大切に育てる生き物だ。

　子供を利用して政治を動かそうなどというのは、金狼族の本質に抗う愚かな行為だ。

　生まれ育ちに関係なく、個人の能力を認めるのがウルカの美徳だ。女性の身でありながらも、エドナが政界で活躍できるのも、個々人の優秀さを認める社会だからこそだ。

　そうした環境や仕組みを整えることで、金狼族は繁栄してきたのに、血筋にこだわるなどは愚かなことだ。それではクシナダ派と同じだ。

　ましてや、ゴーネと手を組むなどは、愚かの極み。ウルカの将来にゴーネが必要だと本気で考えているのか。

　ライコウは反狼狩り派にそう説いた。

　反狼狩り派の何人かは、ライコウの言葉に崩れ落ちたが、何名かはライコウに斬りかかり、返り討ちに遭った。

　すべての敵を無力化したのち、ライコウは先を行く一行を追った。

　この雪原からユドハの立つ丘はすぐ近くだ。ここまで来てしまったら、いっそユドハの近くにいたほうが安全かとも考えたが、これからあの丘は乱戦になる。戦場のど真ん中に子供たちを連れて行けない。

　かといって、来た道を引き返すことも難しい。

　第二、第三の追跡がないとも言い切れないからだ。

　イノリメとトマリメが「木立に入りましょう。同じ風景が続きますし、追跡があったとしても、この土地の景色をよく知らぬ者なら確実に迷います。岩場もありますし、小動物の足跡もあって、追手のめくらましになりましょう」と提案した。

　この一帯は、秋頃に、ディリヤが子供たちを連れて狩りの練習をした場所だ。景色こそ雪模様に変わっているが、子供たちも遊び慣れた土地で、隠れる場所はいくらでもあった。

「ユドハのとこに行くのね！」

　大人たちはアシュの言葉を否定しなかった。

　敵から逃げるのです、などと言えばアシュを怖がらせるだけだ。

　そうして、木立を進むうちに雪の丘では乱戦が始まり、ディリヤがアシュを見つけた。

「あのね、ディリヤ、アシュ、いっぱい走ったよ！」

「よく頑張りました」

「はい！」

「おうちに帰ったらいっぱい褒めさせてください」

　ディリヤは雪まみれのアシュの頭を撫でて、ライコウとフーハクに向き直る。

「ライコウさん、フーハクさん、刺客がもう一人います。丘の向こうの森の弩手（どしゅ）です」

ディリヤの言葉に、四人の大人たちはいままで以上に身を低くして子供たちを庇う。

「どうしますか、ディリヤ様」

「狙いはエドナ様のようですが……ユドハ様は乱戦で身動きがとれません。下手に報（しら）せればあの弩手に勘付かれます」

フーハクとライコウは即座に状況を把握する。

「では、このメンツでなんとかする必要がある……ということですね」

「なにか妙策がおありで？」

「群狼戦（ぐんろうせん）を仕掛けます」

ディリヤは不敵に笑った。

金狼族は、狼だ。

そして、幸いにも、ここには、ライコウとフーハク、イノリメとトマリメ、アシュ、ララとジジ、七匹の狼がいる。

狼は基本的に群れ成す獣だ。

ひとつに固まって群狼となり、敵を追い詰め、排除し、縄張りや家族を守る。

「アシュ、ララ、ジジ、こちらどうぞ」

屈んだディリヤが、三人の子供たちを懐へ招き入れる。

片膝を着き、身を低くしたディリヤよりももっと低く子供たちは身を屈め、狩りをする狼の姿勢でまっすぐ前方を見据える。

ライコウとフーハクはディリヤの左右を固め、イノリメとトマリメはディリヤの背後を警戒し、ディリヤの作戦に耳を傾ける。

「ここからまっすぐ前を向いた、あの大きな木の上に敵がいます」

「……敵」

アシュが、こくりと喉を鳴らす。

「そうです。我々家族共通の敵です。エドナさんを狙っています。……ですが、エドナさんはこの乱戦を回避するために、複数の騎士に守られて移動しているので、現在、敵はエドナさんを狙えません」

「うん……」

「もう間もなく、この乱戦はユドハの勝利で終了します。しかしながら、あの敵は単独で別行動しています。ということは、乱戦中の兵士たちとは命令系統が異なるということです。あの敵は、通常とは異なる脅威です。あの敵を排除しない限り、エドナさんの命の危機は継続されることが予測されます。そのような脅威は必ず完全に排除しなくてはなりません。分かりますか?」

「分かりません。むつかしいです」

「エドナさんの命が狙われています。たいへん。自由に動ける俺たちがエドナさんを守ろう、という感じです。……アシュ、ララ、ジジ、落ち着いてください」

三匹の小さなけものは、エドナを狙っていると聞いて、「ぅ〜〜〜」と唸り始める。

後ろ足で雪の地面を掻き、前足の爪を尖らせ、尻尾や耳を前に立てて臨戦態勢をとり、いまにも走り出し、正面の敵に飛びかかって噛みつこうと牙を剝く。

ディリヤはそんな三匹を、ぎゅっと両腕にひとまとめに抱えて、「よしよし、どうどう、落ち着いてください。焦りは禁物です」と静かに言い含める。

「いいですか? 敵はあの光る方角です。よく狙いを定め、狙った獲物は一撃で仕留めなさい。敵が逃げぬよう、致命傷を与えなさい。……さて、各々の役割は覚えていますか?」

「ぅう〜〜」

「ぅー……っ」

ララとジジは、仔狼の出せるめいっぱいの低い音で、くるくる唸る。

「そうですね、よくできています。ララとジジは、いっぱい唸って敵を威嚇してください。イノリメさんとトマリメさんにだっこしてもらって、たくさん吠えてください。声が雪に反響して、木霊(こだま)して、狼が大勢いるように見せかけられるくらい吠えて、敵を攪乱(かくらん)してください」

ディリヤは、「後方の安全な場所から、敵の攪乱をお願いします」とイノリメとトマリメにララとジジを任せる。

「あの、わたくしどもにお任せくださってよろしいのですか……?」

「わたくしどもの専門は情報収集と分析で実戦経験はほとんどございませんのに……」

二人の侍女はこう見えて手練(てだ)れだ。

なにせ、ユドハが手配した侍女だ。

つまりは、いざとなったら戦える狼だということだ。

「いつもお二人の後方支援は完璧ですから」

ディリヤは二人の侍女に頷いてみせた。

この二人はいつも控え目で、目立つことを嫌い、侍女としての役割にのみ徹しているが、侍女仲間や使用人の噂話に耳を傾け、いつもディリヤたちのためになる情報を収集、分析し、傍で守ってくれていた。

彼女らがなにも語らぬのでディリヤも追求しなかったが、彼女らが訓練を受けた狼だということは、その所作からも見てとれる。

「ディリヤ様……わたくしどものこと、お気付きでしたのね」

「ユドハ直属の情報分析官かなにかだと拝察していまず。もちろん、戦闘訓練を受けた軍人であることも……。だからこそ、ララとジジを任せられた。それに、お二人は子供たちの世話も完璧でした。今日もよろしくお願いします」

「ララ様とジジ様はわたくしどもが必ずお守りいたします」

二人の侍女は優雅に腰を折り、雪原に消える。

「アシュは敵の追い込みでしょ!?」

待ちきれないアシュは息を大きく吸いこみ、毛をぶわりと逆立てて意気込む。

「では、木の上の敵がいまの三倍の大きさになる所まで接近してください。それより敵が大きく見えるほど近付いてはなりません」

「はい!」

「接敵する際の約束事は?」

「アシュの姿が見えるように走らない! 障害物の陰に隠れながら、ギザギザの雷みたいに走る! 重心は低く、獲物から目を逸らさない!」

「よろしい。……一人でできますか?」

「できます!」

「人数が足りないので、ライコウさんとフーハクさんは傍にいません。本当に、アシュ一人きりです」

「……あしゅひとり……」

「はい。難しいなら……」

「できる!」

「…………」

ディリヤがまっすぐアシュを見つめると、アシュもまっすぐディリヤを見つめて、力強く頷く。

「アシュはつよいこ!」

「そうです、ディリヤとユドハの子、アシュは強い子、強い狼です」

「はい!」

「では、あなたの今日までの狩りの練習の成果と成長、その集大成をディリヤに見せてください」

アシュの言葉に深く頷き、ディリヤはライコウとフーハクに向き直る。

「……ディリヤ様はいかがなさるおつもりで？」

「俺が攻撃に入ります。ライコウさんは敵の撤退を阻止しつつ、俺が取りこぼした際の獲物の排除をお願いします。フーハクさんはアシュの援護を頼みます」

「了解」

位置取りのため、ライコウとフーハクはそれぞれの持ち場へ走る。

「アシュは？　もう行っていい？」

「まだです」

もうすぐ、ユドハと敵の乱戦が終わる。

それを待つ。

「まだ？」

「まだです」

「もういい？」

「焦りは禁物です」

逸(はや)るアシュの肩に手を置き、その場でじっと走る構えで待機させる。

「…………」

「いい子です。……さぁ、あと十も数えれば終わります。……待て、待てだ、アシュ。……獲物を見定めろ」

「うー……！」

「……よろしい、それでは狩りの時間です。行け」

ディリヤが手を離した瞬間、アシュが飛び出した。

同時に、乱戦が終わったばかりの戦場をディリヤが直進で突っ切る。

子供たちはまだ狩りが下手だ。

まず先陣を切るのはディリヤであり、刺客の注意を引きつけるのも親狼であるディリヤの役目であり、獲物の息の根を止めるのもディリヤの仕事だ。

「ディリヤ！」

戦場を突っ切る赤毛の狼を、ユドハが見つける。

「ユドハ！」

視線と手振りで、刺客の存在とエドナが狙われていることを伝える。

「侍衛(じえい)！　姉上をお守りせよ！」

ユドハの声で、エドナの周囲を近衛が固め、退避させる。

乱戦の渦中にいたユドハの位置からでは、エドナのもとへ駆けつけるにしても、刺客と相対するにしても距離が開きすぎている。

イノリメとトマリメ、ララとジジが遠くから唸り、安全圏からではあるが徐々に敵との距離を詰める。四つの鳴き声は森で反響し、確実に敵を攪乱した。

アシュが走りながら吠える。刺客が察知するのは、この雪原に生息する獣が走ったような、そんな物音だ。反響する数多の咆哮と無数の狼の気配。刺客には、四方八方から狼の群れが迫ってくるように感じられたはずだ。

刺客は撤退を決めた。エドナ暗殺は不可能だと判断したのだろう。潜伏していた敵が、初めて姿を見せ、身を潜めていた木から下りて撤退を始める。

アシュはそれを見逃さず、敵を追い詰める。

だが、獲物を追うことに夢中のアシュは、ディィリヤと約束した距離よりももっと敵に接近してしまう。

「下がれ！」

ディィリヤの号令でも、アシュは止まらない。

おそらく、本能に支配されて、己でも止められないのだろう。次第に、隠蔽も疎かになり、敵に姿を晒してしまう。

刺客は、小さな狼の姿を認めると、弩を構えた。

フーハクがアシュを庇うように前に出る。

白い雪のなかで、一等目立つ赤目赤毛(せきがんせきもう)の狼が走った。

白銀の世界で、赤は際立つ。

脅威に成り得るのは、仔狼ではなく赤毛の狼だと判断したのだろう。刺客はその場に膝をつき、構えた弩の向きをディィリヤへ変えた。

放たれた矢が、ディィリヤの頬をかする。

ディィリヤは怯(ひる)むことなく敵へ向けて突進し、エドナを狙う敵を狩る。

刺客はディィリヤに背を向け、逃走を始めた。

ディィリヤが投げた短刀が、刺客の膝裏に刺さる。

刺客がその場で崩れ落ちるのとほぼ同時に、ディィリヤが刺客に追いついた。

刺客は舌を嚙み切ったようで、口端から血が流れていた。その死を確かめるため、ディィリヤは刺客の傍らに膝をつき、手を伸ばす。

刺客は、狼ではなく、人間だった。

その時、ふと、刺客の手に目がいった。

怪我をした様子はないのに、刺客の手が血に濡れていた。おそらくは膝裏に刺さった短刀を抜いたのだろうが、その手に付着した血液は、なにかで拭ったような痕跡があった。

なにで拭ったのだろう？

目立つ位置に、血を拭った痕はない。

だが、よく観察すれば、刺客の口端を汚す血に、ほんのわずか、指で血をなすりつけたような痕が……。

「……っ！」

刺客が両目を見開き、ディリヤの短刀でディリヤの喉元を狙った。

刺客は舌を噛み切ったように見せかけ、自害を装っていたのだ。

喉に突き刺さる寸前で、ディリヤは己の右手で短刀を摑み、奪い返す。のしかかってくる刺客の腹を蹴り、相手が地面に仰向けに倒れたところを組み伏せ、腹に跨って殴る。

肋(あばら)のヒビのせいか、監禁されていた時の怪我のせいか、一撃に重さがない。敵も殴られ慣れているのか、気を失ってくれない。子供たちが見ているかもしれない状況で人殺しはしたくない。

だが……。

「……っ、ぐ」

刺客は右手を伸ばし、ディリヤの首を絞める。

ディリヤは刺客の右手を両手で摑み、首に食い込む指や手を引き剝がそうとする。

刺客の右手には、刺客自身が隠し持っていた凶器が握られていた。剃刀(かみそり)のように薄い刃で、ディリヤの首を絞めながら、ディリヤの首に深く食い込んでいく。

ディリヤは、息苦しさと首筋を伝う血の温かさを感じながら、片手だけを下ろした。

そして、隠し持っていたもう一本の短刀で、刺客の心臓を突いた。

もし、ディリヤが心臓を突き刺すのが刹那でも遅れていたら、ディリヤのほうが死んでいただろう。

「…………」

細く息を吐き、呼吸を整え、ディリヤは己の首筋に手を当てる。

この寒さのせいか、傷がさほど深くないのか、出血量は少ない。

「ディリヤ！」

ユドハがディリヤと合流する。

「あぁ、ディリヤ……！」

護衛に守られたエドナも、無事だ。

久方ぶりのディリヤの姿に涙を浮かべ、その無事を喜ぶ。

ライコウとフーハクに連れられたアシュが、イノリメとトマリメに抱かれたララとジジが、ディリヤのもとへ戻ってくる。

子供たちが目にする前に、ウルカ軍の兵士が刺客の死体を移動させた。

「狼狩り！」

叫ぶ声がした。

ウルカ軍の軍服を身に着けた狼が、ディリヤに剣を向けた。

今しがたまで刺客の死体を片付けていた兵士だ。

ディリヤは、咄嗟に自分が矢面(やおもて)に立ち、ユドハや子供たちを庇うように立つ。

イノリメとトマリメ、ライコウとフーハクは子供たちを懐に抱き、己の背で庇う。

だが、ディリヤが家族を守るように、家族もディリヤを守る。

がう!!

三匹の仔狼が、同時に吠えた。

これは、群れなす狼のいくさだ。

剣を向ける狼が怯んだほんの一瞬の隙を突き、ユドハがディリヤの襟首を摑んで背後に引き倒し、素手で敵を殴り倒した。

後ろへ傾ぐ敵の胸倉を摑み、手前へ引き寄せるなり頭突きを食らわせ、拳で殴り、搦め手で雪原に押さえ込み、瞬く間に制圧する。

反撃の暇も与えない、圧倒的な力量差だ。

「捕縛！」

ユドハの言葉で、兵士が同胞である狼を拘束する。

「……狼狩り！」

その狼は、恨みがましい瞳でディリヤを睨み上げ、唸った。

まだ若い狼だ。

ディリヤより年下に見える。

将来のある狼だ。

「俺がアンタの家族を殺したか？」

「そうだ！」

「そうか……」

ディリヤはその狼の眼前に屈みこみ、赤い瞳を見開き、額をごつりと突き合わせて、正面から睨み返す。

「殺してやる!!」

「じゃあ頑張って生きろ」

俺もそうやって生きてる。

「……人でなしめ！」

「そうだな。人でなしだな。……こっちは、けもののつもりで生きてる」

ディリヤは牙を剝く狼の耳を摑み、頭を持ち上げる。

この若い狼はなかなか立派な気概の持ち主のようで、まだ瞳から光が消えていない。

「お前は、けものでも、ヒトでもない。化け物だ！」

「なんでもいい。俺個人を狙うなら好きにしろ。けどな、ウルカに損害を与えるな。お前たちの王を裏切るな。ゴーネのような三下に与するな。それは狼の誇りを損なう行いだ」

「……っ」

「それから、これが一番大事だ。我が家の平和を乱すな」

ディリヤは、鷲摑みにしていた両耳を離した。

後ろを振り返れば、アシュとララとジジはまだ目隠し耳隠しされて、「なんで真っ暗なの!?　夜なの!?」と尻尾と両足をじたじたぱたぱたさせている。

やっぱり、我が家は平和が一番だと思った。


ユドハの離宮。

正式名称はトリウィア宮と呼ぶそうだ。

いつの頃からか、アシュが「おうち」と呼ぶようになってから、ここはディリヤにとっても家になった。

帰るべき家になった。

我が家だ。

やっと帰ってきた。

懐かしい景色、懐かしい匂い、懐かしい心地。

一年とすこしここで暮らしただけなのに、もう、懐かしい。

「……ディリヤ、ほんもの？」

アシュは、ディリヤを見上げてそう尋ねてきた。

「もちろん、本物です」

「……ほんとのほんとに？」

左右にララとジジを抱えたアシュが、胡乱（うろん）な瞳でディリヤを見やる。

「さっきあんなに一緒に狩りをしたじゃないですか」

「………………したけどね」

「したけど、……どうかしましたか？」

「べつに。……ララちゃん、ジジちゃん、あっちで遠吠えのれんしゅうしましょうね」

アシュは、ぷい、とそっぽを向いてディリヤに背を向け、部屋の隅へ行ってしまう。

「……アシュ、もしかして怒ってますか？」

「怒ってません」

「その声は怒ってますね？」

「…………おこってないもん」

そう答えるアシュのふくれっつらがちらりと見える。

「すみません、帰りが遅くなって……」

「…………しらない」

「馬車から降りて、おうちまで間違えずに走って、迷子にもならず、泣かずに頑張ったとユドハから聞きました」

「……ふぅん」

「ユドハから、だいすき、あいしてる、という言葉もちゃんと聞いています。アシュの分まで、ちゃんといっぱいちゅってしてもらって、抱きしめてもらいました。ディリヤにそのお返しをさせてくれませんか？」

ふくれっつらのほっぺたに唇を押し当てて、めいっぱい抱きしめたい。

ディリヤは、アシュの傍近くで両膝をつき、両腕を広げる。

広げたものの、アシュにはそこに飛び込みたくても飛び込めない感情があるようで、ディリヤは一度、その手を下ろす。

「…………」

アシュの尻尾は、ぱたぱたそわそわ、ディリヤのほうを向いているけれど、気持ちがまだ素直になれない。

だって、怒って、泣いちゃいそうだから。

泣かないって決めたのに、泣いちゃいそうだから。

どうしても、ディリヤの腕に飛び込めないのだ。

「……アシュ、ごめんなさい。アシュが怒ってるのは、ディリヤを心配してくれたからですよね？　なのにディリヤはいつまで経っても帰ってこないし、どうしていいか分からなくて、こわかったんですよね」

「……こわくないもん」

「すごいですね。……ディリヤは、アシュやララやジジ、ユドハと離れればなれでこわかったです」

「…………こわかったの？」

「こわかったです。とってもこわくて、悲しくて、泣きそうになりました」

「アシュは泣かないもん」

「ディリヤも頑張って泣きませんでした。アシュが、悲しいことじゃなくて、大好きな家族のことを考えるってディリヤに教えてくれたから、ディリヤもそうできました。ありがとうございます」

「どういたしまして」

律義なアシュは、そっぽを向いていても、ありがとうございますと言われたら、ぺこっと体が二つ折れになるほどお辞儀して「どういたしまして」と言う。

「……家に帰るまで泣かずに頑張ったんですけど、ディリヤはそろそろ限界なので、かなしくて、さみしくて、いまもまた泣いちゃいそうなんです」

「かわいそう」

「はい。アシュを懐柔（かいじゅう）するためじゃなくて……わりと、いま……ほんきで……泣きそうです」

「…………ぎゅってする？」

「したいです」

「アシュをぎゅってしたら泣かない？」

「泣かないです。笑顔になれます」

「しょうがないね。ディリヤかわいそうなの、アシュもかなしいからね。……はい、どうぞ」

アシュがディリヤのほうへ向き直り、ちっちゃな両腕を開いてくれる。

「アシュ……！」

ディリヤはアシュの胸に飛び込む。

そのまま倒れて押し潰しそうになるのを堪えて、ぎゅっと自分の胸に引き寄せ、膝へ乗せ、強く強く抱きしめる。

「アシュ、アシュ……会いたかった……っ」

「…………ふぇ」

途端に、アシュの顔がふにゃふにゃにゆるんだ。

でも、ぐっと堪えて、まだ泣かない。

だって、アシュはかっこいいから。

ユドハみたいにかっこよくなるから。

「アシュ、泣かない」

「……アシュ」

そうしてアシュが涙を呑む姿を見ているディリヤのほうが、じわじわと目頭に涙が溜まってくる。

「……でぃりや、泣いてるの？」

「はい」

「うん……、おめめうるうる」

「アシュのおめめはまだうるうるしていませんか？」

「アシュはそう簡単に泣けないの！」

「……すみません」

アシュがディリヤの懐で怒るから、ディリヤはまたアシュを抱きしめて詫びる。

「どこ行ってたの！　アシュいっぱいいっぱいいっぱい心配したんだよ！」

「本当に、ごめんなさい」

「いっぱいいっぱいいっぱいいっぱい心配したの！」

「……はい」

「さみしかったの！　かなしかったの！」

「ごめんなさい」

「どうして迷子になるの！」

「……まいご」

「まいご！　ちゃんとユドハとおてて繋いで歩いてなかったの!?」

「ちょっとだけ……手を離してしまいまして……」

「もうはなしちゃだめよ」

ひしっとディリヤにくっついて、すんすん、鼻を鳴らす。

「はい。もう離しません」

「おかえりなさい、ディリヤ」

「ただいま、アシュ」

耳と耳の間に顔を埋めて、ぎゅっと抱きしめる。

アシュのまるまるした手は、ディリヤをしっかり摑んで離さない。

「今日からまたアシュたちの傍にいます」

「うん」

「だいすきです。あいしてます。離ればなれの間、ずっと言いたかった」

「……でぃりゃ」

「いっぱいいっぱいがんばりましたね」

「……でぃいや、……っ、でぃいやぁ……」

しばらくそうして抱きしめあっていると、アシュの涙腺がゆるみ始め、ぽとぽと、ぽとぽと……、涙がこぼれる。

気が抜けたのか、アシュがぴぃぴぃ泣く。

つられて、アシュの両隣にいたララとジジもぴぃぴぃ泣き始めた。

「お前がいなくなってから、今日まで一度も泣かなかったんだ」

子供たちとディリヤの様子を見守っていたユドハが、

ディリヤに教えた。

「あしゅ、信じてたよ……っ、でぃぃや、死なないって言ったもん。だから、だいじょうぶって、信じてたよ。アシュ、つよくなったよ！」

「はい、アシュは強くなりました」

「アシュ、考えたの。ディリヤとユドハが死んじゃったらかなしいし、さみしいし、こわいし、いまも、しくしくしちゃいそうだけど、アシュはね、泣いてばっかりで、大好きなディリヤとユドハのお顔を見られないのがいやだから、泣かないことにしたの。……時々は泣いちゃうかもしれないけど、それより、ディリヤとユドハとみんなでお弁当食べて、ひなたぼっこして、狩りのれんしゅうして……、やりたいことといっぱいあるから、悲しんでないで、いっぱいいいろんなことするの！　だいすきって言うの！」

アシュは笑った。

笑いたいから、笑った。

泣きながらでも、笑った。

「アシュはほんとうに……強いです」

「それにね、アシュが長生きして、じゅみょうで死ぬ時に、先にディリヤとユドハが死んじゃってたら、アシュが死ぬのはこわくないねぇ、って思ったの」

「アシュかっこいい!?」

「はい、とっても、とっても、かっこいいです」

アシュは、小さいなりにいっぱい考えて、成長している。ディリヤの助けがなくても、自分で考えて、自分で結論を導き出した。

こんなに小さいのに、大切なことがなにか、もう分かっている。

小さな生き物が、ちょっと大きく見えた。

ディリヤが想像するよりももっと、アシュの心はいろんなものを見ていた。とてもとても素晴らしい、彼のきらきらした世界を見ていた。

「でもね、でぃりや……」

「はい」

「アシュ……いまは泣いちゃいそうなの……ディリヤがかえってきて、うれしくて、涙がぽろぽろしちゃうの。……あしゅ、泣いていい？」

「もちろんです。泣くのは悪いことではありません。泣きたい時に、好きなだけ泣いていいんです。まだまだずっと泣いていいんです。弱いところも、悲しいところも、さみしくてつらいことも、こわいことも、言葉にして、泣いて、怒って、たくさんディリヤに教えてください」

「…………あしゅ、ふにゃふにゃになっちゃう」

「ふにゃふにゃになって、いっぱいいっぱい泣いたら、楽しくて、幸せで、尻尾がぱたぱたして、心がふわふわすることをしましょう」

「にこにこ？」

「そうです。にこにこすることをしましょう」

「……あのね、……アシュ、本当はね、こわかったの……とっても、とっても、こわかったの。……でも、もうこわくないよ、ディリヤいるもん。ユドハも、ララちゃんも、ジジちゃんもいるもん。それに、アシュ、狩りが上手になったでしょ？」

「はい。とっても上手になりました」

「うん！」

「ララとジジを守ってくれて、たくさんお世話を焼いてくれて、ありがとうございます」

「うん」

「火事の時、火を消して、家族を守ろうとしてくれてありがとうございます」

「……ぼちょぼちょになってごめんね」

「次はディリヤと一緒に逃げてくれますか？」

「はいっ」

「アシュ……」

「なぁに？」

「だいすきです」

「ふふっ、へんなディリヤ」

「だいすき、あいしています。ディリヤはアシュがだいすきです」

「アシュもディリヤだいすき！」

　嬉し泣きと泣き笑いでくちゃくちゃの顔でアシュが笑う。

　ララとジジがディリヤの背中に這い上って「う！」「う！」と主張する。

　ララとジジも「おかあしゃんだいすきだもん！」と、ディリヤにしがみつく。

　双子のお尻が滑り落ちる寸前で、ユドハがララとジジの尻を掬って、持ち上げた。

「……そろそろ俺も混ぜてくれ」

　ユドハは、ディリヤごとアシュを持ち上げて膝に乗せる。

ユドハと向かい合うかたちで座ったディリヤの懐にアシュとララとジジを置くと、ぜんぶひとまとめにして抱きしめる。

「ぎゅうぎゅうね」

「狼の群れですからね」

家族みんなでくっついて、ちっちゃな群れで笑う。

家族みんなでこうしていると、あったかい。

子供たちがディリヤとユドハの隙間に入り込んで、ぬくぬく暖を取り、目を細める。

久しぶりにそろったお父さんとお母さん両方の匂いに、子供たちはすっかり安心しきった様子で、ふにゃふにゃにとろけている。

ほんのささやかな幸せだけれど、これが、家族みんなの幸せだった。

「ただいま、ユドハ」

「おかえり、ディリヤ」

懐に三匹の仔狼を抱えて、ユドハとディリヤは唇を重ねた。

ウルカの王城。

そこには、ウルカの政（まつりごと）のすべてが決まる執政の間がある。

国王代理であるユドハや前王妹であるエドナは、日々、その場で、国を担う重鎮とともに国の行く末を決める。

ディリヤには縁のない場所だ。

けれども、今日、ディリヤはその議場の一角にいた。

広間全体を見渡せる場所ではあるが、御簾（みす）に隠れた向こうに座らされている。

「今日は俺と一緒に城へ来い」

朝、ユドハにそう言われた。

珍しく命令口調に近い物言いだったので、ディリヤは素直に頷いた。

ユドハが今日のために「これを着ていけ」と選んだのは、普段着より上等の服だった。

つまりはまぁ、見た目からして気合を入れろ、という意味なのだと受け取って、ゆるく後ろに流して、髪もユドハにくしけずってもらい、見た目だけでも上等に見えるように、いつもより気を遣って身嗜みを整えた。

ディリヤの座っている位置は、ちょうど、ユドハの背後だ。

御簾に隔てられて、お互いの姿は見えないが、ユドハやエドナが大臣や軍関係者と国政や軍政について議論する声は充分に聴きとれた。

ウルカとゴーネ、そしてリルニック。

それらの問題が片付き、またいつもの日々に戻り始めている。

ユドハは変わらず忙しくしているし、近頃はエドナとともにウルカの古い国法や王室法、王位継承法などの文献を繙(ひもと)き、遅くまで議論を重ねていた。

ディリヤをこの場に同席させることになんの意味があるのか……。こればかりは考えても分からず、けれども、ユドハのすることだから、まぁ悪いようにはしないだろうと考えて、物見遊山(ものみゆさん)の気分で見学させてもらっていた。

なにせ、初めて立ち会う場面だ。

国がどう動くのかをこの目で見る機会なんて、そうない。

アシュが見たら喜ぶし感動するだろうなぁ……と、そんなことを暢気に思いながら、耳に心地好いユドハの話し声に耳を傾けた。

「それでは、本日最後の議題です」

議事進行役が、妙に重い口ぶりでその言葉を発した。

「まず、皆には、我が事で時間を割いてもらったことに礼を言う」

ユドハがまず礼を述べることから、その話は始まった。

そこから先、ディリヤはただ呆然とするしかなかった。

議題は、ユドハが、終世、国王代理であること、という内容だった。

ユドハは、人間のディリヤを伴侶に望んでいる。

この国の一定以上の立場の者は、ディリヤがかつて敵対していた国の人間であり、狼狩りという部隊に所属していた兵士であり、庶民であるということを知っている。

そのディリヤを、公式非公式にかかわらず、つがいにする代わりに、ユドハは王位継承権を放棄すると宣言しているのだ。

しかしながら、現在、ユドハ以上に国王としての職責を担える者は存在しない。

よって、王位継承権を返上してもなお国王代理の身分のまま、その役目を継続し、これまでと変わらず国に尽くす。……という話が、いま、ディリヤの目の前で進んでいた。

ディリヤをつがいにするためにユドハはそれに同意する。正確には、同意するというよりも、ユドハのほうから提案したのだろう。

おそらく、事前に、各大臣、各部署、各方面に根回し済みに違いない。この場では混乱もなく、皆、ユドハの意志を尊重する方向で同意した。

だが、皆の本心がまったくすべてユドハの意志に添うたものではないことくらい、ユドハも、ディリヤも、察している。

この国を担う者の多くは、ユドハを王位に望んでいる。

それが、ウルカにとって最善だからだ。

国王代理のユドハ。国王ユドハ。この二つは似て非なるものだ。公務の内容や権限が等しくとも、国王の肩書きのほうが、他国への牽制や圧力、交渉に優位に働く。

もちろん、国内においても権力の幅が広がり、ユドハの思い描く国造りを行うのに効力を発揮するだろう。

ユドハは、ディリヤのためにそれを捨てると言っているのだ。

「ディリヤを恨むのはお角違いだぞ。罷(まか)り間違っても、我がつがいを責め立てるな。恨み、責め立てるなら、このユドハにその感情を向けろ。すべては俺の行動の結果だ。これは、俺が八年前にディリヤを孕ませることを望んで抱いたことに起因する。俺が責任をとるつもりで抱いたんだ。俺が惚れたから、そうしたんだ。これは、オスとしての甲斐性の問題であり、愛する者を守るための最善かつ最良の選択だ」

ユドハの言葉は、ディリヤへの愛に満ちている。

ユドハの行動は、ディリヤへの真摯(しんし)な誠意を現している。

ばかだ。

こうして、ディリヤへの愛ばっかり尽くしていたら、そのたびにユドハの人生が停滞してしまう。ディリヤへの愛を示すたびに、ユドハが苦労する。

結局、ディリヤはユドハの足枷だ。

それを、こんなふうに現実として見せつけられたら、ディリヤは自分を憎まずにはいられない。

「正式な宣誓と継承権放棄の公的手続き、公表は以下の次第で……」

議事進行役の言葉も耳に入ってこない。

ディリヤは、これを妨害すべきか、ユドハに発言を撤回させるべきか、自分などにこの場に割って入る資格があるのか……そんなことを考えたくても考えられず、頭が真っ白になっていく。

「ディリヤ」

茫然としていると、御簾を開いてユドハが顔を覗かせた。

ユドハは、言葉もないディリヤを自分の目線まで抱き上げる。

「そういうわけで、俺は終生国王代理だ。これ以上の出世は見込めんが、お前のつがいとして生涯をかけて尽くそう」

「…………」

「これからも傍にいてくれるな？」

「アンタ……」

「うん？」

「なに、考えて……」

「だってお前、結婚してくれと俺に言っただろ？」

「言った、けど……それは……」

「お前は俺に結婚を申し込んだ。俺はその求婚を受けた。そして俺はお前と結婚できる方法を見つけて、それを実行した」

「…………」

「これで結婚できるぞ」

「…………」

「驚いたか？」

「言葉が……でない…………」

「なに、役所に行って届けのひとつも出せば実感も湧く」

「そういう、感動とか、嬉しいとかで、まだ実感がないとか、そんなことを言ってるんじゃない」

「ちがうのか？」

「ちがう」

「気にするな。自分の好きな嫁をもらうために王位継承権を放棄するなどは、稀にあることだ。過去の判例にもいくつかあった。俺が放棄しただけだから、仕事内容はいままでと変わらん。それに、もちろん、アシュの王位継承権は守られるしな」

ウルカの王位継承法に準ずるならば、アシュの王位継承権は残る。

継承権の順位にも変動がない。

順当にいけば、次の王位はアシュのものだ。

もちろん、アシュが王になるかどうかはアシュの意志を尊重する。ディリヤとユドハの間で交わされたその取り決めはいまもまだ有効だ。当然のことながら、王になるために必要な教育も、これまでと変わらず与える。

アシュが望めば、アシュは王になる。

そして、アシュが成長するまでは、ユドハが国王代理として現状を維持し続ける。

ディリヤや子供たち、その子供たちの子供たち……、ユドハは、次の世代へこの平和な世を繋ぐために働ければ幸せだ。

「まだ納得してくれんか？」

それでもまだ納得のいかない様子のディリヤに、ユドハは困った顔をする。

「俺は、アンタの足を引っ張るのはいやだ。俺は、こんなこと望んでない」

「お前、俺との結婚を望んでないのか？」

「そこじゃない」

「お前と結婚すれば、俺は幸せだ。俺はお前と結婚できたら、もっとたくさん頑張れる。皆にもそう説明した」

「……ディリヤと結婚したらユドハは幸せでもっと仕事を頑張れるから、これからのユドハの頑張りを見てくれ？」

「そうだ」

「そんなので、みんなが納得するわけない」

「だが、皆は俺の幸せを考えてくれた」

「なんで……」

「姉上が後押ししてくれたんだ」

「エドナさんが？」

「あぁ」

エドナは根回しの最後の一押しとして、今案件にかかわる要人一人一人のもとへ自ら赴いた。

「我が弟ユドハは、二十九年のこれまでの人生、ただの一度も我欲を口にすることなく、兄スルドの身代わりとして影に隠れて生きてきた男です。戦では常に陣頭に立ち、政治では常に民に尽くして参りました。その男が、これからも終生国王代理として国のために身を粉にして働き、国王として表舞台に立つというオスの誉(ほまれ)をかなぐり捨てると宣言しているのです。己が名声よりも、どんな肩書きよりも、添い遂げたいつがいを見つけたのです。わたくしの弟の一生に一度の願い、皆様、お聞き届けくださいますわね」

エドナは、そうして大臣たちを説得に回ってくれた。

ユドハとともに、王位継承法や王室法、国法、様々な文献を調べ、過去の実例を持ち出し、説得力のある言葉と彼女独自の手法で皆の同意を得てくれた。

幸いにも、いま、ウルカは平和だ。

この平和は、ユドハの尽力で勝ち得た平和だ。

ユドハが生まれてからの二十九年、己の意志を言葉にすることはおろか、立って一人で歩くこともままならぬ年端もいかぬうちから、兄の身代わりとして生きてきた、その結果だ。

ユドハは、一度も己の幸せを求めずに、国と民に尽くしてきた。

狼は、群れなす生き物だ。

ユドハはつがいを見つけて、子を成し、群れを作った。

群れを得たオスは強い。

家族を守るために、全力で戦う。

「ウルカにとって、強いオスはいつの時代も必要なはずです。お考えなさい。ユドハから群れを奪えば、ウルカの損失ぞ」

それでも納得しない者たちへは、エドナは、語気を強く、根気強く、事に当たった。

あの手この手を巧みに駆使し、ユドハの幸せを実現するために動いた。彼女の朗(ほが)らかさ、笑顔、巧みな話術、魅力、賢さ、それらすべてを用いて、ユドハとディリヤの幸せのために尽くした。

「エドナさんは、とてもかっこいい……」

「あぁ、我が姉上はとてもかっこいい」

「……なんでエドナさんは、そんなにも優しいんだろう」

「それはね！　わたくしがあなたを大好きだからよ！　ディリヤ！　あと、わたくしの可愛い弟を唯一幸せにしてくれる存在だもの！　愛してるわ！　あなたたち家族がわたくしの命を守るために戦ってくれたように、わたくしだってわたくしの家族の幸せを守るために戦うの！　それだけの話よ！」

突如、御簾の向こうから顔だけ覗かせて、エドナが現れた。

エドナは「あぁもう！　わたくしったら！　話が終わるまでじっと黙って口を挟まずにいようと思ったのに……！　どうしても言いたいからこれだけは言わせてちょうだい！　男も女も群れを持ったほうが強いのよ！」と宣言し、御簾のこちら側へ入ってきたかと思うとディリヤとユドハをしっかりと抱擁して、「では、あとは二人でよろしくやってちょうだい！」と微笑み、去っていった。

嵐のように強く、美しい女性だ。

ディリヤとユドハは暫し呆気にとられてエドナの去っていった方角を見つめた。

それから、思い出したようにディリヤはユドハへ視線を戻し、ユドハもディリヤを見た。

「ディリヤ、俺との結婚はいやか？」

「いやじゃない」

「じゃあ結婚だ」

ユドハはディリヤを己の目線よりも高く抱き上げ、くちづけた。

ディリヤはそれに応え、ユドハの頭を胸に抱きしめた。

今回、ディリヤが政治的に悪用されかけたことによって、ユドハに不利益がもたらされた。

ユドハが一生ずっと国王になれないという不利益だ。

それを望まないディリヤの葛藤はあった。

「ディリヤ、お前、身を引くとか、城を出ていくとか、そういうことを考えるなよ。またそんなことをしようものなら、今度はお前を巣穴で軟禁するからな」

ディリヤの考えを見透かすように、ユドハが先手を打った。

「……巣穴で、軟禁……」

「三食おやつと毛繕いと風呂がついてきて、小さい狼が三匹ほどぴっとりくっついた状態で毎日過ごしてもらう。年に一度くらいは旅行を約束しよう。庭に出るのは自由だ」

「贅沢な軟禁だ」

「言っておくが、肉欲の日々だからな」

「………」

ユドハは笑い話のようにそう言ったが、目は本気だった。

きっと、ディリヤがユドハのもとを去ろうとしたら、甘い甘い愛の鎖で繋いで、逃げる気すら起こらない檻でディリヤの心を囲って、心もとろけるような日々でディリヤを囚えて、一生ずっとユドハの縄張りで、居心地の好い巣穴で、ディリヤを可愛がって、飼い殺すのだろう。

ディリヤは、それを想像して喉を鳴らした。

恐怖ではなく、その甘美な状況を想像して、発情した。

近頃のディリヤは、淫乱だ。

すぐにやらしいことを考えてしまう。

交尾を覚えたての猿みたいだ。

四六時中、好きな人と繋がりたい。

心も、体も、いつもユドハを求めてしまう。

日に日に、我儘（わがまま）になる。

ディリヤは、ただただ漫然とユドハに愛を与えられるだけではなく、返したい。

「俺は、アンタに愛を尽くす以外でなにができるだろう」

「お前、これ以上俺にまだなにか与えてくれるつもりなのか？」

ユドハはディリヤのその健気さを愛しく思う。

ディリヤは、なにかに尽くしていないと不安な生き物だ。

与えられることに慣れていない。

与える側のほうが、安心できる。

自分が幸せになりすぎると恐ろしいから、常に自分は与える側でなければならない。

だから、自分を殺してでも、家族のために、ユドハのためになることをしようとする。

己の手を汚すことすら厭（いと）わない。

守るためになら、なんだってする。

そうやって、尽くすことでしか、ディリヤは自分の愛を示せない。

いまはまだ……。

「俺にできることは、とても少ない。……でも、俺は体は丈夫だし、狼の世界でも、人間の世界でも、どっちの世界にも行き来できるから、情報収集したり、アンタの邪魔する奴を排除したり、そういうことはできる」

「ディリヤ、俺はお前を戦わせるつもりはない」

「でも、俺はそれなりに強いから、物理的にアンタを守れる。今回はエドナさんが狙われて、幸いなことに無事だったけど、次の標的はアンタかもしれない。そういう時に、絶対に裏切らない信用できる奴が護衛をしてたらアンタは安心できるだろ？」

「それはそうだが……」

「……なら」

「だからといって、俺はお前にそういう始末役だとか敵の排除だとか汚れ仕事をさせるつもりはない」

「アンタを守ることは汚れ仕事じゃない。もし、これから先、俺が誰かを殺すことがあったとしても、それは、俺が生まれたなかで一番有意義で、意味のある人殺しだ」

ユドハはディリヤを甘やかしすぎだ。

権力争いの役にも立たず、金銭的な後ろ盾にもなれず、高名な家柄の出自でもなく、ユドハの政治にとってなんの旨味もない。それがディリヤだ。

それならば、ユドハはディリヤを有効に使える場面で、躊躇わずに使うべきなのだ。己のつがいの使い勝手の良さを認めて、適所に据え置くべきなのだ。

「俺は、俺にできる方法で、アンタを守りたい」

ディリヤがユドハの将来に役立つ方法。

権力を持たなくても、ユドハの片割れとして傍にいる方法。

やっと、自分にできることを見つけたのだ。

いままではユドハの邪魔にならない方法を考えることが多かったけれども、いまは、物理的に、ユドハの力になる方法を思いついた。

そして、ディリヤはその道を選んだ。

「俺の護衛官にでもなるつもりか？」

「そうだ。最初は、アンタの命を狙う奴を闇討ちする役ばっかり考えてたけど、護衛業ならどこへ行くにもアンタについて行けるからな」

公私に渡って、ユドハから離れずにずっと傍にいられる。

誰にも咎められることなく、ユドハに影のように寄り添う護衛として、傍に置いてもらえる。

ユドハのつがいとしてだけではなく、ユドハを守るオスとして戦える。

「いまはまだ子供が中心の生活だけど、ちょっとずつでもユドハの傍にいられる時間が増やせるように、これからもっと強くなる。だから、俺を城の奥深くに囲わずに、どうか、傍にいさせてほしい」

隣に立てなくていい。

ユドハの影に潜み、ユドハを守るために戦う立場を得られたなら幸せ。いざという時に、ユドハの前に立って、好いた男を庇えるなら本望。

「すぐに死なないとアシュと約束しただろう？」

「した」

「なら、俺を庇ってお前が傷ついたり、命を落とすようなことがあってはならない」

「絶対に死なないから大丈夫」

「…………」

「大丈夫」

「言い切ったな……」

「自信がある。俺はアシュとの約束を破らない。だからお願い。俺を傍にいさせて。これから先、もし、アンタが凶刃に倒れた時に、俺は城の安全な場所で、アンタの訃報を誰かからの伝言で聞くのはいやだ」

「……先日、エレギアから密書が届いた」

ユドハは肩でひとつ息を吐き、軽い口調で話の切り口を変える。

「…………」

ディリヤは、いまの自分の話とエレギアがどう繋がるのか分からず、ユドハの次の言葉を待った。

「エレギアからの手紙には、こう書かれてあった」

ユドハは、エレギアの手紙の内容を簡単に説明する。

「殿下のご寵姫殿は、ご寵姫というだけではなく、殿下の懐刀でもあり、殿下の狂犬でもある。こわい」

殿下の狂犬は、ウルカの猟犬。その犬、ゴーネが欲しかった。ゴーネが手に入れたなら、もっと上手に使うのに……。

要約すると、そういった趣旨の書簡が送られてきた。

「犬とはひどいな。俺は狼が好きなのに」

ディリヤは笑う。

だが、悪い気はしなかった。これは、エレギア流の誉め言葉だ。

「狂犬の狂のところは怒らなくていいのか？」

「べつに。それだけ怖がってもらったなら役得だな。またなんかあったら噛みつこう」

「……噛みついたのか？」

「うん」

「言葉の綾(あや)ではなく？　本当に？」

「がぶっと顔面に」

「……かっこいい」

ユドハのつがい、かっこいい。

惚れてしまう。

思わず、傍にいて物理的にユドハを守る役目を許してしまいそうなほど、かっこいい。

「エレギアがこんな手紙を送ってくるってことは、わりと余裕だな」

あの件以降、ゴーネは様変わりした。

秘密裏に行われたユドハの支援もあり、エレギアを筆頭とする青年将校たちの武力政変が成功し、軍上層部は総入れ替えとなり、政治部も瓦解した。

国内が混乱期にあるというのに、エレギアは手紙を送ってきたのだ。随分と余裕があったものだ。

その手紙にはきっと続きがあって、「そんなわけで、我が国は混乱の真っ只中で、ウルカに牙を剝く意志など毛頭ありませんので、どうかそちらの狂犬をけしかけてこないでください」という嘆願も書いてあるのだろう。

「はー……でも、本当によかった。これで当分は内政に忙しくてウルカにちょっかいかけてこないだろ」

「お前、そこまで考えていたのか？」

「いや、結果論だ。でも、これでアンタといちゃいちゃする時間が確保できた」

「……………お前の行動理念は」

「ぜんぶアンタ。アンタと長く一緒にいる時間をどうやって増やすか、俺はそれしか考えてない」

「……………」

「……ごめんな、馬鹿で」

「ディリヤ……」

「俺は、アンタが大好きで、アンタに恋してるから、ちょっとでも一緒にいて、アンタを愛する時間をちょっとでも長く確保できるように行動するんだ」

ディリヤは、単純明快なけもの。

狼よりもずっと狼みたいな生き物。

愛に生きて、愛に死ぬのだ。

「頼む、ユドハ……俺をもっとアンタの傍にいさせて」

「……………」

ユドハは渋い表情でディリヤを見やる。

けれども、その表情は、ディリヤのおねだりをどう叶えてやるか、それを思案している表情のようにも見える。

「アンタが傷つくような目に遭った時に、後悔したくない。生きるも死ぬもずっと一緒なんだから、アンタ一人だけで死なせるようなのはいやだ。傍にいたい。離れたくない。だから守らせて」

追い打ちをかけるように、駄々を捏ねる。

ユドハに詰め寄って、自分の知っている限りの言葉を尽くす。

「俺を、マディヤディナフリダヤを、好きな男も守れない、そんな弱い男にさせないでくれ」

アンタが俺で、俺がアンタの立場だったら、アンタはおとなしくしているか？

きっと、我慢ならずに俺の傍に駆け寄って、俺を抱きしめて、俺を守るはずだ。

「アンタと離れればなれで生きていたくない」

「………………分かった」

ユドハが折れた。

ディリヤの言葉で説得されたというよりも、ディリヤの大きすぎる感情や激情、その愛でユドハが押し負かされて、しょうがなしにユドハが折れてくれたのだ。

「ユドハ……！」

「喜ぶのはまだ早い。条件がある。暗殺や汚れ仕事はするな」

「極力しない」

「極力か」

「極力だ。どうしてもしょうがない時は、俺は人殺しで罰せられることより、アンタを守る誉を選ぶ」

ユドハが王位継承権を放棄してでもディリヤを選んだように、ディリヤも選ぶ。

「……今日は随分と我儘だな」

「俺はすごく我儘で、自分の欲に忠実で、我を押し通すひどい男なんだ。だからユドハが折れて」

「…………」

「頼むから、俺を、アンタのために生きさせて」

「そんなに俺が好きか」

「だいすき」

「お前に危険なことはさせたくない。お前には、子供たちと一緒に幸せで、暖かく、美しい環境で、きれいなものに囲まれて、穏やかに暮らしてほしいと思っていた」

「ごめんな、そうしてやれなくて」

「お前が、自分を殺さずにねだった初めての我儘だ」

「だって俺はもう二度とアンタが死んだって聞きたくない」

「…………」

「それを聞くのは、次は百年後くらいにしたい」

思い出しただけでも身が竦む恐怖。

いまも、目の前に生きたユドハがいるのに、あの時を思い出すだけで、血の気が引いて、震えてしまう。

ディリヤは、どうやら自分で思っているよりもユドハと離ればなれになったことがつらかったらしい。

その恐怖は、受け止めきれないくらい恐ろしい。そんな負の感情は無視して知らないフリをすればいいのに、そうできない存在感があって、いつまでもずっと脳裏にこびりついて、心の底に澱のように溜まって、拭えないのだ。

もう二度と、あの恐怖を味わいたくないのだ。

はなれたくないのだ。

ユドハが死んだと聞かされた時、本当は、その場で舌を嚙み切りたくなった。

「俺は……さみしがりで、こわがりで……ばかで、弱いから……っ、アンタになにかあると思うと死んじゃいそうで、……つらくてつらくて耐えられないんだ」

でも、それを耐えたんだから、ご褒美をくれ。

もう二度と、死んだとか聞かされたくない。

こんな悲しい想いは二度としたくない。


ユドハは老衰で幸せに死ぬ以外許さない。

「長生きして、俺のために。アンタが長生きするために、俺を戦わせて」

どう足搔いても離れられないのだから、一生俺から離れないで。

そして離さないで。

「困ったつがいだ……」

ユドハは、必死の様子でユドハを抱きしめて縋るディリヤの背に腕を回し、嘆息する。

ディリヤが「おねがい……」とユドハに甘えてくれる。ユドハの狂犬は、こんなにもかわいい。

ユドハの首の後ろの毛を毟って、駄々っ子になる。

あっという間に、この可愛く健気なつがいに籠絡されて、めろめろにとろかされてしまう。

「俺のために怪我だけはしてくれるなよ」

「うん」

「俺が長生きするなら、お前も長生きするんだ。できるな？」

「できる」

「当分は子供優先だからな？」

「優先する」

「じゃあ、これからも、はなれずに俺の傍にいてくれ」

「うん」

ディリヤはユドハに頬ずりして、もうひとつ強く抱きしめた。

「……ところで、結婚初夜の寝床で話す話題がこんな血腥い内容で良かったのか？」

ディリヤを抱きしめ返しながら、ふと、ユドハが尋ねた。

「あ」

そうだ、今日は結婚初夜だった。

ディリヤはユドハの首の後ろの毛を毟っていた手を毛繕いする手に変え、「ごめん。えっと、そうだな……お花の話とかしようか？」と小首を傾げた。

ディリヤなりに、新婚初夜に相応しい会話を模索した結果だった。

ユドハは夢見がちな恋する乙女なところがあるから、きっと、かわいいお花の話などで雰囲気を作ると喜びそうな気がした。

「では、花の話にしよう」

ユドハは無邪気で可愛いディリヤの提案に乗った。

「……じゃあ、今年はまだ見てない冬の花の話をしたい」

ユドハと花の話がしたい。

家の庭に、明日には咲きそうな花がある。

その冬の花を見ながら、話をしよう。

花をすっかり堪能したら、春の話をしよう。

春の次は夏、夏の次は秋、秋の次は冬。

ずっと、ずっと、そうして話をしよう。

毎年、ずっと、話をしよう。

ディリヤはきっと、そのたびに恋をする。

ユドハはどの花が好きだろう。ユドハと手を繋ぎたい。ずっとユドハを見つめていたい。この時間が永遠に続けばいいのに。この男を笑顔にしたい。笑ってほしい。笑いかけてほしい。自分だけのものにしたい。

この男の特別になりたい。

愛したい。

大好きだと伝えたい。

毎日、毎日、ユドハに恋するだろう。

そして、愛し合えることを幸せだと感謝するだろう。

この愛は深まるばかりだ。

「ユドハ、あいしてる」

ディリヤはユドハを抱きしめる。

毎日、おはようと言える。一緒にご飯を食べられる。同じ寝床で眠れる。毛繕いをしてあげられる。くちづけを交わせる。抱きしめ合える。話ができる。名前を呼んでもらえる。

一人ではできないことを、二人でできる。

ただそれだけで幸せだった。

後ろからユドハに抱かれる。

初めての時みたいに、犬みたいな体勢で寝床に這う。

大きな体が覆いかぶさってきて、けものの交尾の格好でディリヤに種を付ける。

根元の瘤まで腹に入れてしまうと、長い時間ずっと嵌めたままになって、離れられなくなる。

夜、子供が夜泣きをしたり、不意に起きてきた時に対処できないので、すべて受け入れての交尾は避けていた。

でも、今日だけは特別。

子供たちは、この寝室の音が届かない部屋で、イノリメとトマリメに付き添われてよく眠っている。


今日だけは、特別。

新婚初夜だけは、特別。

ディリヤは己の腹にユドハをすべて受け入れた。

結合部の粘膜は薄く伸び、咥え込んだ質量の分だけ、会陰(えいん)が膨らむ。下腹はぽってりと孕んだようになって、横一線に伸びた傷口も見えなくなるほど引き伸ばされる。

子供を産んだ腹は、よく伸びる。出産経験のない腹よりもずっとたくさんの子種を溜め込める。そのせいか、たっぷりと出された種汁で、腹から水音が聞こえた気がした。

「……っ、ん」

ふっくらとしたディリヤのその腹を、ユドハが掌で包むように抱く。

体の内側も、外側も、あたたかい。

熱いくらい、あたたかい。

瘤が嵌っているから、激しく突かれることはない。

奥を優しく揺さぶられる。

前後に抜き差しされるのも好きだが、これも好きだ。

長い時間ずっと繋がったまま、腹に流し込まれる熱を味わえる。

体のなかにぴったり隙間なくユドハが入っていて、奥に種をなすりつけるように腰を押し付けられると、視界がゆるりと揺れる。

射精を続ける陰茎は動かさず、ユドハが上手に腰を使うから、ディリヤは快楽の受容器すべてを揺さぶられている感覚が間断なく続く。

ついには力尽きて、ディリヤは、腰から、膝から、崩れる。

ユドハがディリヤの腰を抱え上げ、元の位置へ戻す。

頬をへちゃりと寝床に押し当てて、尻だけを高く上げた格好で、ユドハの種を受けるだけの存在になる。

拡がりきった後ろは、もう自分自身の意志で締めつけることもできず、どこまでも際限なく陰茎を呑み干し、奥をうねらせ、ぐじゅりといやらしい音を立てて食む。

ユドハが身震いして、長い種付けの終わりを告げる。すぐに萎むことのない瘤を差し入れたまま、ユドハはディリヤのうなじを噛み、背骨のひとつひとつに口吻を押し当て、背骨と筋肉のくぼみに溜まった汗を舐めとる。

ディリヤは、深く、ゆっくりと息を吐いて、いまもまだ体の奥底で燻る快楽を享受し、ユドハから与えられる愛撫に酔い痴れる。

「つん、……っ、は、……ぁ、あ」

ゆっくりとユドハが出ていく。

抜け出ていくそれに精嚢と前立腺が圧迫され、ディリヤの知らぬうちに、陰茎から白く濁ったものをとろりと垂れ流す。

ディリヤの体がそうなることはユドハだけが知っている。ディリヤ自身ですら、射精とはとても言えない方法で自分が射精させられていることを知らない。

オスに腹を抉られ、メスが絶頂を得る場所を可愛がられ、なんの自覚もなしに、使うアテのない種汁を絞り出されて、惨めに垂れ流すのだ。

「もうすこしだ」

「はっ、……、ぁ、っは……っ、ぅ」

深く深く、臍を越えた向こうまで潜っていた陰茎が、ゆっくりと抜け出ていく。

もう終わる、もうすぐ自分の腹が空になる……そう思っているのに、まだ内側にユドハの存在があって、ディリヤを悦ばせる。

そうして引き抜かれている間にも、ディリヤは、ちりちりと身を苛む快楽に打ち震え、息を吐くようにかすかな喘ぎを漏らし、腰をうねらせる。

太い幹も、張り出た陰茎も、根元の瘤も、射精量も、人間とは違う。

人間とは形の違うオスに馴染んだ穴は、もう、排泄器ではなく、生殖器だ。

狼の陰茎を悦ばせ、楽しませ、狼の精液で孕む穴だ。ユドハしか知らないそこは、ユドハだけを悦ばせる。

「……っ、……ひ、ぅ」

はしたない音を立てて、ようやく陰茎が抜けた。

長い時間、繋がっていたせいか、入り口が閉じずにいる。ユドハに身も心も委ね、この体のなにもかもを明け渡した結果だ。本来は慎ましく閉じているはずのそこは、なにも咥えこんでいない状態でも、愛されている時と同じように、息をするたび締めつける動きをしてしまう。

繋がっていた場所は内側へ向けて凹み、うっすらと開き、そこにまとわりつく白濁も、すべてを包み隠さずユドハに見せている。

あなたとの交尾で、私の体はこんなにも悦んでいます、何度も何度も悦びを得て、いまもまだそこにあなたの息が吹きかかるだけで絶頂を迎えてしまいます、と健気に伝えている。

オスの精液は、一滴も寝床に落ちない。ユドハの一物が割り開いた奥深くに残っている。

ユドハがディリヤの腿を撫ぜるたび、腹の奥の窄まりがゆるりと開いては閉じ、どろりと濃いそれが、ディリヤの腹のもっと奥深くへ沈んでいく。

ユドハはディリヤの腰を高く抱いたまま尻を撫で、噛み、己の種が愛しいつがいの子袋に沁みていく姿を楽しむ。

自分の中からユドハがいなくなってしまったのがさみしくて、ディリヤは気怠い仕種で手指を彷徨わせ、ユドハを探す。その爪先に馴染みある毛皮の感触が触れると、その毛先を引っ張り、手前に引き寄せる。

すると、ユドハの鬣が首筋をくすぐる。そちらへすこし頭を傾けて、猫のように擦り寄り、ふかふかのそこへ顔を埋め、とびきり居心地の好いディリヤだけの寝床に身を預ける。

当然のように、尻尾がディリヤに甘えてきて、素肌に優しく添うて、時折、ごきげんに跳ねる。

「……ユドハ」

ディリヤが手を伸ばす。

ユドハのオスに触れ、もう一度ほしいとねだる。

今夜は特別だ。

甘い、甘い、二人だけの夜だ。

ユドハは、ねだられるがままに、ディリヤのなかに己を沈めた。

「……ふ、ぁ……あ、……っぁ」

二度目は、一度目よりもやわらかくユドハを受け入れる。

ディリヤの声もやわらかく、甘い。

性急な動きで交わるでもなく、ただ、ゆるりと気が遠くなるほどの緩慢さでユドハが入ってくる。それだけなのに、その感覚だけで、ディリヤは甘い絶頂を迎える。

もう何度目か分からない快楽の波。

寄せては返す波だ。

甘い疼きと絶頂感が波のようにディリヤを翻弄する。けれども、その波は凪にはならず、弱いか強いかだけの差で、常にディリヤを甘美にさらす。

「あぁ、上手に漏らしたな」

「……っ」

ディリヤは内腿を震わせた。

さらりとした水が内腿を伝い、ユドハの毛皮を濡らす。

近頃は、オスとして達するよりも先に、腹の中だけでイってしまう。

まるで、それこそがユドハのつがいとして正しい姿なのだと言わんばかりに、終わりのない悦びに、よだれを垂らして、静かに、何度も、気をやってしまう。

心も、体も、ゆるんでしまう。

ぐずぐずにとろかされて、ユドハのことしか考えられない生き物になってしまう。

ユドハに発情して、ユドハを誘ってしまう。

「……きもち、ぃい」

「あぁ、きもちいいな」

だいすきな人と肌を重ねられる。

体温を、声を、熱を、欲を、感じられる。

同じ感覚を分かち合える。

愛して、愛されることができる。

愛するけものと、番（つが）える。

ねだって、甘えて、ほしいと伝えれば、それに応えてくれる人がいる。

それは、涙が出るほど幸せなこと。

「ユ、ド、……っ……ユド、ハ……」

横抱きにされ、懐に抱えられる。

もっと深くで、ユドハと繋がる。

狼はこうしてつがいを愛す。

初めて出会った時に、教えてもらったこと。

爪を丸めた両手でディリヤの体を掻き抱き、その腕に囲い、閉じ込め、ディリヤの下肢を後ろ脚の間に挟む。

愛しいつがいの体を温めて、この体で守り、安心を与え、良い子を孕むように、自分の縄張りの内側で、大事に、大事に、慈しむ。

懐に抱きかかえて、頬ずりをして、種を付け、狼の交尾を二人で楽しむ。

今宵は、結婚して初めての夜。

番ってもう何度目か分からない交尾。

なのに、今夜もまるで初めて出会い、初めて想いを告げあい、想いを遂げ、互いの恋をひとつの愛に結び付けたかのような幸せ。

その幸せを言葉の代わりに伝えるように、何度も交わり、睦み合い、言葉にならない愛で満たしていく。


「あいしてる」

ふたつの声が、ひとつに重なる。

初夜は始まったばかりだった。

「おそとさむぃね」

アシュは暖炉の火に当たりながら、かじかんだ手をユドハの鬣に潜らせて温める。

雪遊びで冷えたお尻を、ディリヤとユドハの隙間にぎゅうぎゅう詰めこみ、むぎゅっと埋もれる。

ディリヤとユドハ。二人の体温を分けてもらって、アシュはぬくぬく。

傍には一緒に遊んで疲れたララとジジが眠っていて、くぅくぅ、ぴぃぴぃ。まるまる、ぽってりしたおなかをゆっくり上下させている。

「けっこんかぁ……」

まるでアシュが結婚するような口ぶりで、しみじみとその言葉を口にする。

「結婚ですね」

「結婚だな」

ディリヤとユドハが頷く。

「けっこんってなにするの？」

ユドハとディリヤが結婚する。

お祭りみたいに楽しいのかな？

結婚したら、毎日一緒に遊ぶのかな？

「特になにもしませんね。いままでどおり、このおうちで、家族みんなで暮らします」

国からの公布は出すが、式などは挙げない。

二人の間で、なにか記念の品を交換するわけでもない。

ただ、毎日が幸せで、毎日が恋煩いで、毎日が愛で溢れている。

それだけで充分だった。

……まぁ、ユドハはディリヤに贈り物を贈り、物量でも愛を示し、「家族だけでもいいので式を挙げたい」、……くらいのことは考えているだろうが、まだそこまでは二人で話し合っていないから、これからだ。

ユドハは王位継承権を放棄した。

ユドハも、ディリヤも、王室法に配慮して、派手なことはなにもしない。

ただ、手に手を取り合って生きるだけだ。

「人間の世界で暮らしたほうが生きやすいのに、こちら側を選んでくれてありがとう」

ユドハがディリヤを見つめ、手に手を重ねる。

「改まってどうした？」

「礼を言いたくなった」

「じゃあ、……どういたしまして」

「お前がこちらの世界で生きていきやすいように誠心誠意尽くす」

「アンタのこと信じてる。それに、俺の生きる場所はアンタとアシュとララとジジのいるところだから、狼社会でも、人間社会でも、なんでも、どっちでも、どこでもいいよ。家族と離れずにいられるなら」

狼と人間は、生きる長さが違う。

狼と人間はずっと寄り添えない。

でも、いまのディリヤは自分を人間と思わず、けものだと思って生きている。

愛しい人から離れずに、大好きな人の傍で、この日々を大切に慈しむ。

ディリヤはここで生きていく。

はなれがたいけものがここで生きているから、ディリヤもここで生きるのだ。

「俺は、アンタに、俺のことを好きになってもらいたい」

ディリヤはアシュの頭越しに告白する。

アシュは、ディリヤの突然の告白に、「きゃっ」と恥ずかしがって、三角お耳を引っ張ってお顔を隠す。

「もう大好きだぞ」

「もっともっと、もっと、……俺が大好きな人に、俺のこと好きになってもらいたいんだ」

「なるほど」

「この家で暮らしてから、……アンタと再会してから、今日までずっと、俺は、……アンタに……恋、してるみたいで……、なんだろう、あぁ、クソっ……もっと、俺のほう振り向かせたいし、俺に笑いかけてもらいたいし、俺のこと大好きって目で見てもらいたくて……俺だけの、俺の、ユドハにしたくて、だから、つまり……」

「つまり？」

「俺のこと、好きになって」

「…………」

「……俺、こんなにアンタのこと大好きで、一緒にいるだけでずっと胸がどきどきして、ぎゅうぎゅう締めつけられて、それがすごく気持ち良くて、しあわせで、……だから、この恋が実ったら、俺はもっと幸せで、死んじゃいそうなくらい幸せになれるし、アンタのことももっと幸せにできるし、幸せにするから……俺のことももっと好きになって、俺と同じようになればいい」

「もうなってる」

「もっと」

「もっとか」

「もっと……」

おねがい、俺のことを好きになって。

もっともっと好きになって。

俺をユドハのものにして、俺にユドハをちょうだい。

「俺の狂犬はかわいいな」

ディリヤのかわいい駄々っ子に、ユドハの耳も尻尾もとろけてしまう。

「とにかく！」

「うん」

「好きなんだ！　アンタが!!」

ディリヤが珍しく表情を年相応にして、ユドハに告白する。

「俺に恋するお前は、この世で一番美しいな」

恋するディリヤはうつくしい。

顔を赤くして、好きな人に頑張って告白する姿は、年齢に関係なくキラキラして、とてもきれいで、美しい。

赤い宝石が、ユドハを求めてきらきら光る。

あなたのマディヤディナフリダヤは、あなたに恋しています。

私の悲嘆に暮れた悲しみの心は、あなたを知って、恋を知りました。

どうかどうか、私のこの恋心を知って。

受け入れて。

私があなたをいままで以上に愛することを覚悟して。

私の心をすべて差し上げるから、どうか、どうか……。

「俺に、毎日アンタに大好き愛してるって言わせて」

「同じものか、それ以上が返ってくることを覚悟しろよ」

「……っ、ん」

ユドハがディリヤのうなじに手を回し、引き寄せる。

アシュの頭上で、唇が重なる。

ディリヤは愛しいけものの鬣を摑み、優しく手繰り寄せ、唇を深く重ねる。

「恋ってすてきね～」

アシュが、訳知り顔で、綿菓子のように笑う。

ユドハも、ディリヤも、キラキラしてる。

アシュは、こんなふうにキラキラしたけものになりたい。

だいすきな人を見つけて、きらきらしたい。

だって、ディリヤとユドハは、こんなにも幸せだから。

二人の間に挟まれているアシュまで幸せだから。

アシュは、くちづけを交わす二人のほっぺに、ちゅっと鼻先を押し当てた。

そうしたら、右のほっぺと左のほっぺに、大好きなディリヤとユドハから、ちゅって返ってきて、幸せで尻尾がぱたぱた。

とってもとっても、しあわせ。

「だいすき、ディリヤ、ユドハ、あいしてる」

アシュが笑った。

狼は恋をする。
恋より先に愛を知り、愛を交わし、新しい愛が生まれて、その愛を育んだ。
この如何ともしがたい、はなれがたさを守るために生きてきた。
でも、まだ恋は知らなかった。
恋を知らぬ赤毛の狼が、恋をした。
はなれがたいけものに、人生で最初で最後の恋をした。
混じりけのない、まっすぐ純粋な心で、本能に忠実に、正直に、素直に、
とても簡単なことだけを大切に、焦がれた人に嘘偽りなく恋心を伝え、
真心を差し出し、愛を尽くした。
金色の毛皮が立派な狼は、赤毛の狼の心を受け入れた。
そして、金色の狼は赤毛の愛にこう応えた。
あいしてる。
ただそれだけを生きる糧に生きてきた。
これからも、そうして生きていく。
つがいのけものは、愛し、愛され、はなれずに。
生きていく。

しあわせなおしり

夜。

アシュがあくびをすると、ディリヤは両手を広げて、どうぞ、ってしてくれる。

ディリヤのおなかに、ぽふっ、と飛びこむと、ぎゅって抱きしめてくれる。

あったかくて、ふかふか。

目を閉じて、あったかいのをたっぷりいっぱい満喫したら、もぞもぞ。ディリヤのおなかで丸まって、落ち着く寝場所を探す。

ぴっとりすっぽり収まるところを見つけたら、もうそれだけで、ふにゃふにゃ。肩から力が抜ける。もう一度、おっきなあくびみたいに息をして、頭をこてんとディリヤの懐に預けたら、うとうと……。

ディリヤが両手で作ってくれたアシュのための巣穴。

ディリヤのにおい。

「おやすみなさい、アシュ」

ぽん、ぽん。

ディリヤがアシュのおしりをぽんぽん。

優しく、ぽんぽん。

ふしぎ。

ぽんぽんってされて、次に目を開くと朝になってる。


「…………」

お昼。

アシュは鏡の前にいた。

尻尾をきゅっと持ち上げて、ちょっと前屈みになり、おっきな鏡にお尻を向けて、首をひねって顔も後ろへ向けて、ぽんぽん。

ぽんぽん。

「……眠たくならない」

ふしぎ。

自分でお尻をぽんぽんしても、眠たくならない。

お昼だからかな？

夜じゃないからかな？

「…………」

ぽんぽん。

お尻と尻尾がぽよぽよ揺れるばっかりで、ちっとも眠たくならない。

「ふぁああ〜〜」

自発的に欠伸(あくび)をしてから、ぽんぽんしてみる。

やっぱり眠たくならない。

ふしぎ。

アシュは首を傾げる。

ぽんぽんしすぎてよく分からなくなってきた。

ぴょん、と飛び跳ねて、お尻をぽんぽんした感触をなくしてみる。

尻尾とお尻がぽよんと跳ねる。

それからもう一回、ぽんぽん。

「ん～……」

眠たくならない。

眠たくなりたいわけじゃないけど、ふしぎ。

夜、もっと遅くまで起きていられたら、もっといっぱいディリヤとお話できるし、たくさん遊べるし、ご本も読めるし、ユドハに「おかえり」って言えるし、おほしさまに手を振って、おひさまにおはようって言えるのに……。

「…………」

ぽんぽん。

「なにしてるんだ、アシュ？」

「ユドハ、おしりぽんぽんして」

アシュは通りがかったユドハにお願いした。

「……ん？」

「おしりぽんぽん」

ユドハにやってみせてあげる。

「こうか？」

ぽんぽん。

理由が分からないながらも、ユドハは子供の言い分に生真面目に付き合う。

「ちょっと強い」

「すまん。……これくらいか？」

「いま、ぽんぽんした？」

「した。……弱かったか。これくらいでどうだ？」

「……ん～……、近い」

「なにに近いんだ？」

「ディリヤのぽんぽん」

「ディリヤか～……ディリヤには敵わんなぁ……」

ぽんぽん。

そう言いながら、ユドハはアシュのおしりをぽんぽん。

「アシュ、自分でぽんぽんしても眠たくならないの」

「それは、いまはアシュが眠たくなる時間じゃないからだ」

「ねむたくなるじかん……」

「そうだ。お昼寝の時、夜の寝る時、いっぱい遊んだあと、おなかがいっぱいになった時、眠たくなる時はたくさんある。だが、アシュの体と頭は、いまは眠たくなる時間じゃないんだろうな」

「でも、眠たくないのに、ディリヤにだっこされて、おしりぽんぽんされたら朝になってるよ」

「それは、アシュがディリヤの傍で安心しているからだ」

「あんしん……」

「それに、眠たくなった時のアシュは、安心して眠れるところへ行く癖がある」

「ディリヤのところ?」

「そうだ。ディリヤに毛繕いされながら、お尻をぽんぽんされるの好きだろう?」

「すきぃ」

ぽんぽんしてくれるディリヤの手を思い出して、アシュの尻尾が、ふにゃ……と、とろける。

「ディリヤの傍は、アシュにとって安心して眠れるところなんだ。だから、眠たくなるし、眠たい時はそこへ行くんだ」

「そっかぁ」

「あとはまぁ……ディリヤの寝かしつけが上手いっていうのもあるんだろうな」

「ねかしつけ……。ユドハもディリヤに寝かしつけられるの?」

「ときどきな」

「ときどき!」

「早く寝なさい、って寝床へ連れていかれるんだ」

「よしよしぽんぽんされるの?」

「そうだ」

「しあわせね~」

「しあわせだな」

「もういっかいやって」

「もう一回だけな」

アシュがお尻を向けてくるから、ユドハはアシュを寝かしつけるようにお尻をぽんぽんする。

「ユドハ、どうしたの? にこにこ?」

「うん? アシュの尻が重たくなったなぁ、と思って嬉しかったんだ」

ユドハはそう言って、アシュを抱き上げる。

お城へ来た頃よりも、またひとつアシュのお尻が重

たくなった。

「ふふっ……高い高いね～」

ふわっとアシュの体が浮いて、あっという間に高い位置に目線が移動する。

初めてユドハにだっこしてもらった時、アシュはびっくりして、こわくて、「ディリヤ……」と隣のディリヤに手を伸ばして逃げてしまった。

座ったユドハにだっこされたことは何度もあるけど、立ったユドハに抱っこされたのはその時が初めてで、ちょっとこわくなったのだ。

あんなにも高い場所は、お尻が落ち着かなくて、そわそわ、むずむず。耳はぺしゃんこになって、自分で自分の尻尾を噛んで丸まってしまった。

でも、いまはもう慣れたから、背の高いユドハのだっこもだいすきだ。

「重たくなったなぁ……」

「ユドハはなんでにこにこ？」

「アシュが重たくなったからだ」

「アシュのお尻が重たいの嬉しい？」

「嬉しいぞ」

「ぽんぽんしていいよ」

「ありがとう」

ぽんぽん。

「ふかふか？」

「ふかふかだ」

「アシュのもふもふ、りっぱ？」

「あぁ、立派な尻尾とお尻だ」

「もっとぽんぽんしていいよ」

「もっとか？」

「もっと」

ディリヤにしてもらうのもすきだけど、ユドハにぽんぽんしてもらうのもすき。

ユドハのおっきな掌に、アシュのちぃちゃなお尻が乗ると、アシュのための椅子みたい。

椅子よりも固くなくて、あったかくて、優しくて、だいすき。

「アシュをこうしていると元気が出るな」

「げんきがでる！」

「そう、げんきがでる」

可愛い我が子がぷくぷくと大きく育って、重たくなって、嬉しい。

アシュがたくさん食べて、たくさん動いて、成長して、体重が増えることは、とてもとても喜ばしい。

我が子の成長は、人生における幸いだ。

子が健やかであるだけで、元気が出る。

「そっかぁ、アシュのおしりは……げんきになるんだねぇ」

「あぁ」

ぽんぽん。

「くぁあ～～ぅ」

ユドハの腕のなかで、ちっちゃく丸まる。

「そろそろ昼寝の時間だな」

「ぽんぽんして……」

「いくらでも」

腕のなかで欠伸をする我が子のために、ユドハは腕が怠くなっても抱き続けた。

雨の日。

しとしとと、しとしとと。

毎日たくさん雨が降っている。

「……えどなちゃん、どうしたの？」

物憂げな様子で、エドナは椅子に腰かけていた。

アシュはエドナの傍に立って、「どうしたの？」と尋ねる。

「あぁ、かわいいアシュ。聞いてちょうだいな。エドナは落ち込んでいるの」

「落ち込んでるの？」

「そうなの……」

「雨だから？」

「そうなの、雨なの……毎日毎日、雨がたくさん降っているでしょう？」

「うん」

「エドナのたてがみは、くるくるしているでしょう？」

「うん。くるくる、ふわふわ、かわいい」

「ありがとう。でもね、雨の日が続くとね、湿気を含んでしまって、櫛で梳かしても梳かしても、この、くるくるふわふわが、ぼん！　……爆発してしまうの」

「……ばくはつ」

「大爆発よ」

「だいばくはつ！」

ぴゃっ。尻尾を立てて飛び跳ねる。

たいへん。

えどなちゃんが大爆発しちゃう。

アシュは慌ててエドナのドレスの足もとに両手でしがみつく。

「……アシュ？」

「えどなちゃんが、だいばくはつしないように、ぎゅってしてるの」

「まぁ！　ありがとう！　でも、安心なさって？　大爆発はエドナの髪よ」

「……かみ」

「わたくしの、このくるくるよ。髪飾りやリボンで押さえつけているのだけど、そうするとなんだか頭が窮屈な気がするのね。しかも、この雨でしょう？　毎日どうにも鬱陶しくて、気鬱なの」

「きうつ……ってなぁに？」

「落ち込んでしまうの」

「そっかぁ……よしよし」

お膝にあるエドナの手に手を添えて、よしよし、撫でる。

元気のないエドナが「あぁ、かわいいアシュ。あなたの毛皮もそこはかとなく湿気を孕んでふわふわのしっとりよ」とアシュの頭を撫でる。

「……えどなちゃん、あしゅのおしりさわる？」

「……？」

「どうぞ」

くるっと後ろを向いて、まるまるころころしたお尻をエドナにどうぞする。

尻尾をきゅっと持ち上げて、ぽんぽんしやすいように、ちょっと前屈みになるのも忘れない。

「あら、あらあらあら……」

どうしましょう、とエドナはまずアシュの尻尾を撫でた。

「おしりぽんぽんしなくていいの？」

「まず、おしりをぽんぽんする理由をエドナに教えてくださる？」

「げんきがでるよ！」

「元気が……」

「でる！」

「たしかに、アシュのお尻はとっても可愛らしいわ。でも、誰がそう言ったのかしら？」

「ユドハ！」

「……ユドハ」

「アシュのお尻が重たくって、まるまるころころしてると、いっぱい成長したなぁ！　って思って嬉しくて、元気が出るんだって！」

「親の喜びねぇ」

「だから、えどなちゃんもどうぞ！」

「アシュ、まずお尻をぽんぽんする前に、お話をしましょう」

「おはなし……」

「そう、お話よ。エドナのお膝にいらして」

エドナはそう言ってアシュを抱き上げ、膝に座らせる。

「お話なぁに？」

「アシュのお尻はとっても魅力的だけれど、そこは大切なところだから、みだりにどうぞしてはいけないの」

「だめなの？」

「そうなの。大事にしておかないといけないの」

「……だいじ」

「そう、大事。大事なところは、ディリヤとユドハしか触ってはいけないの」

「ディリヤも前に言ってた！」

「さすがはディリヤね～。そうなのよ。そういうわけで、お尻は大事なところなの。ディリヤとユドハも、アシュのお尻は大事なところだから、必要な時にだけ触るでしょう？　それに、触る時も、優しく、そぅっと、ぽんぽん、ってするでしょう？」

「うん」

「それにね、ディリヤとユドハは、アシュがいやだな、やめてほしいな、って触り方をしないでしょう？」

「もっとぽんぽんしてほしい」

「それはね、ディリヤとユドハがアシュを守ってくれる人だからなの。アシュの知らない人だと、もしかしたら強く叩くかもしれないし、アシュが触ってほしくないな、って思う触り方をするかもしれないでしょう？　だから、大事なところはどうぞしてはいけないの」

「えどなちゃんは知ってる人だよ」

「そうねぇ、そのあたりは状況次第ねぇ」

「じょうきょうしだい……」

「そう。アシュは、みんなのことを優しいと思っているけど、これから、そうじゃない人と会うかもしれないの」

「こわいね」

「そうね、こわいわね。でも、アシュはこわい人とこわくない人の区別がついて？」

「ん～……」

「エドナもまだ分からない時があるわ」

「おとなでもそうなの？」

「そうなの。だから、子供のアシュが分からなくてもちっとも不思議じゃないの」

「分からなくて困らない？」

「困らないわ。そういう時に守ってくれるのが、ディリヤとユドハよ。だから、アシュは、こわいかこわくないか、自分で判断できるようになるまで、大事なところは大事に守っておく必要があるの」

「おしり！」

「そう、そのとおりよ！」

「じゃあ、おしりぽんぽんは、ディリヤとユドハにしてもらうね」

「そうね。それがいいわ」

「えどなちゃんは？　えどなちゃんは誰が守るの？」

「エドナはもう大人だから、自分で自分を守れるわ。時々は、ディリヤやユドハ、お城の人に守ってもらうこともあるけれどね」

「アシュも守ってあげるね！」

「あぁ、優しいアシュ、愛しているわ。ありがとう。なによりもまずは、エドナを元気づけようとしてくれてありがとう。エドナとっても嬉しいわ。その気持ちだけで、エドナは元気になったわ」

「……元気になった？」

「なったわ！」

「アシュ、お歌うたうね」

「あらうれしい」

「もっとげんきになってね」

ふわふわぽよぽよのお尻のかわりに、お歌を歌うね。

「エドナも一緒に歌ってよくて？」

「うん！」

「では、歌いましょう！」

「うん！」

エドナとアシュは立ち上がり、両手を繋いで、くるくる回ってお歌を歌う。

元気になる方法はいっぱいあるんだなぁ。

アシュはそう思った。

「アシュが自分のケツの魅力に気付いた」

「……言い方だけなんとかならんか」

まるで美姫が己の魅力に気付いた時のように、ディリヤがアシュの尻を讃えるから、ユドハは思わず噎せて咳き込みそうになった。

「たぶん、今日もお尻ぽんぽんしてってねだってくるから、ちょっと俺に話を合わせてくれ」

「分かった」

ユドハは頷く。

そうこうしていると、アシュがにこにこ走り寄ってきた。

「ディリヤ！　アシュのお尻ぽんぽんして！」

「寝る時だけです」

「やって！」

「やりません」

「やって！」

「やりません」

「やってぇ……」

「やりません」

「……ユドハ」

アシュは、そそ……っとユドハの隣に移動して袖を引き、ユドハを屈ませると、「おしりぽんぽんして……」と耳打ちする。

「ぽんぽんしてもいいが、その前にひとつ教えてくれるか？」

かわいいから……と、ついついアシュのおねだりを呑んでしまいそうになるのをぐっと堪え、ユドハは腰を落としてアシュの目線になった。

「なぁに？」

「そんなにお尻ぽんぽんしてどうするんだ？」

「ディリヤとユドハにげんきになってもらうの」

「ディリヤとユドハは元気だから、お尻ぽんぽんさせてもらわなくても大丈夫だぞ」

「そうなの？」

「そうなんだ」

「でも、ぽんぽんしたらもっと元気になるよ」

「もっと元気になって、いっぱい元気になって、元気の前借りをしたら、元気を早く消費してしまって、元気じゃなくなってしまうだろ？」

「……？」

「ずーっと元気は続かないだろ？」

「そうなの？」

「そうなんだ」

「かわいそう。……アシュのおしりぽんぽんしたら元気がでるよ」

「そうなんだけどな……そうではなく……」

ユドハがちらりとディリヤに助けを求める。

「アシュ、いいですか？」

「なぁに？　アシュ、みだりにおしりぽんぽんさせてないよ。ディリヤとユドハだけだよ。アシュのおしり守ってくれるのディリヤとユドハでしょ？　だから、ディリヤとユドハにおしりぽんぽんしてもらいたいの」

「お尻を守るために、お尻をぽんぽんする必要はないとディリヤは考えます」

「…………なるほど」

アシュはちょっと驚いた顔をして、うん、と頷く。

「それでも、アシュはお尻をぽんぽんしてほしいんですね？」

「はい、そうです！」

「どうしてでしょう？」

「……どうしてだろう」

「そこでディリヤから提案です。アシュはディリヤとユドハにお尻をぽんぽんしてほしい。ディリヤとユドハも、実のところアシュがとても可愛いのでお尻をぽんぽんしてあげたいと思っています。ですが、アシュがお尻をぽんぽんしてほしいと思う時と、ディリヤとユドハがお尻をぽんぽんしたいと思う時が、いつも常に一致するとは限りません」

「……？」

「アシュは、いまお尻をぽんぽんしてほしいと思っていますね？」

「はい！」

「では、いまからディリヤとユドハはアシュのお尻をぽんぽんします」

「やったぁ！」

「ディリヤとユドハがアシュのお尻をぽんぽんしたいと思った時も、ぽんぽんしていいですか？」

「いいよ！」

「では、そのようにします。……ユドハも、いいな？」

「分かった」

ディリヤの言葉にユドハは頷く。

「じゃあどうぞ！」

アシュは早速お尻をどうぞする。

「はい」

ぽんぽん。

ディリヤが、そぅっとやさしく、アシュのお尻をぽんぽん。

「ユドハもどうぞ」

「あ、あぁ……」

ディリヤに言われて、ユドハもアシュのお尻をぽんぽんする。

アシュは満足そうに「ありがとう」と深々とお辞儀して、遊びに行ってしまった。

「……ディリヤ、どうするんだ？」

「まぁ見てろ」

不思議そうにするユドハに、ディリヤはちょっといたずらっぽく笑った。

三日後。

朝、ディリヤとユドハのところに寝間着姿のアシュがやってきた。

ちょうど、ディリヤがユドハの鬣に櫛を入れている時だ。

「……もうおしりぽんぽんしなくていい」

「いいんですか？」

「……いい」

「分かりました。では、これからは寝る時だけにしますね」

「うん。ぜったい、寝る時だけにしてね」

「はい、約束します。……な、ユドハ？」

「あぁ、約束する」

ディリヤとユドハとアシュが、三人で約束する。

そうすると、アシュは「ぽんぽんされたら、眠たくなっちゃうもん……アシュ、赤ちゃんじゃないもん……」と言って、「お着替えしてくる……」と自分の部屋へ戻ってしまった。

「どうやったんだ？」

ユドハがまた不思議そうにディリヤに問いかける。

「アシュのねだるがままにぽんぽんし続けた」

「ねだるがままに」

「そう、ねだるがままに。アンタが仕事に行ってる時も、乞われるがままに。ついでに、アシュがぽんぽんして、って言ってこない時にも、ぽんぽんした」

「人前でもか？」

「そこが難しいところだ。人前で赤ん坊みたいにぽんぽんするのが、止めさせるには手っ取り早くていいんだけどな。でも、子供に恥を掻かせるのは違うだろ？　人前でそういうことをして、アシュの尊厳を傷つけるのも良くない。だから、人前は避けて、ララとジジにするのと同じように、同じ頻度で、アシュにもやった」

「赤ん坊と同じように世話したのか」

「そう。しかも褒めちぎった」

「褒めちぎったのか」

「かわいい、おしりまるまる、ころころ、素敵、最高、ふわふわ、立派なお尻、尻が傾国だと褒めちぎった」

「尻が傾国……」

面白かったらしく、ユドハが珍しく噎せ返って笑っている。

「そしたら、あのとおり」

最初のうちは嬉しそうにしていたけれど、じわじわと飽きてきたらしい。

赤ん坊と同じ頻度でお尻をぽんぽんされて、お世話をされたら、自由に遊べないし、すぐに眠たくなってしまう。

なにより、ぽんぽんされすぎて飽きてきた。

満足してしまったのだ。

お尻ぽんぽんを禁じられてしまうと、もっとしたくなる。大人も、子供も、禁じられれば禁じられるほど、やりたくなるものだ。

でも、好きなだけお尻をぽんぽんされ続けたら、もういい、になってしまった。

「見事だ、ディリヤ」

「どうも」

「子供の説得は難しいな」

「子供は独特の感性で生きてるからな。……はー……、ほんと子供のケツ守るのって難しい」

きれいに整えたばかりのユドハの鬣に、もふっと倒れこみ、両手で抱きついて埋もれる。

自分の尻を守るくらいならなんとでもできるが、子供を守るのはいつも難しい。

難しいけれど、しなくてはならないことなので、ひとつずつ対処していくし、今回はエドナに助けられた面も多分にある。

「すまん、俺が軽率に元気が出ると言ったから……」

「でも、確かに元気は出るんだよ。抱き上げるたびに、重たくなったなぁ、体がしっかりしてきたなぁ、って思うと、嬉しくて、元気が出る。だから、アンタの言いたかったことは分かる。あとは、アシュがそれをどう受け止めて、どう理解するかだ」

「難しいな」

「ほんと、難しい」

「ちょっと本音を言っていいか？」

ユドハはひとつ咳払いをして、そう切り出す。

「いつでもどうぞ」

「アシュの尻は本当にかわいいので、触り放題のこの三日間はちょっと嬉しかった」

「奇遇だな。俺もアシュのケツが好きだ」

あのちぃちゃな尻と、ふわふわの尻尾が、よちよち歩く時からずっと見守ってきた。

日に日に成長して、大きくなって、近頃じゃ、自分で尻尾に櫛を入れてふわふわにすることを覚えた。

ユドハと一緒に暮らすようになってからは、お風呂上がりに上手にぶるっと水を切れるようになった。

毎日、毎日、成長が見られる。

アシュの背中を見ているだけで、愛しさが募る。

二本足で立って歩き始めたばかりの頃、転びはしないかと後を追っていた日々を思い出してしまう。

いつも、いつも、「こんなに小さな生き物、ちょっとしたことですぐに死んでしまう」と気が気でなかったことを思い出してしまう。

いまもまだ小さいけれど、あんなに立派なお尻と尻尾になってくれて、嬉しくて、嬉しくて、かわいくてたまらない。

「……アンタと暮らし始めたばっかりの頃、顔面をあの尻に敷かれた状態で目が醒めたことがある。覚えてるか？」

ユドハの毛皮に埋もれたまま、指先で撫でるように毛繕いして、ディリヤはすこし前のことを思い出す。

三人でひとかたまりになって眠るのが、まだ、二回目か、三回目……、そのくらいの頃の話だ。

「あぁ覚えている。アシュの寝相がすごいと身を以て知り始めた頃だ」

「息苦しくて、なにかと思ったらアシュのケツで……寝間着の上からでも分かるふかふかだった」

それでいて、もったり重くて、なのに、やっぱりまだお尻はちいちゃくて、まるまる、ころころ。

しあわせな重みだった。

尻尾とお尻に下敷きにされて、息苦しさと重さで魘されたけれど、しあわせだった。

唸っているディリヤに気付いたユドハが目を醒まして、アシュの尻の下から助けてくれた。

ディリヤは「でっかい毛玉に埋もれる夢を見た」と夢の話をして、ユドハと二人して、あぁ、しあわせだなぁ……と、涙が出るほど笑った。

「生きていてくれるだけで幸せにしてくれる存在ってのは、すごいな」

「本当にすごい」

アシュは、その尻の重みひとつで、ディリヤとユドハを幸せにする。

「ほら、できたぞ」

ディリヤは、きれいにくしけずった鬣の一筋に唇を押し当てた。

「ありがとう」

ユドハは立ち上がり、上着の襟を正す。

「まぁ、こっちのケツはこっちのケツで好きなんだけどな」

ディリヤは隣に立つユドハの尻を叩いた。

「！」

ユドハは乙女みたいに尻尾をぴょっと立てて、ディリヤを見下ろした。

「いいケツしてんな、アンタ」

「お前もなかなかのものだぞ」

「アンタのケツ触ってもいいのは俺だけだからな」

「その逆もまた然りだぞ」

「当然」

「ディリヤ！　ユドハ！」

尻尾を上下に揺らして、アシュが駆けてくる。

自分一人で上手にお着替えしたアシュは、ぴょん！と飛び跳ね、ユドハの両腕に抱きとめてもらう。

「なんのお話してたの？」

「アシュのお尻を守ろうね、というお話です」

「うん！　アシュが自分で守れるようになるまで守ってね！」

ユドハが両腕で作ってくれた巣穴で丸まって、にこにこ。

居心地のいい場所で守ってもらう。

ディリヤが「ボタンをひとつ掛け違えていますよ」

と教えると、「上手に直すから見ててね」とアシュが笑った。

ディリヤのまほう

今年、アシュは三つになった。

ふにゃふにゃやわらかくて、まるまる、ころころ、ちっちゃくて、ふわふわ。

起きている時は、歩く綿毛。

重たいお尻を左右に揺らして、ぽてぽて、ディリヤの立つほうへ手を伸ばし、一所懸命よたよた歩く。

寝ている時は、ぬいぐるみ。

愛らしい寝息を立てる、あったかくてふわふわのぬいぐるみ。

夜はまだ一人で眠れなくて、ディリヤと同じベッドで眠る。

横並びに寝床へ入っても、気付いたらアシュはもぞもぞ。ディリヤの懐にもぐりこんでくる。

ディリヤはそのたびに「……しょうがない」と己の腕でアシュを抱き寄せて、ふわふわの綿毛みたいな毛皮に鼻先を埋めて目を閉じる。

さて、今日は素直に寝てくれるかな？

そんなことを考えながら、一緒の寝床に入る。

「でぃいや、まだおきてる？」

「はい、起きてますよ」

眠たい声のアシュがディリヤを呼ぶから、ディリヤは耳と耳の間に唇を落とし、返事をする。

「でぃいや、あそぶ？」

「いまはねんねんの時間なので、遊びませんね」

「つみき……」

「積み木は明日にしましょう」

「おはなしして？」

「ちょっとだけですよ」

「うん」

「……なにをお話しましょう？」

「アシュのおなまえ、おしえて」

「長いほうのお名前ですか？」

「うん」

「では、お耳を貸してくれますか？」

「どうぞ」

むぎゅ。

ディリヤのほっぺに自分のほっぺをむぎゅっと押し当てて、三角耳をディリヤの口もとへ寄せる。

ディリヤがその耳に優しく囁くと、くすくす、アシュがくすぐったげに笑う。

鈴のようにかろやかで、愛らしい笑い声だ。

「…………でぃいや」

「はい」

「くすぐったくて、覚えられなかったよ」

「すみません」

「もういっかい」

「はい」

もう一度、アシュの名前を教える。

まるで、子守唄みたいに。

よく眠れるおまじないのように。

愛してると言葉にする代わりに、その名を唄う。

「……アシュのおなまえ、ながいね」

「長いですね」

「あしゅ、おぼえらんない」

「長いですからね」

「……どうしよう」

「ディリヤが覚えているからだいじょうぶですよ」

「だいじょうぶ？」

「だいじょうぶです」

「うん、だいじょうぶ」

「そう、だいじょうぶです」

だいじょうぶ、だいじょうぶ、だいじょうぶ。

ぽん、ぽん。


アシュを抱き上げて自分の胸のうえに乗せ、その背中に布団を着せかける。

布団のなかで、アシュのお尻を、ぽん、ぽん……と優しく叩いて、寝かしつける。

「あのね、でぃぃゃ……」

「……………」

眠ったふりをする。

ここで返事をすると、また、おしゃべりしてしまって、アシュが眠らなくなる。

「でぃぃや、でぃぃや」

はぐはぐ。

ディリヤの顎先を噛む。

「……………」

「でぃぃや、ねんねん？」

「……………」

「でぃーぃやーのたーてがーみ、りっぱーだよ〜〜」

歌い始めた。

しょぼしょぼのおめめを頑張って開いて歌うから、どこか調子外れだ。

「たてぁみ〜……がおー……」

歌い続ける。

歌いながら、ディリヤの頭をよしよし。
まるまる、ふくふくした肉球で赤毛を撫でつけて遊び始める。長く伸ばした赤毛を、ちっちゃな手で撫で梳いてくれる。時々、ふにふにの肉球で、ほっぺをぷにぷに揉まれる。

「………」

あ、やばい。
これは先にディリヤのほうが眠ってしまいそうだ。
アシュの乳臭いにおいや、お風呂上がりの石鹸のにおい。
ふわふわ綿毛や、アシュ自身が持つあたたかさ。
腹に乗せたアシュの体重や体温がディリヤに程好い安心感を与え、眠気を誘われる。

「アシュのおなまえは～みんなに、ないしょ～……でぃいやと、あしゅのすきなこに、おしえてあげて～……いっしょにがおー……って………あしゅの、おなまえ……あー、しゅ……あー……しゅ……しゅ……」

寝た。
歌いながら、急に寝た。

「………」

危なかった。

もうすこしでディリヤのほうが先に眠ってしまうところだった。
時々、一緒に寝入ってしまい、夜中に目覚めて焦ることもあるが、今日はなんとかぎりぎり起きていられた。
さて、アシュを寝かしつけるためにベッドへ入ったものの、まだ家事がすこし残っているし、明日の洗濯の下洗いと、仕事の支度、朝食の仕込みをしておきたい。
かといって、ここで動くとアシュが目を醒ますかもしれないから、動けない。
だから、もうすこしだけこのまま。

「でぃいや」

アシュが起きた。
だめだ、今夜はなかなか眠ってくれそうにない。

「でぃいや、おへんじして」

「………」

「げんきなひとは、てをあげて～……はいっ」
自分で言って、自分で手を挙げている。

「………」

「………でぃいや、あしゅ、さみしい……」

「……はい」

「おきた？」

「……おきました」

「もっとあそぼ？」

「夜は目を閉じる時間です」

「でも、でぃいやとおしゃべりしたい」

「アシュ」

「うん」

「アシュの長いほうのおなまえ、なんでしたっけ？」

「…………」

「覚えていますか？　さっきお話したやつです」

「あー……あしゅ、……あーしゅ……忘れちゃった」

「では、いまからディリヤがもう一度お耳に教えますから、十回唱えてみましょう」

「うん。……っ、ふふ……おみみ、くすぐったい」

「目を閉じて、よく耳を澄まして、静かに聞いてくださいね」

「ふんふん」

　おっきなおめめを閉じて、静かに口を閉ざして、ディリヤの声だけに集中して……。

「アシュのおなまえは……」

「…………」

　アシュは、ディリヤが耳もとで囁く音にだけ聞き入る。

「では、復唱どうぞ」

　ディリヤが魔法みたいなお名前を唱えて、アシュが十回復唱する。

「アシュのおなまえ、あーしゅ……あしゅ……ゆじゅ、……でぃいや、きいてる？」

「ちゃんと聞いていますので、続けてどうぞ」

「あしゅ……あーしゅ、す……ゆじゅ……じゅ……らら……、らー……しゅ……あしゅ、あーしゅ、す……ゆじゅ……うぁー……がおー……あー……しゅ……」

　寝た。

　唱えながら、寝た。

「…………」

　よし。

　ディリヤは心のなかで拳を握る。

　アシュはそれでしっかりと夢の中の住人になってくれたようで、朝まで目を醒まさずによく眠ってくれた。

朝、いつもより早く起きた。

結局、昨日の晩はあのままアシュと一緒に眠ってしまった。

夜、いつもより早く、眠いと思った時に寝床に入ったおかげか、よく眠れた気がして、寝覚めはすっきりとしたものだった。

ディリヤは、昨夜片付けられなかった用事を朝の早いうちに済ませた。

それから、いつものように朝食の支度が整った頃、アシュを起こしに奥の部屋へ向かった。

「……お」

おはようございます、アシュ、朝です、起きてください。

いつも通り、扉の前からそう声をかけるのを、今日はやめた。

そっと静かに扉を開き、室内の様子を窺う。

アシュはベッドで両手足を大きく開いて、のびのびと寝ている。

くー……、ぷー……。

ぽよぽよのまんまるおなかが、寝息にあわせてゆるやかに上下する。

尻尾も耳もすっかり寛いで、くったりしている。

「…………かわいい」

声にするつもりはなかったが、そんな言葉が口をついて出た。

ディリヤは自分で自分の口もとを押さえて、その口端が綻（ほころ）んでいることに気付く。

相好（そうごう）を崩す、とは、このことを言うのだろう。

アシュと一緒にいると、あまり情のない性格の自分にもそんな一面があるのだと知れて、なんだか面映（おもは）ゆい。

アシュと一緒にいると、いつも新しい自分に気付かされて、嬉しい。

しあわせだ。

……あぁ、それにつけても、かわいい。

眠っているだけでも、こんなにかわいい。

起きている時もかわいいけれど、眠っている時もかわいい。

かわいい。

かわいいが溢れて、どうしていいか分からない。

めいっぱい抱きしめて、ぎゅうぎゅう頬ずりして、かわいい、だいすき、あいしてる、そう言ってしまいたい。

でも、それを伝えてしまうと、離ればなれになる時に離れられなくなってしまうから、我慢する。

将来、アシュが成長した時に、ディリヤの言葉が足枷になることは避けなくてはならない。

アシュは、アシュの意思で、アシュの自由に生きる。アシュが自分で決めて、自分の力で幸せになる。ディリヤはその手助けができたら、それでしあわせ。

でも……。

「かわいい、かわいい、アシュ。……だいすきです」

ベッド脇に立ち、耳と耳の間を撫でる。

いつまでもずっとこの寝顔を見つめていたい。

そう思うと、いつの間にかベッドの端に腰かけて、アシュのおなかを、ぽん、ぽん、ぽん。

「いいこ、いいこ」

いいこ、いいこ、かわいいこ。

ディリヤのたからもの。

もうすこし目を醒まさずに、このままディリヤに可愛がらせてください。

朝ご飯が冷めたら温め直すし、今日はお着替えも手伝うし、お隣に預かってもらう時間に遅刻しないようにあなたを抱いてお隣の家まで走るから。

いまだけちょっと、素直に愛することを許してください。

かわいいかわいいアシュ。

「あいしてる」

ぴすぴす。かわいい寝息を立てる鼻先に、そっと唇を押し当てた。

「まだ寝なーい！」

「なーい！」

「ないなーい！」

「いいえ、昼寝の時間です」

絨毯(じゅうたん)の上でころころ遊ぶ三匹の仔狼を捕まえる。

一番大きなアシュを頭のうえに乗せて、ララとジジを左右の脇に抱える。

そのまま風通しの良い庭先の寝椅子まで運び、三匹を並んで寝かせる。

寝椅子は木陰にあって、そよそよと夏の風がやわらかく吹く。

三匹は寝椅子でもぞもぞ蠢いて、団子になって遊んでいたが、ついさっきまで行水していた疲れが出たのか、ディリヤが三人の長い名前を呪文のように立て続けに唄い唱えると、最初は一所懸命になって耳を欹てていた三匹も、間もなく寝落ちした。

「よし」

三匹の鼻っ面にそれぞれ唇を押し当て「おやすみ」と囁き、ディリヤはユドハのもとへ向かう。

我が家で一番大きな狼は、自室で仕事をしている。

休みの日くらいしっかり休めばいいのに、そうもいかないのが国王代理というやつなのだろう。

今日ユドハがしていることは、公務に必要な知識だが、公務中にすべて読むには多すぎる量の報告書や資料に目を通す作業だ。それらを家に持ち帰り、朝からずっと読み耽っている。

ユドハまで上がってくる報告書といえば、大勢の大臣や軍人や政務官が吟味に吟味を重ね、そのうえで、ユドハが目を通す必要があると判断した情報だけだ。

それでも、これだけ大きな国ともなると、生半ではない情報量に膨れ上がるのだろう。


「…………」

眉間に皺を寄せたユドハは、窓辺の椅子に腰かけ、書面の文字を追っている。

その足もと、絨毯を敷いた床にディリヤが腰を下ろすと、ユドハがするりと尻尾を首筋に巻きつけてきた。

巻きつけてきたが、視線は書面に向いたままだ。

ディリヤは尻尾を撫でつけながらユドハの太腿に頭を凭れかけさせ、区切りのいいところまで読み終わるのを待つ。

待ちながら、ディリヤは欠伸をして、ユドハの部屋の窓から庭を見やる。

この位置からだと、ちょうど、子供たちが行水する様子や、昼寝する姿が見えるのだ。

ユドハの座る位置からも見えるので、きっと、報告書に目を通す合間の気分転換に、子供たちの姿を眺めていたに違いない。

「待たせたな、どうした？」

いくらか経った頃、ユドハがようやく顔を上げた。

「寝かしつけに来た」

首筋にまとわりつく尻尾をほどいて立ち上がり、ユドハの手を引いて床に座らせる。

「子供たちなら庭で寝てるだろう……？」

「あぁ、三人ともそこの庭で寝てる」

「なら……」

「アンタを寝かしつけに来た」

「………」

「ちょっと休め」

「まだ目を通すものが……」

「俺が三百数える間、アンタがちょっと休むくらいなら大丈夫だろ？」

「………」

「それとも、三百数える時間も惜しんで、どうしても絶対にいますぐ大急ぎで目を通さないといけない資料があるのか？」

「だが、これだけではなく、まだいくつも……」

「それで？」

「……それで」

「だから？」

「なんだ？」

「……三百数える間、肩を貸してくれ」

「どうぞ？」


ユドハのほうが根負けして、ディリヤの隣にどかりと腰を下ろし、すこしばかり凭れかかってきた。

「……重くないか？」

「重くない」

ユドハの左頭を自分の肩へ抱き寄せ、もふもふした顔の右側面を掌で優しく撫でる。

気が立っているのか、仕事から休憩に頭が切り替わらないのか……、ユドハは瞼こそ落としているが、眠る気配がない。

「俺の名前は、ディリヤ。長いほうの名前は、マディヤディナフリダヤ。意味は、私の悲嘆にくれた悲しみの心。アンタの息子の名前は、アシュ……」

ユドハが黙って聴いているから、ディリヤは、つがいの耳にだけ届けるように、そっと囁く。

まるで、子守唄でも歌うように。

おとぎ話を聞かせるように。

よく眠れるおまじないを唱えるように。

「アシュはアーシュイス。アーシュイスはアスリフ風で祝福。でも、アシュだけだとウルカ風で、意味は食う。アシュが食べ物に困らないように。おなかを空かせない一生であるように。真ん中の名前はユジュ、ユジュは真ん中の一番いいところ、意味は……」

「………」

「それから、ララとジジは……」

ひとつ、ひとつ、唄う。

子供たちみんなの幸せがたくさん溢れた言葉を唄う。

俺たちの子供が、みんなみんなしあわせであるように。

ユドハもしあわせでありますように。

ディリヤの愛する者が、みんなみんな、しあわせでありますように。

そんな思いで名付けた名を、唄う。

初夏の午睡だ。

呪文のような名前を唄い聞かせるうちに、ユドハの眉間の皺がやわらいでいく。

まるで眠気を誘う静かな雨音のような声で音を紡ぐうちに、ディリヤの肩にかかる重みがすこしずつ増してくる。

その重みが、ディリヤには心地好い。

つがいが自分の傍で安心して眠ってくれている証拠だ。

「…………おやすみ、ユドハ」

いとしいひと。

ディリヤは、己の頬がゆるむのを感じながら、いつもよりゆっくり三百数えた。

たてがみのはなし

「ぶぇええええ〜〜……つぇ、ぅ、ぅええ……っ……ぅぇぇぇ……」

アシュが泣いている。

床に突っ伏して、ちいちゃな体を丸めて、噎び泣いている。

まるまるした背中を震わせて、とても息苦しそう。息ができなくて、このまま死んでしまいそう。

それくらい激しく泣いている。

「っひぅ、ぅぅ……ぅ、ぇ……ふっ、げふ……ぇえ、ぇう……」

泣きながら噎せて、咳き込んで、それでもまだ泣いている。

「…………」

ディリヤは泣き伏すアシュを見下ろして、部屋の中央に立っていた。

アシュがこんなに泣くのは久しぶりだ。

アシュはもう四歳。

拙いながらも、自分の言葉で自分の気持ちを伝えられるようになってからは、泣き喚いて感情を表現することは少なくなった。

そういうことがまったくなくなったとは言わないが、その回数は減っていた。

アシュとディリヤの二人暮らしで、こんなにも意思疎通ができないのは今日が初めてで、アシュも、ディリヤも、戸惑っていた。

「泣いてもどうにもなりません」

ディリヤはアシュの背にそう声をかける。

アシュの背中が、びくっ、と震える。

震えて、一瞬だけ泣き止んで、また、大声で泣き始める。

そろそろ泣き止ませないと……。

泣き続けるのも疲れるはずだ。

アシュが疲れて、しんどくなるのは可哀想だ。

そう思うのに、どうにもできない。

お手上げだった。

泣き止ませるために、ありとあらゆる手を尽くした。

アシュを育ててきた四年で培った、アシュを泣き止ませるのに有効な手段をすべて試した。

おやつを食べようと誘ってみたり、雪が降っているから外で遊ぼうと言ってみたり、寒いのがいやなら暖炉の前でアシュの好きなことをしようと甘やかしてみたりもした。

このほか、思いつく限りの方法を試した。

でも、だめだった。

「……正しく息をしないと、死んでしまいます」

ついには、途方に暮れて、そんなことを言ってしまった。

我ながら、情のこもっていない声かけだと思う。

冷静に状況だけを伝えても、四歳児には通用しない。

でも、ほかに、かける言葉が見つからなかった。

……なにがそんなにいけなかったのだろう。

雪の降るなか仕事から帰ってきて、隣の家のスーラに預かってもらっていたアシュを玄関先で引き取り、スーラの娘のニーラとも機嫌良くさよならをして、自宅に帰ってきた。

降り積もった雪を軒下で払い、かぶっていた外套のフードを下ろした。

先に家のなかに入っていたアシュが振り返ってディリヤを見た。

その次の瞬間には、壊れた楽器みたいに泣き始めた。

正直なところ、子供の泣き声はとてもうるさい。

この四年間で随分と聞き慣れてはいたが、それでも、仕事帰りの疲れた体には堪えるものがあった。

「……そろそろ泣き止みませんか。それが無理なら、せめて涙と鼻水を拭きましょう」

泣いているうちは大丈夫。

泣かなくなった時がこわい。

子供は静かに死んでしまう。

ディリヤは泣き止ませることを諦めて、アシュが死なないようにだけ気を配る。

まず、ひとつずつ可能性を排除していく。

これは、怪我をして痛かったり、病気で苦しんでいる時の泣き方じゃない。

つまりは、命に危険があるような状況ではない。

スーラから話してもらったアシュの今日一日の行動にも、なにも問題はなかった。

たとえば、高いところから落ちたり、変な咳をしたり、なにかに頭をぶつけたり……。

そういうこともなく、一日を平穏に過ごしていた。

痛いとか、苦しいとか、おなかが空いたとか、そういうことがあれば、アシュはその部分を押さえてしくしく泣いたり、悲しい顔をしたりするし、頑張って言葉で伝えようとする。

隠していても、態度で大体のことはすぐに分かる。

……となれば、今回のこれは、身体的な問題ではなく、もっと、ほかの問題だ。

アシュの気持ち的な問題だ。

気持ちの問題は、時間がかかる。

だから、まずは、できるだけアシュが苦しくないようにしなくてはならない。

よだれで噎せて苦しくないように。

息を吸いすぎて過呼吸にならないように。

泣きすぎて疲れてしまわないように。

怒ってひきつけを起こさないように。

気を失って、舌を噛んでしまわないように。

そういったことだけを注意して見守る。

落ち着くのを、待つ。

ついさっき、背に触れて、怪我や病気の気配がないか確認したら、尻尾で叩かれた。

なんとも分かりやすい態度で、アシュの無言の背中に拒まれた。

アシュは去年よりも肉づきが良くなって、全体的に体もしっかりして、大きくなった。

その背中が、ディリヤを拒む。

今年の夏、アシュはとても背が伸びたから、冬服を新調した。

今日は、その冬用の上着を着ている。

赤みがかった深い茶色で染めた、羊毛の上着だ。

新しい防寒着はよく似合っている。

ちょっと大人っぽい組み合わせだけれども、苺色(いちごいろ)の艶のある金色の毛並みに、この上着とおそろいの帽子や襟巻をあわせると子供らしさもあって、雪のなかでころころ転がって遊ぶ姿はとても可愛らしかった。

……だが、いまは、その上着も襟巻も帽子も脱がずに、床に突っ伏して泣いている。

今年の冬は寒いからと、着ぶくれしてまるまるころころするくらい服を着せている。

子供はただでさえ体温が高い。

家のなかで、その恰好は暑いのだろう。

いっぱい汗を掻いて、一所懸命、泣いている。

「…………服だけでも、脱ぎませんか」

「うえっ、えぁあ……っえぅ、ぇ……ぇええっ、っ、う、ううう～～……！」

けものみたいに唸りながら、泣く。

ディリヤが話しかければ、それが起爆剤になって、泣くのがひどくなる。

「…………」

ディリヤは自分の前髪をぐしゃりと掻き乱し、眉間に皺を寄せる。

なにが原因で泣いているのか分からない。

今日は、急に泣き始めた。

会話も成立しない。

アシュの表情を見ても、なにも察することができない。

たぶん、なにかが気に入らなくて、なにかに怒っていて、なにかに納得がいかなくて、それで、泣いているのだろう。

それしか分からない。

対処法が、見つからない。

「びぇえええあああ……っ!!」

「…………」

勘弁してくれ。

そう言いたくなるのを、ぐっと飲みこむ。

もう一度、自分の前髪を掻き乱すように額に手を当て、溜め息を吐きそうになるのをぐっと堪える。

アシュに聞かせてはいけない言葉と、溜め息交じりの呼気を、ごくりと飲み干す。

……胃が、痛い。

腹が、気持ち悪い。

そんな気がする。

心なしか、頭も痛い。

この甲高い泣き声を長く聞きすぎたせいだと判断する。

ディリヤでさえこうなるのだから、ずっと泣き通しのアシュはもっとつらいはずだ。

早く泣き止ませてあげないと……。

そう思うのに、ディリヤは立ち尽くしたまま、どうにもできない。

泣き声やしゃくりあげる息遣いを聞いているだけで、ディリヤの呼吸まで浅くなる。

くるしい。

吐きそうだ。

でも、そんなことを言っている場合ではない。

……アシュを。

アシュを泣き止ませないと。

ちゃんと、いつもみたいに、ふわふわ綿毛みたいな笑顔でいさせてあげないと……。

「ディリヤちゃーん、スーラだけど～」

お隣のスーラが玄関扉を叩いた。

「……ひっ、ぅう」

また、びくっ、とアシュの背中が震えて、しくしく啜り泣きに変わる。

「はい」

ディリヤは返事をして、玄関の鍵を開け、扉を開いた。

「ごめんなさいね、うちのニーラの玩具にアシュちゃんの玩具が混じってたから……」

「わざわざすみません」

「玩具はついでよ。それより、これちょっと食べてみてよ。今日の煮込みは上手くいった……の、よ……あら、まぁ……」

スーラは玩具とお鍋をディリヤに渡して、そこで初めてちゃんとディリヤの顔を見た。

ついさっき会った時は、フードをかぶっていたから、しっかりと顔を見ていなかったのだ。

そして、スーラはディリヤの顔を見るなり、ぽけっと口を開いて、驚いた顔をした。

「ぶぇえええ〜〜〜!!」

途端に、またアシュが泣き始めた。

「あらあら、アシュちゃんごきげんななめ？　さっきまでニーラと機嫌よく遊んでたのに……」

「すみません……」

「いいのよ。……でも、大丈夫？　ディリヤちゃんのほうが顔色悪いわよ」

「帰ってきてからアシュがずっとあの調子で……」

「泣き止まないの？」

「はい」

「珍しいわねぇ。いつもは泣いてぐずってても、ディリヤちゃんの顔を見たら泣き止むのに……どれ、ちょっとお邪魔してても？」

「お願いします」

スーラに道を譲って、屋内へ招き入れる。

ディリヤが台所の竈へ鍋を置きに行く間に、スーラはアシュの傍らに膝をつき、「どうしたの？」と尋ねている。

アシュは最初のうちこそスーラの手を尻尾でばしばししていたが、一言、二言、根気よく話をするうちにスーラになにか打ち明け始めた。

きっと、ディリヤ本人には話せないけれど、ほかの誰かには話を聞いてほしかったに違いない。

スーラの胸に抱きしめられて、しくしく、しゅんしゅん。

すこし泣き止んだかと思うと、視界の端にディィリヤを見つけて、また大きな声で泣き始めた。

「でぃぃやの、たてがみ～～!!」

ぎゃん泣きする四歳児の、その言葉だけ聞き取れた。

「……あぁ、なるほど！　鬣（たてがみ）のせいで泣いてるのね！」

それでようやくスーラはなにかを察したようだ。

「……？　あの、どういうことで……」

「ディィリヤちゃん、今日、髪を切ったでしょ？」

「はい」

ディィリヤは、今日、髪を切った。

アシュが生まれてからの四年間で初めて、目に見えて分かるくらい髪型を変えた。

「たぶん、それが理由よ」

「……そんなに変わるもんですか」

スーラの隣に膝をつき、ディィリヤは短くなった毛先に触れる。

「そりゃあねぇ、それだけ変わればねぇ……」

「驚かせたんでしょうか」

「私でもさっき驚いたしねぇ……」

「もしかして、俺がディィリヤだって分からなかったとか……」

「でも、ディィリヤのたてがみ～!!　って叫んでるから、ディィリヤちゃんだってことは分かってると思うわよ」

「……あぁ、そうか、それもそうですね」

「でも、思い切ったわねぇ。これからもっと寒くなるのに、そんなに短くしたら風邪ひいちゃうわよ」

「気を付けます」

「でも、男前よ、よく似合ってるわ」

「ありがとうございます」

「ほら、アシュちゃん、よく見てごらんなさいよ。アシュちゃんのディィリヤちゃんは、鬣が短くなっても、とっても男前でかっこいいわよ」

「……すみません、アシュ、ディィリヤは髪を短くしてしまいました。……そんなに驚かせましたか？」

「おぉぅ、ぅう……ぉっ、ぇ……ぇうう……」

鳴咽（おえつ）交じりの泣き声とともに、アシュが顔を上げる。

ほとほと、ぽとぽと。

涙で毛皮が雨に濡れたようだ。

床に敷いた絨毯にも、涙と鼻水とよだれで立派な絵ができている。

「アシュちゃん、髪が短くなっても、ディリヤちゃんはディリヤちゃんよ？　なにがそんなに悲しいの？」

スーラが優しく尋ねると、アシュはおっきな瞳に涙を湛え、ディリヤを見ながら、スーラになにか耳打ちする。

「ふんふん、なるほど？　アシュちゃんはディリヤちゃんの立派な鬣がだいすきだったのね。真っ赤で、きれいで、長くて、すべすべの髪に頬ずりするのが好きだったのね？　……なるほど。それがなくなっちゃって悲しいし、さみしいのね」

スーラが、たどたどしいアシュの言葉をディリヤに伝えてくれる。

アシュは、ディリヤのたてがみがだいすきだったのだ。

長く艶やかな赤毛に、ほっぺをすべすべするのがだいすきだったのだ。

おぶってもらった時に、後ろで結んで肩に流した髪からディリヤのにおいがするのが、だいすきだったのだ。

ほかにも、ディリヤの髪には、アシュのだいすきがいっぱい詰まっていたのだ。

アシュは、夜、お風呂上がりのディリヤが赤毛に櫛を入れる後ろ姿を見つめるのがだいすきだった。

まるで、真っ赤な尾長鳥が部屋のなかで生きているみたいで、だいすきだった。

赤い宝石がお部屋のなかできらきらして、だいすきだった。

春の日に、アシュが摘んだ一輪の花を髪に飾ってあげた姿はとても可愛かった。

夏の暑い日に、太陽と同じくらい赤い髪がきらきら眩しくて、「暑いですね」とアシュに笑いかけて、無造作に髪を束ねる姿がきれいで、かっこよかった。

秋の色に染まった森を歩くと、ディリヤの髪も同じ色に染まって、なんだかとっても美味しそうで、じゅるりとよだれが溢れた。

冬の白い雪のなかでディリヤの赤毛はなによりも目立って、アシュがディリヤを見つける目印になった。

アシュの大好きで、大好きで、大好きな、ディリヤの赤毛だった。

一緒に遊んでいる時にふわふわして、だっこしてくれた時にいいにおいがして、ぎゅっと握りしめると安心できて、だいすきだった。

なのに……。

「なぐなっちゃっだぁ〜〜……ぁ、アシュの……！

……アシュのだいすきなの〜〜!!」

アシュの大好きなディリヤのきれいな髪。

短くなっちゃった。

「……確かに、立派な鬣だったものねぇ」

スーラもどことなしに残念そうだ。

「……アシュ、本当にすみません」

「アシュのあかいの〜〜……」

「せっかくきれいに伸ばしてたのに、どうして急に？」

「もともと売るつもりで伸ばしていたので……」

ディリヤは、今日、赤毛を売った。

アシュが腹にいた頃から伸ばしていた髪を切って、売ったのだ。

それも、襟足がすっきり見えるくらい短くした。

冬に切るにしては寒々しいくらいの短髪にした。

もともと売り物にするつもりで伸ばしていたから、最低限の手入れはしっかりして、ある程度の髪質を維持していた。

その努力もあってか、赤毛はただでさえ珍しいからと高く売れた。


ディリヤとしては、髪の手入れという面倒から解放されたし、首回りが鬱陶しくなくなったし、頭を洗うのも短時間で済むし、石鹸を使う量も少なく済んで経済的だと思った。

それに、なんだか身軽になった気がして、しかも現金まで手に入って、良いことずくめだった。

今年はアシュの冬服を新調したし、なにかと物入りだったから、少々ばかり懐が寂しかった。

これで、この冬の蓄え(たくわ)に余裕ができた。

来年の春まで、すこし安心して生活できる。

だから、それがアシュにとって悲しい出来事になるなんて、想像もしていなかった。

「アシュ……」

ディリヤはスーラからアシュを受け取り、膝に乗せて、目を見て話す。

「ぅう……」

「アシュ、ディリヤのこれは鬣ではなく単なる髪です。ディリヤは鬣の立派さでオスの優位性を誇示したり、面目を保つ生き物ではありませんから、なくなっても問題ありません」

「そういう問題ではないと思うわぁ……」

スーラが苦笑している。

ディリヤは相変わらずこういう時に不器用だ。

アシュの気持ちに寄り添うには、「髪はまた伸びますから、悲しまないで。急に短くして驚かせましたね。次は相談しますね」と微笑みかけ、優しく抱きしめるだけでいいのに、理詰めで説得しようとする。

「……でぃいやの、たてがみぃ……」

「すみません……」

ディリヤは苦笑して、アシュの背中を撫ぜた。


翌朝、ニーラもディリヤの短い髪を見て、持っていたお人形をぼとっと落とし、「ディリヤちゃんの立派なたてがみが!!」と叫んだ。

金狼族は、長い髪を鬣に分類するんだなぁ……とディリヤはそんなことを思った。

ちなみに、アシュは次の日にはディリヤの刈り上げた襟足を撫で上げて「きもちいい」と一日中さりさり触っては満足そうに笑っていた。


アシュはもう六歳。

ララとジジが生まれて半年とすこし。

夜、三匹のちぃちゃな狼はすよすよ。

ひとつの寝床で、真ん中にアシュを挟んで、左右にララとジジ。三匹の兄弟は団子みたいに丸まって、ひとまとまりになって眠っている。

ディリヤとユドハは、その寝顔を見守っていた。

「……な？　そろそろだろ？」

「あぁ、なるほどな。これくらいになると、もう切るんだな」

「ユドハ、やってみるか？」

「……俺がやって大丈夫か？」

「俺が隣で見て押さえてるし、動きそうになったら止めるから大丈夫」

「分かった」

小声でそんな会話をして、子供たちがよく眠っているのを確認してから、隣室へ移動する。

ディリヤは鍵付きの箪笥(たんす)から鋏(はさみ)を取り出し、ユドハは書き物机から便箋を数枚持ってくる。

「もう髪は伸ばさないのか？」

再び子供たちの眠る寝室へ足を向けようとした時、ユドハが何気なくそう尋ねた。

「子供が小さいうちはなぁ……。短いほうがなにかと便利だし」

「昔は短かったのか？」

「戦争に行く前、アスリフの村にいた時は長かったな」

「その時は、どれくらい伸ばしていたんだ？」

「毛先を整えるくらいで、生まれてから十二歳までずっと伸ばしてたな」

「見事な鬣だっただろうな」

ユドハのその言いように、ディリヤは微笑んだ。

やっぱり、この金色の狼たちは、長い髪を鬣だと判断するらしい。

「十二歳までと言ったが、十二歳になると断髪する文化なのか？」

「いや、出稼ぎで戦争へ行く前に装備を整えたかったから切ったんだ」

「……？」

「その時も、髪を切って売ったんだよ。装備品買うのに。軍の支給品だけじゃ足りないから。それに、戦地で長い髪なんか邪魔にしかならないからな。敵にも味方にも引っ張られるし、戦闘中に不利だし、不衛生だ」

「そうか……」

「俗っぽい理由で幻滅したか？」

「いいや。お前らしいと思った」

「そりゃどうも」

「……お前、髪は短いほうが好きか？」

「さぁ、どっちでも。あんまり気にしたことない」

ディリヤは自分の容姿に無頓着だ。

生きていくうえで、それに重きを置いてこなかった。

近頃は、毛繕いだと言って、朝にはユドハが寝癖に櫛を入れてくれるし、日中も、ユドハがよく髪を撫で梳いてくれるから、すこしは髪の手入れに気を回すようになった。

ユドハのおかげで、そういったことに手間暇をかけられるほど、気持ちに余裕ができたということだ。

「伸ばしてほしいか？」

ユドハの物言いたげな視線にディリヤは問いかける。

「いや、お前の好きにすればいい」

「……アンタはどっちがいいんだ？」

「長い髪のお前を見たことがないから、見てみたい気もする」

「ふぅん」

「アシュが泣いて悲しむくらい立派な鬣だぞ？　誰だって一度はそんなお前を見てみたいと思うさ。さぞや立派なオスの鬣だったに違いない」

「髪な」

「どちらにせよ、お前はきれいで男前でかわいい」

「アンタはいっつもそれだな」

「真実だ。鬣の長く美しいお前の姿は、さぞや……」

「分かった分かった。もう褒めなくていい」

「そうか？」

「そうだ」

「まだ褒め始めたばかりだ」

「もう充分。……ま、アンタのその熱意に応えて、アシュとララとジジが大きくなって手が離れたら、その時は伸ばしてみるのもいいかもな」

ディリヤがそう言って視線を下へ向けると、ユドハの尻尾がぱたぱたしていた。

なんだ、やっぱり髪を伸ばしてほしいんじゃないか。

「いや、これは決して……」

「はいはい」

「…………」


「でもな、俺はわりとズボラなんだ。自分の髪の世話なんて面倒でしかない。もし、伸ばすとしたら、俺の鬣の世話はアンタに任せっぱなしになるから、気合い入れて世話しろよ」

「是非させてくれ」

つがいの毛繕いは、狼のしあわせだ。

ユドハはとってもうれしい。

それに、ディリヤは自分を面倒臭がりのズボラだと言うが、毎朝ユドハの尻尾や鬣に櫛を入れてくれるし、手間暇をかけて世話をしてくれる。

風呂に入ったなら、毛艶が良くなるようにと、とっても気持ちのいい手入れと毛繕いをしてくれるのだ。

つがいに毛繕いをしてもらうのは、至福だ。

おかげで、近頃、姉のエドナから「あなた、ディリヤと一緒になってから一段と毛艶が美しいわ。恋ってすごいわね」と褒められ、部下からも「殿下、今日も見事な毛並みで……ちなみに、どこの艶だし油を使ってるんですか？」と尋ねられる。

「ところでディリヤ、俺の鬣はもうすこし短いほうが好きか？」

「急にどうした」

「長いほうがいいならもうすこし伸ばすし、短いほうがいいなら、お前の好きな長さに整える」

「アンタはそのままで男前だ」

ユドハがまるで恋した少女みたいなことを言うから、ディリヤはその男前の背を叩く。

ちょっとでもディリヤの好みに近づこうとするユドハは、健気で可愛い。

「夏になると、換毛期もあるし、もうすこし短くなる」

「夏仕様のアンタもかっこいいだろうな」

この夏は、妊娠や悪阻（つわり）でそれどころじゃなかったから、次の夏、短めの夏毛になったユドハを撫でまわすのが楽しみだ。

冬のもふもふとした毛皮も好きだけれど、夏は夏できっと気持ちがいいに違いない。

「……さて、それじゃあユドハ、覚悟はいいか？　行くぞ」

「おう」

鋏と便箋を手に、二人は寝室へ向かう。

これから、子供たちの散髪だ。

散髪は、寝ている時に実行するに限る。

起きている時よりも動きが少ないから、怪我をさせる確率も減るし、手早く済ませられる。

「寝相悪いから気を付けろよ」

「心得た」

今夜初めてユドハが子供たちの散髪をする。

ララとジジに至っては、生まれて初めてだ。

切った髪は、記念にとっておくらしい。

「がんばれよ、おとうさん」

ディリヤは背伸びして、とっても緊張したユドハの横顔に唇を押し当てた。

後記

こんにちは、八十庭たづです。皆さまに再びお目にかかれたこと、大変嬉しく思います。

このたびは『はなれがたいけもの　恋を知る』をお手にとってくださりありがとうございます。

ディリヤとユドハ、そしてアシュをたくさんの方に愛していただけて、前作をたくさん応援していただいた結果、こうして二作目をお届けできる機会に恵まれました。

今作は、これまでの人生、生き抜くのに必死だったディリヤとユドハが、二十代も半ばから後半に差しかかって初めて恋らしい恋をして、浮かれている話です。二人が一緒にいるシーンは大体いつもずっといちゃいちゃして、じゃれあっています。あと、ディリヤ以外の人間が初めて出ました。

これからも山あり谷ありの人生を送るディリヤとユドハでしょうが、きっと、二人で作り上げた家族という小さな狼の群れならば乗り越えていけると思います。もし、次にお目にかかる機会がありましたら、どうか、引き続き、この愛すべきけものたちを見守っていただけましたら幸いです。

末筆ではありますが、各位に御礼を。

株式会社リブレ様、担当様、佐々木久美子先生、ウチカワデザイン様、ムーンライトノベルズ様、本書の出版・販売に携わってくださった多くの方々、各企業様、八十庭を応援してくださり、拙著をご購入くださった読者様。（順不同）

すべての方に深く感謝申し上げます。本当にありがとうございます。

ゆるすひと

眠れない夜がある。

体は疲れ切っているのに、考えるべきことがあまりにも多すぎて、神経ばかりが逆立ってしまい、眠れなくなる。さすがにもうそろそろ眠らなければ明日に差し支える……、そう自覚すればするほど頭は冴えて、目も冴える。

毎日がこんな調子というわけではないが、エレギアにはそんな夜が多くあった。

結局、そんな夜は酒の力を借りて、無理に眠気を得ようとするのだが、悲しいことにエレギアは酒を呑んでも酔えぬタチで、しかも、考えごとをすればするほど頭が働き、目が冴えるほうだった。

それでも、酒に頼るのが最短距離で眠気に近付く方法のひとつだと頭が学習しているようで、酒さえ呷(あお)れば一刻ばかりはうとうとできた。きっと、眠れない時は酒、という一種の刷り込みがエレギアの脳に染み着いているのだろう。

さて、最後に楽しく酒に酔ったのはいつだったか……。軍学校時代か、はたまた親に隠れて友人と呑み明かした頃か……。まだ三十歳だというのに、楽しく笑った日々は遙(はる)か遠い昔の記憶のようで不鮮明だ。

もしかしたら、そんな時代はなかったのかもしれない。

エレギアの二十代のほぼすべては、戦争で終わった。十代の終わりも、軍学校で「貴様(きさま)らは死に方を学びに来ているのだ」と圧をかけられて育てられた。

……まぁ、幸いにもエレギアは父親が権力者だったおかげで、軍学校卒業と同時に一兵卒として最前線に配置され即戦死というわけではなかったが、それでも、父親が権力者であるがゆえに「私の息子が後方支援など、そのような臆病風吹かせるな、潔(いさぎよ)く死んでこい」などという、到底、血が繋がっているとは思えぬ軍人らしさ全開の父の発言により、最前線の司令部には配属された。

「貴様のそれは、上手い酒の呑み方ではないな」

軍関連の酒席で、誰かにそう指摘されたことがある。

まだ若かったエレギアは「酒の呑み方に上手いも下手もあるか……」と心中で毒づいたが、三十路を過ぎてようやく本当に自分は酒を呑むのが下手なのだと自覚した。

「…………」

自分の酒の呑み方について考えを巡らせ、夜を明かすなど、実に無益だ。

　こんなくだらないことを考えて夜を明かすならば、とっとと眠ればいいのに……。

　自分で自分を嗤(わら)い、エレギアは嘆息する。

「酒に逃げても逃げ切れませんよ」

　足音もなく、フェイヌがエレギアの傍らに立った。

　エレギアがなにか言う前に、フェイヌは、エレギアの掌中(しょうちゅう)のグラスを取り上げる。

「そんなに不味(まず)そうに呑むなら、呑まずに寝なさい」

　エレギアが酒を呑む姿をもっとも多く見てきたフェイヌでさえ、こう言うのだ。

　おそらく、エレギアの酒の呑み方は、他人から見ても楽しげではないのだろう。

「明日にはウルカへ向かうんです。寝床へどうぞ」

「その寝床との相性が悪いから、ここにいる」

「いつものように寝床の支度をしたのは俺ですが、不手際がありましたか?」

　フェイヌは空惚けた顔をして、「俺があなたの寝床を作っているんです。俺の支度はいつもどおり完璧で、あなたが安心して眠れる場所を作りました。寝床との相性が悪いのは、あなたの体ではなく頭のほうでしょう」と言外に言ってくる。

「……………」

　エレギアはフェイヌが持つグラスを取り返し、一気に杯を干した。

　度数の高い酒が勢いよく体の内側を流れる。

　食道から胃の腑(ふ)へかけてが、焼けるように熱い。

　エレギアが何気なく自分の胃の腑を掌で摑み、眉間に皺を寄せていると、フェイヌは肩でひとつ息をして、「あなたも難儀な人ですね」と苦笑した。

　立場上、ただでさえ付き合いで呑むことが多いというのに、エレギアはあまり酒が得意ではないのだ。空腹だろうが、満腹だろうか、適度に腹が張っていようが、久しぶりの酒だろうがなんだろうが、呑めばとにかく胃が痛む。

　だが、一定量以上を呑めば、眠れない夜に眠ることができる。

　時には、そのまま窓の外が白んでくるのを拝む日もあるが、確率的に考えれば、このソファで「あぁ、いつの間にやら眠ってしまった」と目を醒ますことができる日が多かった。

　だから、エレギアは酒に逃げるのだ。

今日だって、一度は寝床に入ったものの眠れずに起きだし、自室のソファで酒をかっ食らい、いつまで経っても訪れる気配のない眠気が訪れるのを待っているのだ。

気分良く酒にも酔えず、まともに眠れもしない体質というのは、本当に厄介なものだ。

頭が疲れれば疲れるほど、眠れない。

酒に逃げても、逃げきれない。

エレギアはフェイヌに空の酒杯を見せ、不機嫌を前面に押し出した表情で「乾いた」と尊大に言い放ち、その太腿を蹴った。

立場の違いから、フェイヌとエレギアは寝床を共にしない。

軍施設内に、各々、自室を割り当てられているが、エレギアは上級士官用の一戸建てで寝起きし、フェイヌは下士官用宿舎の一室で寝起きする。

ただ、今日のように、帝都にあるトラゴオイデの屋敷に戻ってくると、エレギアの寝室の隣がフェイヌの寝室になる。

エレギアとフェイヌは、主と従だ。

エレギアが主人で、フェイヌは従者。

エレギアがフェイヌを拾ったから、フェイヌはエレギアのもの。

その関係が二十年以上続いている。

二人の間には上下関係があって当然のことだった。

だから、エレギアの寝室がフェイヌの寝室の十倍の広さでも当然だし、フェイヌがエレギアの寝床を整えたり、着替えの世話をしたりするのも当然だった。

軍内でもそれは当たり前に適用された。

フェイヌはエレギア付きの従卒でもあるから、常にエレギアと時間を共にした。

フェイヌは、公私ともにエレギアに付き従う犬だ。

従順なエレギアの犬だ。

時には生意気な口も利くけれど、決してエレギアに牙を剝かない。裏切らない。

賢い忠犬だ。

今夜だって、エレギアが寝床から出て、この部屋で酒を呑んで夜を明かしていることにフェイヌはすぐさま気付いた。別室で気分良く夢の世界の住人になっていただろうに、主人が眠れずにいることを察して起きてきた。

そのうえ、エレギアの酒を取り上げ、寄り添い、話し相手になり、「頭が疲れても眠れないのならば、体を疲れさせなさい」と獣の眠り方をエレギアに教えた。

主人であるエレギアをソファで抱いた。

酒杯に伸びるエレギアの手を摑み、その指先に唇を押し当て、人よりも鋭い犬歯で甘噛みした。

エレギアの足下に跪き、情けを乞う目でエレギアを見つめているのに、その瞳の奥には隠しきれない獣欲があった。

エレギアを逃さぬよう、フェイヌはソファの座面に片膝を乗せ、肘掛けに両手をつき、己の腕でエレギアを囲い込み、ソファと自分の間にエレギアを閉じ込めた。

まるで壁だ。

エレギアには、フェイヌの逞しい胸もとしか見えない。拾ってやった時は子犬より小さかったくせに、いまはエレギアを覆い隠してしまうほどの広い背中と、エレギアなど軽々と持ち上げる腕と、エレギアよりもずっと速く走る脚と、エレギアよりも厚みのある胸筋の持ち主になってしまった。

「……エレギア」

なのに、エレギアを呼ぶ声は、拾ってやった時と変わらない。

高い声が低い声に声変わりしただけで、フェイヌの声色が含むエレギアへの感情はずっと同じ。

忠誠の塊だ。

大きな犬が甘えるようにエレギアにのしかかり、唇を重ねてくる。昔と変わらぬ仕草で頬を寄せ、首筋を甘噛みし、尻尾をすり寄せ、重くなり始めた一物を太腿に押し当てる。

「……お前、自分がどれほどデカくなったか自覚してるか？」

エレギアは大きな犬の尻尾を摑んで、溜め息をついた。

「それは、図体のほうか、それとも、これからあなたをよがらせるコレのほうか……、どちらについて仰ってます？」

「……両方だ」

エレギアはソファに深く凭れかかり、ほんのわずかばかり口もとを綻ばせた。

エレギアが自らの意志で股を開き、獣の交尾を迎え入れる姿勢をとってやると、フェイヌの尻尾がばたばたとうるさくなる。

尻尾の仕草は可愛いのに、これからエレギアに与えられる快楽には可愛げなんてあったもんじゃない。

……けれども、眠れないよりはずっといい。

この男の体温は誰よりも温かく、誰よりもエレギアの肌に馴染むのだ。

ソファで抱く間に、エレギアは二度も射精した。

ぐったりしたエレギアを自分の寝床に連れ込み、フェイヌはもう一度その体を味わった。

「……っ、ぅ……ぐ」

眉間に皺を寄せ、エレギアが声を殺す。

唇を噛みしめ、喘ぎ声をくぐもらせた次の瞬間には、「ぁ、……っん、ぁあ」と喉を仰け反らせ、か弱い悲鳴を上げる。

「…………」

とっとと負けを認めて、乱れればいいのに……。

フェイヌは己の下に組み敷いたエレギアを睥睨し、そんなことを思うが、顔には出さない。代わりに、エレギアの深くに沈めた己の一物でエレギアの腹を揺さぶった。

「……っ！」

「……おっと」

エレギアが手を振り上げ、フェイヌの肩を殴った。

本当は頬を殴るつもりだったのだろうが、フェイヌが避けたものだから、肩に拳がかすれるだけに終わる。

相変わらず、おてんばのじゃじゃ馬だ。

快楽に負けそうになると、フェイヌの動きを止めさせようとする。

声を上げて喘ぎ、フェイヌの下で身悶え、乱れた姿を晒すことを、エレギアは自分自身に許さない。

かといって、エレギアが己を失うほど抱けば、何日も口を利いてもらえない。

本当に難儀な人だ。

こういうところは、父親にそっくりだ。

頑固で、傲慢で、自分に甘えを許さない。

他人にも甘えを許さないから、フェイヌはいつも、あともうすこしでこの肉欲に溺れられる……という寸前で肩を殴られ、寸止めを食らう。

「……フェ、イ……、ヌ」

「はい、なんです？」

「フェイヌ」

「はい」

エレギアの両手が、フェイヌの両頬を摑む。

まっすぐエレギアのほうを向けさせ、「フェイヌ」と名を呼びつけ、返事をさせる。

「考え、ごと……するな……」

エレギアは不機嫌な顔でそう命じた。

「……すみません」

フェイヌは謝罪して、思考をやめる。

フェイヌがエレギアのことを手にとるように分かるように、エレギアもまたフェイヌがよそごとを考えていればすぐさま分かるのだ。

長く一緒にいると、嘘もつけなければ、余計な考えごともできない。

フェイヌの傲慢な主人は、自分ばかり考えごとをして、フェイヌには「なにも考えずに俺のことだけを考えろ。この俺を抱いている時によそごとを考えるな」と命じる。

……本当に、しみじみと、フェイヌのご主人様は、傲慢でかわいい。

「……ひ、ぁ」

「あぁ、いい声が出ましたね」

「ばか、急に動くな……っ」

「はいはい、すみません」

よそごとを考えるなと言ったり、急に動くなと言ったり、エレギアの飼い主は注文が多い。

エレギアが「なにも考えずに俺のことだけを考えろ」と命じるから、フェイヌは余計なことを考えずに、腰を使ってエレギアを喘がせてやったというのに、結局は文句をつけられる。

腹いせ……とまでは言わないが、その、尽きることのない可愛い我儘に、ちょっとくらいはお返しをしてやりたくなる。

「……ひ、ぅ」

エレギアが喘ぐ。

フェイヌはエレギアの腰を強く摑み、手前へ引き寄せる。引き寄せたまま、深くまで穿つ。

エレギアが腰から身をよじって、か細い声で鳴く。

次の瞬間には、「俺はそんな声を出していない」とでも言わんばかりに、唇を噛みしめる。

「ん、ぅ……ぅ、ぁ、ぅ」

けれども、唇が開く。

後ろも、素直に開く。

エレギアは正常位で抱かれるのが嫌いだ。

というか、根本的に、正常位で抱かれる以外にも、すべての体位で不平不満を露わにする。

男に抱かれる自分が許せないのだ。

寝床に背を預け、男を受け入れるために股を開き、腰を抱かれ、能動的に動ける余地もなく、逃げ場もなく、オスにのしかかられ、いかにも女のように抱かれている自分、というのが受け入れがたいらしい。

許せないものが多い人は難儀だ。

ひとつ許せば、ひとつ心が楽になれるのに、許すことのほうが難しいのだ。自分で自分の幸せのために、なにかを許すことができないのだ。

そんな男が、フェイヌにだけ体を許す。

股を開き、身を委ね、無防備に肌を晒す。

フェイヌにだけ、すべてを許してくれる。

フェイヌは、その事実にたまらなく興奮する。

人間とはすこし形の違う陰茎が、エレギアの腹のなかで膨張し、窮屈さを覚える。

その窮屈さすら心地好い。

それに、エレギアの体はすぐにその大きさに馴染んで、フェイヌを受け入れてくれる。

奥から手前まで、気が遠くなるほどの時間をかけて前後させる。抜け落ちるぎりぎりのふちまで引き抜き、すこしの勢いをつけてエレギアの中を味わう。

単調な動作だけれども、エレギアの腹は気持ちがいい。このメスがいれば、一生ほかのメスはいらない。

そのくらい、具合がいい。

気が付いたら、エレギアではなく自分が悦ぶ動作で腰を使ってしまいそうになる。

「……っ」

壊すな、これはエレギアだ。

己の大事な、この世にひとつきりの宝物だ。

エレギアに牙を向けるな、噛むな、怖がらせるな。

フェイヌは奥歯を軋ませ、獣欲を抑え込む。

己の牙が、たやすくエレギアを傷つけることを知っている。思うがままに貪れば、エレギアを怖がらせることを知っている。

エレギアはこう見えて箱入り息子なのだ。

フェイヌが守ってきた生き物なのだ。

そのフェイヌ自身がエレギアを怖がらせるようなことがあってはならない。

「……っは」

短く、ひと呼吸で大きく息を吐き、フェイヌは滴る汗を振り払う。

「ふ、っ……はは、お前、この冬に、そんなに汗だくになって……」

エレギアが喘ぎまじりに笑った。

フェイヌの辛抱なんてちっとも知らずに、まるで無垢で幼気な子供のように、くしゃりと笑った。

手を伸ばし、フェイヌの顎を伝う汗を拭い、その汗を舐める。

「……あぁ、でも、俺も……汗を掻いているか？　じゃあ、一緒だな」

エレギアが笑う。

二人で一緒に同じことをしているのだから、同じように汗を掻く。ただそれだけのことなのに、エレギアが楽しそうに笑っている。

笑った瞬間に腹筋を使ってしまい、腹に納めたフェイヌの一物に感じて喘いでいるが、また次の瞬間には笑って、「……風邪をひくなよ」と汗みずくのフェイヌの背を撫で下ろし、尻尾の先まで可愛がってくれる。

朝が近付き、無精髭の生えてきたフェイヌの頬に頬ずりしてくれる。

エレギアは、フェイヌにたくさん触れてくれる。

狼の血が混じるこの体に、たくさん触れてくれる。

触れることはおろか、視界に入れることすら忌避する者が多いなかで、エレギアだけは、フェイヌに触れて、抱きしめて、許して、愛してくれる。

エレギアに飼い馴らされているとフェイヌが思うのは、こういう時だ。

「ば、か……っ、……この……っ、ばか……」

「すみません」

……出してしまった。

フェイヌは、さして申し訳なさそうでもない声で、口先だけの謝罪を口にしながら、エレギアの中に射精する。

いまは、口端がゆるむのを辛抱するのに必死だった。

ここで相好を崩してしまうと、エレギアはきっと「お前！　この俺に盛大に種付けして笑うとはいい身分だな！」ときゃんきゃんうるさい。

……いや、そのうるささすら、愛しい。

愛しくて、明日の朝になっても離してやれなくなる。

「明日、っ……朝……早い！」

「知ってます。……どうせもう朝まですするんですから、このまま俺に溺れていればいいですよ。朝メシ食って、身支度を整えて、出発まで眠気を我慢しちまえば馬車のなかで仮眠できます」

どうせ、エレギアの朝食の支度も、食事を口もとまで運ぶのも、朝風呂に入れるのも、身支度を整えるのも、すべてフェイヌがするのだ。

エレギアはぎりぎりの時間までよがっていればいい。

「中に……出すなっ……、この……ばか……」

「どうして？」

「分かってること……聞く、な……っ」

「あぁ、あとで漏らして軍服を汚すから？　あなた、軍への不平不満は多いですけど、軍服への敬意は払ってますもんね」

「当たり前だ……っ」

「じゃあ、やっぱり馬車の中で漏らせばいい」

漏らして、汚して、屈辱的な顔をフェイヌの前に晒すといい。

フェイヌは、恥辱に歪むエレギアの美しい顔も好きだ。

「そんな……みっともない真似できるか！」

「あぁ言えばこう言う……」

「……フェイヌ」

「はいはい。馬車に乗ったら、漏らさないようにまた挿れてさしあげますよ。……こんなふうにね」

「……っ、あ！」

「トラゴオイデ大佐殿が、このように、まるで女が快楽を得るように、腹の奥で気持ち良くなれると軍の方々やお父上殿がお知りになられたら、さぞ驚かれるでしょうね」

「ん……っぁ、あ……」

「いや、驚きではなく、お嘆きになる……ですかね？」

「……っん、ぁ……っ、ぁー……、ぁ……、あ」

首を竦め、無意味な動作で快楽から逃れるように首を振り、敷布を握りしめ、顔を隠す。

息苦しさのせいか、口もとだけは隠さずにいるから、喘ぐたびに溢れる唾液や、戦慄く唇、白い歯先、赤い舌がちらりと見えて、その隠しきれない無防備さがいやらしい。

「っひ……ん……ぅあ、っあ……っあ」

　絶え間なく、意味をなさない言葉を漏らす。

　フェイヌよりもずっと細い顎先や首筋が、喉から喘ぎを絞りだすたびに震える。

　フェイヌの腹に、温かいものがかかる。

　エレギアが射精したのだ。

　フェイヌが前を触ってやらずとも、エレギアは達することができる。いやらしい大佐殿だ。軍服の下に、いつもこんな体を飼っている。

「……ぃや、だ……っ、あ……っ」

　奥を穿つついでに、射精を続けるエレギアの陰茎の裏筋を腹筋で擦ってやる。

「好きなくせに」

　エレギアはこれが好きだ。

　狼の血が混じったフェイヌは、臍の下あたりから生えた毛が陰毛まで繋がっている。堅めの毛質のそれで裏筋を刺激すると、エレギアはいともたやすく潮を吹く。

　いい年をした大人が、まるで小便を漏らすように潮を吹くのが、エレギアには耐えられない羞恥らしい。

　どうせ、フェイヌの前では隠す恥もなにもないのに、それでもまだどこかで理性を手放さず、必死になって自分を保とうとする。

　まるで、ご主人様のように振る舞おうとする。

　だから、フェイヌはきゃんきゃん喚くご主人様を、もっと可愛く鳴かせる。朝まで寝かせずに、その傲慢な性根をたっぷりとへし折ってやる。へし折られることで悦びを見出すご主人様を徹底的に抱き潰して、どろどろの可愛らしい生き物に変えてやる。

「ん、ふぁ……ぁ、ぁう」

　そうしたら、ほら、エレギアの薄い唇から、喘ぎ混じりの欠伸が漏れでる。

　いつも常に緊張している筋肉がすこしゆるみ、冷たい体には血の気が通い、酒に頼ってすら体温の上がらない四肢の末端や爪先までほんのりと色づく。

　じわじわと長い時間をかけて、ゆっくりとフェイヌと同じ体温になる。

「……フェイヌ」

「はい、どうしました？　腹が苦しいですか？」

「ん……」

　相も変わらず、頭を横にして枕に顔を埋め、表情を見せないけれど、とろけた声で「腹が気持ち良くて苦しい」とフェイヌに伝えてくる。

「じゃあ、もうすこし手前のほうにしますね」

「ん、ぁぅ」

エレギアの声質が変わる。

鼻にかかった、甘えた吐息だ。

目もとがとろんとして、眠たげな仕種を見せる。

奥ではなく、挿入部に近いあたりを、フェイヌは優しく撫で擦る。気持ち良くなりすぎるとエレギアは疲れてしまうし、快楽を追いかけて頭も醒めてしまう。それでは、せっかく訪れた眠気がどこかへ飛んでいってしまう。

「……ぁ、ん……、ん……」

寝言なのか、喘ぎ声なのか、どちらにせよ可愛い声が漏れる。

幼い頃からの手癖で、エレギアは無意識にフェイヌの耳を弄り、その存在を確かめるように何度も何度も優しく撫でながら、大きな欠伸をする。

こうしながら眠ると、安心するらしい。

耳と同じように尻尾を摑まれたりすることもあるが、今日、フェイヌの尻尾はエレギアの脚に絡んでいるから、耳だけでも満足なのだろう。

「寝ていいですよ」

「……勝手に、使っていい、ぞ……」

「そうします」

フェイヌの返事を聞くなり、耳に触れていたエレギアの手が落ちる。

喘ぐたびに上下していた胸が、規則正しい寝息を伴う動きに変わる。

眠っている間も眉間の皺は消えないけれど、傍にフェイヌの体温がある限り、エレギアは安眠を得るし、中途半端な時間に目覚めることもない。

フェイヌの傍でなら、この男は眠れるのだ。

人間のくせに、狼の寝床にのこのこ入ってきて眠るのだ。

ここならば眠れるとエレギア自身も分かっているのだから、つまらぬ矜持など捨てて、毎晩フェイヌの寝床に入ってくればいいのに……。

エレギアは己にそれを許さない。

まるで、「俺が安眠を得る代わりに、貴様には俺の腹を使わせてやる」と言わんばかりに、エレギアとの交尾をフェイヌに許すのだ。

許してやっている、という体で、フェイヌに身を任せるのだ。

そうして、今日も今日とて、フェイヌは交尾の真っ最中に中途半端な状態で放り出されてしまうのだが、これもまたいつものことだ。

とり立てて文句はない。

好きに使っていいとご主人様から許可が与えられたのだ。

フェイヌは眠る主人を起こさぬよう、けれども己の欲を最大限満足させる。

明日の朝は口を利いてもらえないかもしれないが、今夜はほんのすこしばかり自分の縄張りを強く主張させてもらう。

なにせ、明日はウルカへ向けて発つのだ。

あちらは狼の巣窟だ。

かわいいかわいいエレギアに魔の手が及ばぬよう、体の内も外もフェイヌの匂いをつけておかなくてはならない。

たっぷりと体の隅々まで、この人間はフェイヌのものなのだと主張しておかなくてはならない。

フェイヌの可愛いご主人様は、そんなことに気付きもしないだろうが、鼻の良い狼どもならすぐさま「あぁ、この人間はあの半狼半人のつがいだ。匂いがきつい」と気付くだろう。

そうして、エレギアは我知らずのうちにフェイヌの匂いをまとい、「私はフェイヌのものです」と公言しながら、狼の国で偉そうに歩くのだ。

あぁ、なんてかわいい男だろう。

「エレギア……」

愛している。

かわいい、いとしい、この世にただ一人きりのフェイヌのつがい。

酒に逃げずに、俺のところへ逃げてくればいいものを……。

そうすれば、いくらでも助けてやるのに……。

こんな場所から連れ出して、攫って、逃げてやるのに……。

この強情なご主人様は、決して犬のもとへ逃げてこない。

そのくせ、フェイヌの傍でなら、こんなにも無防備に眠る。フェイヌの縄張りで、己のすべてをフェイヌに委ねる。

それがまたかわいいのだ。

「エレギア、愛してる」

フェイヌはエレギアの体を抱き竦め、その身の奥深くに種を付けた。

初出

はなれがたいけもの　恋を知る………書き下ろし

しあわせなおしり
たてがみのはなし
*上記の作品は「ムーンライトノベルズ」（https://mnlt.syosetu.com/）掲載の「はなれがたいけもの」の短編を加筆修正したものです。（「ムーンライトノベルズ」は「株式会社ナイトランタン」の登録商標です）

ディリヤのまほう………SNS にて発表

ゆるすひと………書き下ろし

『はなれがたいけもの　恋を知る』をお買い上げいただきありがとうございます。
この本を読んでのご意見、ご感想など下記住所「編集部」宛までお寄せください。

アンケート受付中

リブレ公式サイト https://libre-inc.co.jp

TOPページの「アンケート」からお入りください。

はなれがたいけもの

恋を知る

著者名　八十庭たづ

©Tazu Yasoniwa 2020

発行日　2020年2月19日　第1刷発行
2021年2月４日　第2刷発行

発行者　太田歳子

発行所　株式会社リブレ
〒162-0825 東京都新宿区神楽坂6-46 ローベル神楽坂ビル
電話　03-3235-7405（営業）　03-3235-0317（編集）
FAX　03-3235-0342（営業）

印刷所　株式会社光邦
装丁・本文デザイン　ウチカワデザイン

Printed in Japan
ISBN 978-4-7997-4645-5